CENAS DA
VIDA AMAZÔNICA

José Veríssimo (1857-1916)

CENAS DA VIDA AMAZÔNICA

José Veríssimo

Edição organizada por
ANTONIO DIMAS

wmf **martinsfontes**

SÃO PAULO 2011

*Copyright © 2011, Editora WMF Martins Fontes Ltda.,
São Paulo, para a presente edição.*

1ª edição 2011

Acompanhamento editorial
Helena Guimarães Bittencourt
Revisões gráficas
*Daniela Lima
Ana Maria de O. M. Barbosa
Sandra Garcia Cortes*
Edição de arte
Katia Harumi Terasaka
Produção gráfica
Geraldo Alves
Paginação
Moacir Katsumi Matsusaki

**Dados Internacionais de Catalogação na Publicação (CIP)
(Câmara Brasileira do Livro, SP, Brasil)**

Veríssimo, José, 1857-1916.
  Cenas da vida amazônica / José Veríssimo ; edição organizada por Antonio Dimas. – São Paulo : Editora WMF Martins Fontes, 2011. – (Contistas e cronistas do Brasil)

  ISBN 978-85-7827-314-9

  1. Contos – Literatura brasileira I. Dimas, Antonio. II. Título. III. Série.

10-09678   CDD-869.93

Índices para catálogo sistemático:
1. Contos : Literatura brasileira   869.93

Todos os direitos desta edição reservados à
Editora WMF Martins Fontes Ltda.
*Rua Prof. Laerte Ramos de Carvalho, 133 01325.030 São Paulo SP Brasil
Tel. (11) 3293.8150 Fax (11) 3101.1042
e-mail: info@wmfmartinsfontes.com.br http://www.wmfmartinsfontes.com.br*

COLEÇÃO
"CONTISTAS E CRONISTAS DO BRASIL"

Vol. XXI – José Veríssimo

Esta coleção tem por objetivo resgatar obras de autores representativos da crônica e do conto brasileiros, além de propor ao leitor obras-mestras desse gênero. Preparados e apresentados por respeitados especialistas em nossa literatura, os volumes que a constituem tomam sempre como base as melhores edições de cada obra.

Coordenador da coleção, Eduardo Brandão é tradutor de literatura e ciências humanas.

Antonio Dimas, que organizou o presente volume, é professor titular de literatura brasileira na USP, com experiências de ensino e pesquisa por instituições estrangeiras, tais como a Université de Rennes, a Biblioteca Nacional de Lisboa e de Paris, a Universidade de Illinois, da Califórnia e a do Texas, a Biblioteca Nacional do Rio de Janeiro, a

Biblioteca do Ministério das Relações Exteriores da Argentina e a do Instituto Joaquim Nabuco do Recife. Entre seus livros publicados destacam-se: *Tempos eufóricos* (1983), *Espaço e romance* (1985), *Bilac, o jornalista* (2006; Prêmio Jabuti 2007).

ÍNDICE

Introdução IX
Apoio bibliográfico XXXIX
Cronologia XLI
Nota sobre a presente edição XLV

CENAS DA VIDA AMAZÔNICA

O boto 3
O crime do tapuio 77
O voluntário da pátria 115
A sorte de Vicentina 153

ESBOCETOS

I – O serão 223
II – A lavadeira 230
III – O lundum 242
IV – Indo para a seringa 253
V – Voltando da seringa 261
VI – A mameluca 270

Nota 279

INTRODUÇÃO

Por trás da aparência singela e naturalista destes contos esconde-se a história de uma vontade domada.

Ao publicar pela segunda vez estas *Cenas da vida amazônica*, no ano de 1899, José Veríssimo (1857-1916) emitia sinais de que sua carreira estava a ponto de sofrer uma guinada. Através desta segunda edição, não é difícil perceber que o crítico do Pará encerrava uma etapa de sua vida profissional e ensaiava, com sua habitual discrição machadiana, uma alteração de rumo. Pronto para mudar de século, transformava-se o crítico com ele.

Em 1886, uma editora lisboeta, de pouco relevo, havia publicado a 1ª edição destas *Cenas*. Dela Veríssimo não gostou e disse:

> Este livro saiu na sua primeira e péssima edição de Lisboa precedido de um estudo sobre as *Populações indígenas e mestiças da Amazônia*, que ora se suprime para dá-lo, também corrigi-

do, num dos futuros volumes dos *Estudos brasileiros* do A.

Com a 2ª. edição surgia, para José Veríssimo, a oportunidade rara de se desobrigar de seus compromissos anteriores e se dedicar, daí em diante, à crítica literária, de modo exclusivo. Parece que, no fundo, é esse o significado encoberto da diferença entre as duas edições.

Segundo João Alexandre Barbosa (1974, p. 22), seu intérprete mais recente e mais elaborado, José Veríssimo desenvolveu sua carreira em três etapas: 1878-1890 / 1891-1900 / 1901-1916.

A primeira foi desenvolvida inteiramente em Belém do Pará, onde José Veríssimo iniciou-se no jornalismo, no ensino e na administração pública. Dentro dela, alcançou o posto mais alto, o de Secretário da Instrução Pública do governo local, entre 1890 e 1891.

As etapas seguintes foram desenvolvidas no Rio de Janeiro, para onde José Veríssimo se mudou em 1891 e onde morreu, precocemente, com 59 anos incompletos. De acordo com o mesmo João Alexandre Barbosa, estes últimos vinte e cinco anos, os mais frutíferos da carreira do crítico, podem ser vistos de modo desdobrado.

Os primeiros dez anos – e, agora, é nosso o risco da interpretação – José Veríssimo dedicou-os, com afinco, à consolidação do campo literário brasileiro, segundo a terminologia posterior de Pierre Bourdieu, e ao entrelaçamento de seus integrantes. Através de dois recursos diferentes entre si, José Veríssimo aplicou-se na criação da Academia Brasileira de Letras (ABL), em 1897, e na restauração da *Revista Brasileira*, cuja terceira fase – 1895-1899 – se deve ao seu empenho.

Com a participação decisiva na criação da ABL, José Veríssimo comprometia-se no sentido de dotar nossa sociedade literária de um órgão representativo e aglutinador, além de, segundo seu primeiro discurso ali dentro, *salvaguardar a língua* e resguardar a literatura, *que é a expressão, superior às contingências da política e da história, da própria nacionalidade* (*Discursos acadêmicos*, p. 41).

Experiência Veríssimo já tinha para gerenciar revista de intuito cultural. Quanta não se sabe, mas o suficiente para encarar o acanhamento do seu meio, modesto em cultura, mas perdulário em borracha. Anos antes, ainda em Belém, envolvera-se o crítico com a criação da efêmera *Revista Amazônica*. Essa experiência anterior deu-lhe gabarito para se atrever a ressuscitar, em 1895, a *Revista Brasileira*, periódico de abrangência ambiciosa. Afinal, os poucos números da *Revista Amazônica*, criada por José Veríssimo em 1883, não demonstravam objetivo modesto. Quando cometeu a temeridade de criar uma revista cultural na provinciana Belém de então, com apenas 26 anos, Veríssimo sabia por onde se aventurava. Por outro lado, no entanto, não podia perder a riqueza material que se criava em torno da borracha, em fausto que foi de 1870 a 1910, aproximadamente. Para quem sempre esteve atento às condições materiais que cercam a criação literária e artística, a ocasião era propícia. Na esteira dessa riqueza, abria-se espaço para ilustrar a acumulação material desencadeada pela borracha, dela extraindo benefícios indiretos que favorecessem a elevação cultural coletiva. No surto de prosperidade que se mostrou momentânea, José Veríssimo foi rápido e encarregou sua revista de transformar as libras esterlinas correntes em pecúlio intelectual. Logo na abertura do primeiro número da *Revista Amazônica* isso é dito sem nenhum embaraço. Nela se lê:

> Entendemos que no meio do febril movimento comercial que a riqueza nativa do vale do Amazonas entretém não só nesta Liverpool dos Trópicos – como já lhe chamaram – mas ainda na futurosa cidade de Manaus, havia lugar para um jornal consagrado a promover, direta ou indiretamente, o engrandecimento moral, e, portanto, dirigir melhor o material da Amazônia; e que publicá-lo seria, senão um serviço que prestávamos, ao menos uma lacuna que cobríamos.
>
> Não basta – cremos nós – produzir borracha, cumpre também gerar ideias; não é suficiente escambar produtos, é ainda preciso trocar pensamentos; e um desenvolvimento material que se

não apoiasse num correlativo progresso moral seria, não somente improfícuo, mas funesto, pela extensão irregular que daria aos instintos – já a esta hora muito exagerados – do mercantilismo (*Revista Amazônica*, 1883, tomo 1).

Ao incumbir-se de restabelecer a *Revista Brasileira* em sua terceira fase, desobrigava-se Veríssimo da ambição de cobrir áreas afins para as quais estava preparado, mas que não lhe apeteciam mais. Em seus cinco anos de vigência, a revista tratou dos mais variados aspectos da nossa produção cultural. Verdadeiro mostruário da cultura brasileira do momento, para aquele espaço de amplo espectro e de forte idoneidade intelectual, colaborava a nata do período, assinando artigos que iam do Direito Penal à Ornitologia, da Engenharia Civil à Epidemiologia, da Geologia à Etnografia, sem falar da Literatura, do Teatro, da Linguística e da História. Por isso, entre seus colaboradores, não eram estranhos os nomes de Capistrano de Abreu, Ferreira de Araújo, Afonso Arinos, Machado de Assis, João Lúcio de Azevedo, Clóvis Bevilaqua, Herbert von Ihering, Oliveira Lima, Joaquim Nabuco e Sílvio Romero, por exemplo.

Cumpridas, com sucesso, a tarefa da revista e a da Academia, José Veríssimo intensificou sua colaboração com jornais cariocas, concentrando-se, de preferência, na literatura. Desse periodismo crítico resultaram, então, os livros que haveriam de consagrá-lo como um dos grandes críticos literários brasileiros do século XIX, ao lado de Araripe Jr. e de Sílvio Romero. É dessa última etapa de sua atividade intelectual que resultaram os seis volumes de seus *Estudos de literatura brasileira* (1901-1907); os três de *Homens e coisas estrangeiras* (1902-1910); e um outro isolado, com o nome de *Que é literatura? e outros escritos* (1907). São esses os títulos que o definirão como crítico e aos quais se juntaria sua redonda *História da literatura brasileira*, em edição póstuma, de 1916.

Arremate definitivo de carreira, a *História da literatura brasileira* é seu testamento crítico, elaborada como ponto de chegada de longo percurso; é balanço de reflexão pessoal que acaba por se tornar, de modo inesperado e involuntário, o encerramento crítico de longa trajetória por nossa literatura, prestes a ingressar no século XX. Seu capítulo final, dedicado a Machado de Assis, é sumário do caminho do escritor, do crítico e do país. Com Machado, acredita Veríssimo, nossa literatura chegou à maturidade. Sem concessões aos modismos, nem *excesso de demonstração* (*História da literatura brasileira*, 1969, p. 287), Machado foi capaz de sobreviver ao naturalismo, ao apelo da circunstância social como passaporte literário e mostrou-se perito na *notação exata* capaz de nos revelar *uma clara intuição das nossas íntimas peculiaridades nacionais*

(*História da literatura brasileira*, p. 285). José Veríssimo, com a *História da literatura brasileira*, fechava-se para balanço, seu e do país. Por intermédio dessa obra póstuma, Veríssimo colocava Machado como síntese de inúmeras alternativas anteriores e como "point of no return" literário. E, ao mesmo tempo e de forma capciosa, descartava outras ocorrências críticas que lhe haviam sido rivais e adversas, uma das quais se dispersou e se confundiu entre a literatura e a cultura geral. Com a *História da literatura brasileira*, Veríssimo precisava o terreno da crítica literária, despojando-a do acidental em benefício do essencial. Se Machado lhe parecera a incisão perfeita, a palavra justa, distante de demasias, o legado de José Veríssimo, materializado na *História da literatura brasileira*, revelou-se como a versão analítica da ficção focada do melhor Machado. Neste sentido – o da alta concentração de recursos ficcionais e críticos – os dois se deram as mãos.

Para alcançar, portanto, esse grau de despojamento crítico e de substantividade, do qual resultaram cerca de 10 livros com seus quase 150 ensaios, capazes de cobrir nossa literatura de ponta a ponta, nossa história em andamento e aquilo que de mais importante ocorria na literatura europeia, Veríssimo precisou se descartar da ambição etnográfica e histórica, que o pautou desde cedo. Da etnográfica foi mais fácil. Da histórica não, pois que entre seus 150 ensaios dessa terceira fase imiscui-se ela com insistência.

As *Cenas da vida amazônica*, quando publicadas pela primeira vez, em 1886, reproduzem bem essa ambivalência, que é menos individual que grupal. Em momento propício à emergência das ciências sociais, Veríssimo não foi o único intelectual a se cativar pela explicação social para nossos descalabros e usá-la, ao mesmo tempo, como instrumento de decifração da nossa intimidade cultural mais recôndita. Contemporâneos seus como Sílvio Romero, Manuel Bonfim e Euclides da Cunha, por exemplo, fizeram-lhe companhia nesse sentido. Cada um, a seu modo, são os "founding fathers" da investigação em torno de nossa identidade cultural e social, na esteira dos românticos mais atrevidos. Como eles, Veríssimo mostrou-se indeciso entre áreas afins, que, algumas vezes, se contaminam e se confundem. Foram necessários mais de dez anos para Veríssimo separá-las de forma decisiva, com prejuízo da Etnografia.

Na sua 1ª edição, as *Cenas da vida amazônica* continham extenso e precioso ensaio etnográfico sobre o índio amazônico. Sob nome não menos extenso de "As populações indígenas e mestiças da Amazônia. Sua linguagem, suas crenças e seus costumes", esse ensaio é a parte mais saliente do livro. No entanto, deslocada, infelizmente. Aos fragmentos, o ensaio já tinha sido publicado na *Revista Amazônica*, em 1883. Da 2ª edição (1896), sobre a qual esta se apoia, José Veríssimo eliminou-o. Mas como entender essa exclusão? Como interpretá-la? Por que lhe dar relevo? Deve-se entendê-la como recuo estratégico ou como manifestação de puro arbítrio? Como simples veleidade ou como manifesta alteração de rota?

Vou pela última hipótese, que me parece a mais provável.

Bastante abrangente, nesse ensaio introdutório Veríssimo ocupou-se do choque cultural entre europeus e indígenas, dos prejuízos e lucros recíprocos desse contato nada pacífico, dos intercâmbios linguísticos, das crenças religiosas dos nativos, de sua botânica mágica, terapêutica e alimentar, dos minérios que lhes eram úteis, da astrologia, dos insetos e das aves com os quais conviviam, das festas com que se divertiam, dos seus laços familiares e da legislação brasileira sobre o nativo. Com base científica no melhor que lhe era disponível naquele então, Veríssimo cometeu levantamento precioso, sem contar que seu apoio não era apenas bibliográfico, mas empírico também, já que nos deixou relato de visitas a tribos nas cercanias de sua Óbidos natal. Portanto, seu depoimento sobre hábitos familiares, mulher, lavoura, pesca, alimentação etc. não decorria de leituras atualizadas apenas, mas também de incursões às malocas de aldeados. Isto significa conhecimento livresco, no qual se emparelhavam nomes como Fernão Cardim, Gonçalves Dias, Charles Darwin, Henry Bates, Louis Agassiz, Teófilo Braga, J. Leite de Vasconcelos, por exemplo, com agrupamentos indígenas como o dos Andirá, Uariaru, Mocajatuba, Paricatuba, à beira dos rios Andirá, Maués e Canunã. Sua familiaridade com o tema não era, portanto, apenas resultado de vigília sobre o livro. Era também exercício de campo.

A minúcia da investigação antropológica desse ensaio introdutório interessa menos, no caso específico desta apresentação, que dois outros itens nele incrustados e que são: 1) de um ponto de vista externo, a questão da miscigenação; 2) de um ponto de vista interno, isto é, o da amarração solidária das partes do livro, a permuta metodológica deliberada entre os contos e o ensaio, que se perdeu a partir da 2.ª edição de 1899.

O primeiro é mais breve, pois se trata de ressaltar a crença de José Veríssimo na miscigenação brasileira. Em momento desfavorável, senão hostil, à hipótese de cruzamentos étnicos, com o país aterrorizado diante da libertação iminente da massa escrava, José Veríssimo antecipa-se e proclama que o grande capital brasileiro é a fusão das epidermes. Ensina-nos ele:

> Quem, afinal, venceu na luta, como o mais apto que era, foi o português, mas aqui sucedeu

que o povo civilizado e conquistador sofreu, em não pequena escala, a influência da raça selvagem e conquistada [...].

É justamente este fenômeno que faz nossa originalidade, se a temos, livrando-nos de ser uma simples colônia europeia, apenas politicamente emancipada, para formarmos com os elementos de lá recebidos e de cá aceitos, um povo que não é nem português, nem brasílio-guarani, nem tampouco africano, pois que não é possível esquecer este importante ator na constituição da nossa nacionalidade. Demais, essa fusão aqui de todas as raças deu-nos, ou antes dar-nos-á no seu resultado total uma homogeneidade que falta sem dúvida à grande república norte-americana, o que nos assegura um movimento social mais lento, é verdade, porém mais firme (*Scenas*, 1886, pp. 27-8).

Mesmo com terminologia superada o recado está dado. Recado que, pouco antes, já tinha sido preparado quando o crítico do Pará censurara aqueles que imputavam ao índio (e ao negro, por extensão) o eventual desarranjo da colonização portuguesa. Antecipando formulações de um Gilberto Freyre a serem anunciadas nos anos 30 do século XX, Veríssimo advertia que não é a mistura que degrada, mas o arbítrio do colonizador:

Portugal, como é natural, mandava para as suas colônias o refugo da sua sociedade. [...] Em terra conquistada, o natural, se ele é selvagem, é escravo. Não há que condenar um fato histórico que se reproduz cruelmente na vida da humanidade. O homem não é um ente degradado por não sei que culpa, é um animal que se aperfeiçoa lenta e penosamente, à sua própria custa. A pequena população de Portugal não podia colonizar e arrotear o enorme território que um acaso lhe dera: o conquistador teve pois de aproveitar a raça conquistada, vencê-la e convertê-la em povo útil, transformando-a pelo trabalho, de selvagem em civilizada. O que se pode condenar, e que a história deve altamente reprovar, é que o povo conquistador tenha ficado longe de sua verdadeira missão, esquecendo-se que, como civilizado e cristão, ele tinha o dever de não confundir aproveitamento com perseguição. A história registra com horror os crimes atrozes, que à sombra da Cruz e da Lei se praticaram (*Scenas*, 1886, p. 16).

Como profissão de fé social, política e cultural, faz falta esse ensaio introdutório, cujo destino posterior ignoramos, uma vez que não mais o localizamos nos livros publicados depois de 1886, salvo engano. Ao suprimi-lo, Veríssimo prometeu, em nota final à 2.ª edição, que o devolveria ao público, num dos futuros volumes dos seus *Estudos brasileiros* (1889 e 1894). Consultados, no entanto, não o trazem.

Do ponto de vista da estruturação interna do livro, desfigurou-se ela em parte depois da supressão desse ensaio inicial. Com a supressão, prejudicou-se uma certa solidariedade entre a introdução etnográfica e os textos ficcionais posteriores. Ao suprimir o ensaio, parece que Veríssimo apostava na autonomia estética dos contos, que não mais dependeriam de um vocabulário indígena, embutido n'*As populações indígenas e mestiças da Amazônia*. Rompia-se, portanto, a distância motivacional entre esta parte etnográfica e as outras duas finais.

Sua confiança procede e é explícita. Diz ele em nota final à 2ª edição:

> Deixando de pôr notas explicativas das expressões locais copiosamente usadas neste livro, pede o A. perdão ao leitor benévolo, crendo que este não lhes sentirá a falta.

Por causa da eliminação do ensaio etnográfico, ganham as *Cenas* maior unidade interna, transformando-se, por conseguinte, em livro decididamente ficcional. Perde-se, por outro lado, no entanto, um procedimento habitual de época, que era o de referendar o *ficto* através do *facto*. Em palavras menos lúdicas, perdeu-se o hábito de comprovar a veracidade do relato através de depoimentos factuais que o legitimassem. Homem do XIX, Veríssimo se valia de técnica costumeira, antes utilizada por escritores como o Caldre Fião da *Divina pastora*, o Taunay de *Inocência* e o Alencar de *Iracema*, por exemplo. Uma única nota às linhas finais de "O crime do tapuio" basta para autenticar esse procedimento. Inquirido pela autoridade por que confessara um crime que não praticara, responde o tapuio José: *Porque eu queria "fazê bem pra ela"*. Ansioso e correndo em socorro de si mesmo, o narrador explica em rodapé, nas duas edições: *O fundo desta narrativa é perfeitamente real, como textual é a resposta que está entre aspas* (*Scenas*, 1886, p. 162; 1899, p. 151).

Excluindo o ensaio etnográfico, Veríssimo privilegiou a verossimilhança, o traço mais artístico da ficção, em detrimento da veracidade, meta mais científica, muito em voga naquele então. É paradoxal, mas ganhou a literatura, que dispensou atestado de idoneidade. Mas perdeu o livro, porque expulsou do seu interior um ensaio que, mesmo enxerido, configurava um autor e a mentalidade de sua época.

Tanto tempo passado é natural que, do ponto de vista da antropologia contemporânea, possam ser consideradas caducas muitas das anotações do aspirante à ciência. Aspirante, não amador, diga-se rápido. Porque, como homem de seu tempo, José Veríssimo pagou tributo ao etnocentrismo, valeu-se do léxico do momento e incidiu em preconceitos morais, como, por exemplo, considerar *mistura repugnante* (*Scenas*, 1866, p. 76) o convívio de jovens e velhos, homens e mulheres, pais e filhos dentro da mesma oca. Um outro exemplo, ainda dentro do mesmo tema?

Mostra-se quando Veríssimo expressa sua total incompreensão diante da constituição dos laços familiares: *Falta-lhes, por assim dizer, o sentimento delicado do pudor, como o respeito mútuo, e a família não tem base. O concubinato é já uma coisa natural, fácil, consentida, de regra geral, e o adultério vulgar e tolerado* (Scenas, 1866, p. 77).

Rejeições dessa natureza tornam-se, no entanto, menores, se confrontadas com algumas de suas conclusões finais, corajosas o suficiente para pôr em xeque o estabelecido dentro do qual se modelou sua vivência histórica e pessoal. Uma delas, por exemplo, é a de que *a catequese, por si só, é impotente para civilizar o selvagem* (Scenas, 1866, p. 91). Outra é a de que o *elemento mestiço [é] o nosso verdadeiro elemento nacional* (Scenas, 1866, p. 94). Isso não impede, todavia, que poucas linhas antes e alguns anos antes também tenha-lhe ocorrido uma solução para o atraso amazônico. Perguntando-se a si mesmo, em 1880, sobre o que se há de *fazer para arrancar as raças cruzadas do Pará ao abatimento em que jazem?* (Scenas, 1866, p. 93), responde rápido, em juízo que retificaria poucos anos depois ao publicar estas *Cenas*, em 1886: *Pensamos que nada. Esmagá-las sob a pressão enorme de uma grande imigração, de uma raça vigorosa que nessa luta pela existência de que fala Darwin as aniquile assimilando-as, parece-*

-nos a única cousa capaz de ser útil a esta província (*Scenas,* 1886, p. 93).

Independente de passagens marcadas pelo tempo como esta, o ensaio sobrevive, por causa da massa enorme e pioneira de informação coletada, *in loco*. Sobrevive quase mais que os contos, talvez, cuja sujeição aos valores de época é palpável, o que os torna, eventualmente, previsíveis.

Depois do ensaio banido, vinham quatro contos, quase novelas: "O boto", "O crime do tapuio", "O voluntário da pátria" e "A sorte de Vicentina". Em seguida, seis esbocetos: "O serão", "A lavadeira", "O lundum", "Indo para a seringa", "Voltando da seringa" e "A mameluca". Estes seis esbocetos já haviam saído em *Primeiras páginas*, o primeiro livro do autor, publicado em 1878. Esta edição de *Cenas* segue a 2ª, chancelada pelo escritor.

* * *

Até onde conseguimos apurar, a recepção às *Cenas* foi morna, quase fria. É bem verdade que é preciso descontar o fato de que Veríssimo era escritor inaugural e morador de província muito distante da não menos provinciana rua do Ouvidor, quando lançou o livro, pela primeira vez, em 1886. Mas, por outro lado, não se pode omitir que, ao publicar a 2ª edição (1899), seu nome já estava vinculado a realizações do porte da *Revista Brasileira*, da Academia Brasileira de Letras, dos dois volumes de *Estudos brasileiros*, de um outro sobre *Educação nacional* e de mais um dedicado à pesca, intitulado *A pesca na Amazônia*. Portanto, há muito que o autor deixara de ser considerado escritor de província, abandonada que fora em 1891, isto é, oito anos antes. Era nome, o dele, que circulava bem entre as rodas literárias da rua do Ouvidor, no Rio de Janeiro. Consultados os críticos do final do século, ouve-se um silêncio sobre as *Cenas*. Adolfo Caminha (1867-1897), autor de importantes *Cartas literárias* (1895) sobre a emergência do naturalismo entre nós, já havia falecido. Mas Araripe Jr. e Sílvio Romero, os mais atuantes na década, emudeceram.

Quem se pronunciou à vontade foi Machado de Assis, em artigo para a *Gazeta de Notícias* no mesmo ano de 1899, quando saiu a versão expurgada da 2.ª edição. Estava tão à vontade, que reiterou sua opinião, recolhendo-a, mais tarde, nas *Relíquias de casa velha* (1908), onde lhe deu espaço de relevo ao entronizá-la junto com as figuras de Gonçalves Dias, Eduardo Prado e Antonio José, o Judeu. Com esse gesto, Machado retirou-a da efemeridade certa do jornal, de onde se mantinha afastado desde 1897, depois de colaboração sistemática e contínua iniciada em 1883, salvo hiato entre 1889 e 1892. Com esse gesto, ainda, deixou claro que falava mais alto sua relação pessoal com Veríssimo. Uma relação que os fez parceiros na vontade comum da criação da ABL e que nos brindou com altos momentos de amizade literária respeitosa e crítica, ainda a ser avaliada de forma devida.

O que mais chama nossa atenção nessa crítica machadiana é exatamente o valor que o autor de *Memórias póstumas* atribui ao grau de realismo alcançado por José Veríssimo nos contos das *Cenas*.

Depois de salientar que o livro de Veríssimo *há de ser relido com apreço, com interesse, não raro com admiração* (Machado de Assis, vol. 2, p. 721), Machado particulariza seu entusiasmo e se deixa levar pela capacidade descritiva do autor, que, naquele momento, é um dos primeiros a tomar a exuberância da Amazônia como cenário, junto com *O missionário* (1888) de Inglês de Sousa (1853-1918).

Alvoroçado com a revelação da natureza, Machado passa rápido pelos dramas humanos, sua matéria favorita, para se concentrar na paisagem:

> Ninguém esquece que está diante da vida amazônica, não toda, mas aquela que o Sr. José Veríssimo escolheu naturalmente para dar-nos a visão do contraste entre o meio e o homem.
>
> O contraste é grande. A floresta e a água envolvem e acabrunham a alma. A magnificência daqueles regiões chega a ser excessiva. Tudo é inumerável e imensurável. São milhões, milhares e centena os seres que vão pelos rios e igarapés, que espiam entre a água e a terra, ou bramam e cantam

na mata, em meio de um concerto de rumores, cóleras, delícias e mistérios. O Sr. José Veríssimo dá-nos a sensação daquela realidade (vol. 2, p. 722).

Distante de seu comedimento estilístico habitual, Machado enaltece aquilo que é, de fato, a marca mais saliente desses contos: a capacidade descritiva do autor, recurso que, muitas vezes, desloca e abafa a violência que se manifesta entre e contra os seres humanos. Em minúsculas comunidades enterradas no mato, nas quais mal chegam as regras sociais pactuadas na cidade grande, equivalem-se e competem entre si a força da natureza e a força do mais forte. Naquelas brenhas, o fraco serve apenas para alimentar o forte. Na sobrevivência do cotidiano, avantaja-se o forte, em obediência à lição naturalista mais ortodoxa. Estes são contos que realçam o brutamontes ou o espertalhão, figuras que se acoplam, em geral. Vence quem verbaliza, no caso dos homens; no da natureza, quem tiver maior porte.

Isto fica muito claro no destino infeliz das mulheres, dos índios e dos mestiços destes contos. Ou na devoração literal da natureza, quando apanha gente desprevenida. A desproporção na existência antagônica dos personagens não se revela apenas no embate entre eles e os animais, como no caso do rapaz devorado por piranhas (em "O boto") ou no ataque de uma sucuriju ao José Tapuio. Revela-se, de modo mais impiedoso e dramático, quando a condição humana é atributo de todos, mas diferenciada, seja pela herança histórica, como no caso de homens mandões e embrutecidos, seja por regras sociais, que os tornam distintos e, *pour cause*, autoritários.

Na sequência dos eventos abrigados pelas *Cenas*, o exercício desabrido do autoritarismo me parece o toque mais marcante. Isto faz do ser humano mero acidente de percurso, a ser afastado ou aniquilado com a maior brevidade possível, dado que sua presença incômoda se transformou em estorvo. Em todos os quatro contos isso ocorre. No primeiro, é Rosinha que perdeu qualquer interesse para seu galanteador, depois de deflorada; no segundo, é o pobre do José Tapuio, sobre quem recai, automática e preconceituosamente, a suspeita de estupro; no terceiro, a vítima é o Quirino, *rapagão de 30 anos*, arrebatado do núcleo familiar, com presteza, para servir à pátria em guerra; no último, quem incomoda é Vicentina, cuja existência se convertera em permanente instabilidade. O que une essa gente toda é a total falta de autonomia individual. Vivendo ao léu, desamparados de qualquer proteção do Estado, fragilizam-se ainda mais quando arrancados de suas comunidades originais, de suas estufas protetoras.

A peregrinação de tia Zeferina pelos corredores palacianos, em busca de ajuda para recuperar seu filho Quirino, que fora recrutado de modo inteiramente arbitrário e violento, ilustra, à saciedade, o desamparo do cidadão, abandonado pela sociedade e fustigado pela natureza. Perambulando pelo palácio do governo na expectativa de uma ajuda ilusória, tia Zeferina não percebe bem, mas atravessa dois ambientes distintos, marcados pela presença do povo, primeiro, e do governo, depois. No primeiro, o narrador aponta-nos a sujeira, o abandono, o desleixo, a decadência, a corrosão. No segundo, dentro da sala oficial do governador, embora nela haja sinais ostensivos de autoridade e de pompa, a balbúrdia finge respeito. No caso do respeito, ele se desfaz em cacos, quando se percebe a *umidade* da sala do figurão, cheia de *mapas cobertos de pó*, o que sugere desorientação do seu usuário maior. No caso da pompa, sai ela reforçada em sua soberba pela *turgidez das pálpebras* de um oficial com *aspecto suíno*.

Mesmo que implorasse pelo filho a esses figurões, mesmo que se humilhasse diante dessa gente, a ponto de usar, de modo muito peculiar e submisso, subjuntivos terminados com diminutivos, tia Zeferina é enxotada da casa de governo. Desesperançada, vai, ao menos, assistir ao *embarque do contingente que a província do Amazonas mandava para a guerra do Paraguai*. Nesse dia *formoso*, a natureza festejava a audácia, a coragem e a solidariedade dos jovens, engambelados e tristonhos. Alinhados em seus uniformes mal-ajambrados na beira do rio, partiam sem perceber que estavam sendo sugados e ilaqueados pelo governo. Volúvel e cúmplice, a natureza se dobrava ao roteiro oficial, acolhendo as autoridades e castigando o populacho. E sobre a mãe desalentada, solitária e impotente descarregava ainda sua punição final. Na *praia deserta* do rio, esforçando-se para ver o vulto do barco que se afastava, tia Zeferina era vítima de compressão natural, que a escaldava pelos pés e pela cabeça: *Somente a tia Zeferina, de pé na areia ardente, a cabeça exposta a todo o ardor do sol, fitava sempre o horizonte...*

O barco que se afastava, que desaparecia no horizonte, que mal deixava um rastro volátil atrás de si, e que carregava dentro dele a segurança material e a referência afetiva de tia Zeferina, metaforiza o componente mais forte e mais visível destes contos de José Veríssimo: a distância, o desgarramento, a dissolução emocional. Naquelas condições de vida, a desgraça da maioria dos personagens é o enfrentamento constante com a natureza ou com a sociedade. Nunca se sabe de onde virá o próximo golpe, se de uma ou de outra.

Às vezes, vem dos dois lados, de forma simultânea ou consecutiva.

"O crime do tapuio", por coincidência, sintetiza bem esse tipo de combate, que é tônica dos demais contos.

Primeiro, José Tapuio atraca-se, no mato, com uma *sucuriju enorme*. Em seguida, na cidade, defronta-se com um júri desajeitado, que o condena às *galés perpétuas*.

A cena da luta contra a sucuri é curta e antológica. Bicho e homem se mostram dignos um do outro, na força, na habilidade e na agilidade. São inimigos do mesmo porte. Nesse combate não existe alternativa: morre um ou o outro. Nenhuma conciliação é possível. Com espantosa nitidez naturalista, é luta que retrata com fidelidade aquilo que, em outro contexto, Euclides da Cunha chamou de *batalha obscura e trágica*, em carta que, um dia, enviou ao seu amigo José Veríssimo [F. Venâncio Filho, 1938, p. 168]. Por meio dela, nota-se que a ideia romântica da natureza acolhedora, capaz de se harmonizar com o homem, cai por terra. E aqui entra um preceito literário do naturalismo inovador, do qual José Veríssimo é um dos pioneiros, neste país. Naquela refrega, nenhum dos dois está interessado na sobrevivência do outro. A vida de um depende do extermínio do outro. Naquele cenário, natural para os dois, contam, para a sobrevivência imediata, o reflexo rápido, a destreza e a força bruta. Se a agilidade e a força fossem equivalentes, ocorreria um empate. Não é o que ocorre, porém, porque, além dessas qualidades, José Tapuio conta com um instrumento, de que não se separa no dia a dia: *sua faca curta de pescador*. Com ela, o tabaréu determina a sorte da serpente monstruosa, depois de verdadeiro balé mortal em que ambos se exibem em suas habilidades.

Se no ambiente da selva José Tapuio sai vencedor, o mesmo não se pode dizer, entretanto, de sua experiência na cidade.

Ali, em meio a seus semelhantes, de nada valem sua astúcia e sua força física. Embora construída para conforto do ser humano, a aglomeração urbana, sobrecarregada de formalismos e de um simulacro de justiça, é a primeira a encurralar José Tapuio e a submetê-lo à mesma constrição que o ribeirinho experimentara diante da sucuri. Com a diferença, no entanto, de que, no júri a que fora atirado, não são mais os *anéis de ferro* que lhe estrangulam o pescoço. O que o sufoca naquele recinto formal são a retórica jurídica, a coreografia dos serventuários da justiça, o indisfarçável desconforto do júri e o exibicionismo da cena em si, cujo intuito maior é o de passar a imagem de civilidade, de cortesia e de retidão. Nesse segundo confronto, José Tapuio continua como vítima, em nível inferior, no entanto. Na sala do júri, tão decadente como o palácio que oprimira tia Zeferina, a *faca curta de pescador* nenhuma serventia terá, porque nesse ambiente inteiramente adverso ao caboclo predomina a força da palavra e dos códigos legais por ela constituídos e regidos. No uso desse instrumento, José Tapuio é nulo e faz jus ao sobrenome. Às interrogações que lhe dirigem e que mal entende, o máximo de resposta que se ouve é uma língua truncada e trôpega, que o enrola qual a cobra cuja cabeça cortara. Sem faca na mão e sem nenhuma cabeça visível e palpável diante de si, porque a do Estado é medusa e se faz representar através de várias ao mesmo tempo, o pobre do pescador se confunde, se assusta e mal percebe o que se passa ao seu redor. Os cipós da selva e os anéis da serpente eram-lhe mais visíveis, mais concretos e menos difíceis de enfrentar. Daí sua atonia naquele espetáculo jurídico, no qual se contorcem e se debatem acusadores e defensores, figurantes de um cerco em torno do caboclo inteiramente apalermado. Na gradação daquele conjunto humano que se reúne na sala do júri, José Tapuio é o último da fila, sem nenhum direito à descrição por parte do narrador. Quando muito, anota-se que coçava os pés e a cabeça, de modo simiesco. Ou que era dotado de *lábios grossos*. Dentro daquelas paredes e apertado em *dois palmos de um banco*, muitos outros vêm antes dele. Vêm o juiz, o promotor, o escrivão, o advogado de defesa, a gente *da cidade*, os *roceiros*, os soldados e até mesmo o oficial de justiça, *um mulato esguio de alta gaforina erguida em trunfa, com um pé doente calçado em uma chinela de tapete, trazendo pela mão um menino de seis anos todo vestido de brim pardo, engomadinho, o cabelo encharcado em óleo de cumaru empastado na cabecinha pequena, franzina, anêmica* (*Scenas*, 1889, p. 132).

As chances de José Tapuio, diante da máquina do Estado, são nulas. Eram bem maiores diante da sucuri, embora não parecesse. No meio do mato, o caboclo corria riscos naturais maiores, com a vantagem, no entanto, de ter sido treinado a enfrentá-los, desde curumim. Na civilização, desguarnecido por inteiro, faltaram-lhe palavras, literalmente falando.

* * *

Para finalizar, retomemos a parceria Veríssimo-Machado.

Quando da 2ª edição das *Cenas da vida amazônica*, Machado saiu de seu silêncio para elogiar o livro do amigo. Seu argumento maior, nessa crítica elogiosa, é o da exatidão documental, capaz de nos passar *o quotidiano da existência e dos costumes, que o autor pinta breve ou minuciosamente* (Aguilar, vol. 2, p. 722). Em nenhum momento, Machado menciona o grau de regionalidade dos contos, nem sua eventual exacerbação telúrica, detectada com facilidade.

Mas, cauteloso como sempre, o metonímico Machado prefere valorizar o detalhe, na reconstrução daquele universo mais fluvial que terrestre. Tanto que é capaz de chamar nossa atenção para o fato de que o narrador se permitira usar formas populares de fala e algumas *locuções da terra*, sem se submeter ao formalismo linguístico da literatura de então. O grau de realismo, insinua Machado, tinha muito a ver com o *contraste entre o meio e o homem*.

Ao encaminhar dessa forma sua crítica, na qual realça mais a disputa entre o homem e o meio do que o drama humano, poder-se-ia pensar que Machado estivesse sucumbindo à pregação do Naturalismo mais convencional, em forte expansão na *periferia do capitalismo*, que Machado se dobrara à força impetuosa de Zola e que estivesse pronto a renegar suas convicções literárias, expostas com tanta clareza e segurança quando se manifestara sobre *O primo Basílio*, de Eça de Queirós.

Essa interpretação desmerece o romancista e não procede. Se dilatarmos um pouco mais o tempo e recuperarmos carta curta que Machado enviou a Veríssimo, em fevereiro de 1902 (vol. 3, p. 1059), veremos por que.

O assunto dessa carta é o apoio do romancista a um artigo que José Veríssimo acabara de publicar no *Correio da Manhã* (18 fev. 1902) e que hoje faz parte da 5ª série de seus *Estudos de literatura brasileira* (1905), sob o título de "Franklin Távora e a literatura do Norte". Como tópico único ali está a questão do regionalismo.

Sabe-se que Machado andou distante dessa tentação. Que ele nunca se permitiu que ela o arrodeasse muito, nem mesmo nos romances conhecidos como os da primeira fase. Que ela lhe era inteiramente estranha, apesar do cerco romântico. Que precaver-se contra ela era seu desígnio oculto no projeto de organização da ABL, tarefa em que teve José Veríssimo como parceiro forte e constante.

Porque, bem mais que a consagração momentânea do prestígio intelectual que as Letras pudessem conferir a qualquer praticante, o que Machado tinha em mente ao erigir aquela agremiação era a continuidade e a consolidação de uma cultura, expressa por sua língua e resistente a qualquer separatismo precipitado, ditado por circunstâncias históricas voláteis. De modo franco, Machado concorda com Veríssimo. Os dois discordavam da pregação regionalista de Franklin Távora, porque nela viam o risco de fragmentação de uma *pátria intelectual una* (Aguilar, vol. 3, p. 1059).

Anos antes desta carta, quando do encerramento dos trabalhos do primeiro ano da ABL, Machado expusera o desejo de que a instituição funcionasse como *guarda da nossa língua* (*Discursos acadêmicos*, p. 26). No final desse discurso, ao figurar essa proteção, Machado enlaçou Brasil e Portugal lembrando Garret, que usara o Amazonas e o Tejo como metáfora dinâmica para o acolhimento de tradições que se renovam. Referia-se Machado a uma passagem do poema *Camões*, no qual se pergunta o poeta Garrett:

> Onde levas tuas águas, Tejo aurífero?
> Onde, a que mares? Já teu nome ignora
> Netuno, que de ouvi-lo estremecia.
> Soberbo Tejo, nem padrão ao menos
> Ficará de tua glória? Nem herdeiro
> De teu renome?... Sim: recebe-o, guarda-o,
> Generoso Amazonas, o legado
> De honra, de fama e brio; não se acabe
> A língua, o nome português na terra.

Ao conectar Portugal com o Brasil e o Tejo com o Amazonas, Machado reforçava, de forma perspicaz, um vínculo cultural dentro do qual se aninhava, com naturalidade, a figura do grande amigo José Veríssimo, por acaso nascido na beira daquele rio imponente. E que, não por acaso, tratara de valorizar a língua engrolada de José Tapuio, sancionando-a como alternativa. Sanção que se dava no exato momento em que se avolumavam, de forma tensa e antagônica, o casticismo linguístico, de um lado, e a prestação de contas do país a si mesmo, de outro. Tendências essas bem visíveis em Euclides da Cunha, súmula precisa e emblema ostensivo do impasse em que viviam todos naquela ocasião. O que estava em jogo para Machado e Veríssimo – parece – não era a definição de regionalidades. O que estava em jogo era a manutenção de uma língua e de uma cultura, independente do espaço que ocupassem. Se couber esta interpretação, caberia supor também, por extensão, que resistiam Machado e Veríssmo a um dos pressupostos fortes do Naturalismo: aquele que definia o *meio* como agente soberano de condicionamentos culturais. Intencional ou não o gesto, convenhamos que não era modesto, nem de alcance curto.

ANTONIO DIMAS
USP, março 2010.

APOIO BIBLIOGRÁFICO*

ASSIS, Machado de. *Obra completa*. Rio de Janeiro: Aguilar, 1962, vols. 2 e 3.

BARBOSA, João Alexandre. *A tradição do impasse. Linguagem da crítica & crítica da linguagem em José Veríssimo*. São Paulo: Ática, 1974.

CAMINHA, Adolfo. *Cartas literárias*. Rio de Janeiro: Tip. Aldina, 1895.

Discursos acadêmicos (1879-1919). Rio de Janeiro: Academia Brasileira de Letras, 1965, vol. 1. Disponível em: http://web.portoeditora.pt/bdigital/pdf/NTSITE99_Camoes.pdf

Revista Amazônica, 1833, tomo I.

VENÂNCIO FILHO, Francisco. *Euclides da Cunha a seus amigos*. São Paulo: Companhia Editora Nacional, 1938.

VERÍSSIMO, José. *Scenas da vida amazônica*. Lisboa: Livr. Editora de Tavares Cardoso, 1886.

---

* Agradeço a André de Aquino, aluno de pós-graduação da Universidade Federal do Pará, pela colaboração e pelo acesso à difícil edição das *Primeira páginas* (1878) de José Veríssimo. [N. do Org.]

VERÍSSIMO, José. *Scenas da vida amazônica*. Rio de Janeiro: Laemmert, 1899.
———. *Estudos de literatura brasileira-5*. Pref. de João Etienne Filho. Belo Horizonte/São Paulo: Itatiaia/Edusp, 1977.
———. *História da literatura brasileira. De Bento Teixeira (1601) a Machado de Assis (1908)*. 5.ª ed. Pref. de Alceu Amoroso Lima. Rio de Janeiro: José Olympio, 1969.

CRONOLOGIA

1857. Nascimento em Óbidos, no Pará.

1869. Transfere-se para o Rio e matricula-se no Colégio D. Pedro II.

1871. Ingressa na Escola Central do Rio de Janeiro, atual Escola Politécnica.

1876. Por doença, retorna a Belém, onde se torna jornalista, professor e funcionário público.

1878. Publica *Primeiras páginas*, coletânea de seus textos de jornal sobre a Amazônia.

1879. Em Lisboa, participa de Congresso Internacional Literário.

1880. Torna-se Diretor da Instrução Pública do Pará, até 1891.

1883. Funda e dirige a *Revista Amazônica*.

1884. Pouco antes de se casar com Maria de Sousa Tavares, neste ano, escreve-lhe: ... *tenho profunda fé que, se outras tivessem sido as condições de minha vida, e mais propícias ao pleno desenvolvimento das tendências do meu* *espírito, eu já me houvera feito um nome digno nas letras, ou nas ciências do meu país* (*Discursos acadêmicos*, p. 905).

1886. Publica, em Lisboa, as *Cenas da vida amazônica*.

1889. Publica *Estudos brasileiros*, vol. 1.
Em Paris, participa do 10º Congresso de Antropologia e Arqueologia Histórica.

1891. Publica *A Educação Nacional*.
Volta ao Rio de Janeiro, onde se estabelece até o fim da vida.
Torna-se Diretor do Colégio D. Pedro II.

1892. Publica *A Amazônia*.

1894. Publica *Estudos brasileiros*, vol. 2.

1895. Publica *A pesca na Amazônia*.
Dá início à 3.ª fase da *Revista Brasileira*, que irá perdurar até 1899.

1897. Participante ativo da fundação da Academia Brasileira de Letras, ao lado de Machado de Assis.

1899. Publica a 2.ª edição das *Cenas da vida amazônica*.

1901. Publica *Estudos de literatura brasileira*, vols. 1 e 2.

1902. Publica *Homens e coisas estrangeiras*, vol. 1.

1903. Publica *Estudos de literatura brasileira*, vol. 3.

1904. Publica *Estudos de literatura brasileira*, vol. 4.

1905. Publica *Estudos de literatura brasileira*, vol. 5.
Publica *Homens e coisas estrangeiras*, vol. 2.

1907. Publica *Estudos de literatura brasileira*, vol. 6. O 7º volume é póstumo e saiu em 1979.
Publica *Que é literatura? e outros escritos*.

1910. Publica *Homens e coisas estrangeiras*, vol. 3.

1912. Rompe com a ABL, porque não concorda com a eleição de Lauro Müller, homem da política e engenheiro.

1916. Morre no Rio de Janeiro, com 59 anos incompletos, em 2 de fevereiro.
Sai sua *História da literatura brasileira*.

NOTA SOBRE A PRESENTE EDIÇÃO

As *Cenas da vida amazônica* de José Veríssimo tiveram três edições antes desta.

A primeira é de 1886 e saiu por uma editora lisboeta, a Tavares Cardoso & Irmão. Esta edição contém extenso ensaio etnográfico introdutório que José Veríssimo excluiu da segunda edição, de 1899, que saiu pela Laemmert & Cia., do Rio de Janeiro.

A terceira é de 1957 e foi publicada pela Organização Simões, também do Rio de Janeiro.

Para esta edição, mantivemos a estrutura e o texto da 2ª edição, seguindo o desejo do autor, que consta em "nota" final (reproduzida na p. 279). Foi atualizada, no entanto, a ortografia, bem como corrigidas as gralhas óbvias.

CENAS DA
VIDA AMAZÔNICA

O BOTO

Naquele dia o Sr. Porfírio Espírito Santo da Silva recolheu-se para jantar mais cedo, de mau humor, a catadura fechada, sem falar a ninguém. Despiu-se às pressas na alcova e, em mangas de camisa – uma camisa de algodãozinho listrado de azul e branco –, em chinelas, sem meias, dirigiu-se para o copiar que servia de sala de jantar, onde uma negrinha magra e feia punha a mesa, a cuja cabeceira ele sentou-se dizendo, com afetação sensível de rispidez:

– A janta.

A negrinha acabou de despejar de uma cuia sobre a grossa toalha branca o último monte de farinha, junto do último talher colocado, e num passo vagaroso foi à cozinha, cerca da casa de jantar, dizer à dona que o "pai-sinhô" já estava à mesa e queria comer. Daí a pouco voltou trazendo um prato de carne cozida e uma tigela de caldo fumegante, que colocou em frente de Porfírio, junto ao qual estava já, sentada num banco de pau de todo o comprimento da mesa, sua filha, uma linda trigueirinha, um pouco pálida, de olhos e cabelos muito negros e lustrosos. Chegou por fim a mulher, D. Feliciana ou, como lhe chamavam as amigas, D. Felica, uma mulher baixa, moreno esbranquiçada, vestida com saia e paletó de chita escura, desbotada.

Era meio-dia; fazia um grande calor e o jantar corria silencioso. O Sr. Porfírio atacou sucessivamente a carne cozida, o tambaqui moqueado e um prato seu predileto, a maniçoba, preparado com mocotós de paca e grelos de mandioca, tudo ajudado de enorme quantidade de farinha, que, servindo-se da ponta dos dedos, à guisa de colher, lançava à boca, de longe, com perícia e certeza de indígena, não só adquirida pelo traquejo desde a primeira infância, mas herdada também dos avós. A moça servia-se da colher para atirar a farinha à boca e não o fazia com menos segurança que o pai.

Ao fim do jantar, quando começavam a comer a sobremesa, umas enormes pacovas amarelas, acompanhadas ainda com muita farinha, Porfírio disse à mulher:

– Apronta as coisas que nós vamos à salga.

Ela, sem outra reflexão, perguntou simplesmente:

– Adonde?

— No Paru. Já mandei dizer ao Antônio pra trazer a canoa – ele dizia canua – e mantimento. Quero seguir o mais breve possível porque peixe é mato este ano, dizque.

— Quando, antão? – tornou a perguntar D. Feliciana.

— Hoje é quinta... vamos na segunda.

Durante toda esta conversa fria e breve, Rosinha, que assim se chamava a filha do Sr. Porfírio, parecera perturbar-se ligeiramente, e ainda com a boca cheia de banana, os lábios semiabertos salpicados pelo último punhado de farinha, olhava para o pai com um rubor quase imperceptível nas faces.

Ninguém deu por isso e saíram logo da mesa. Rosinha foi para a sala da frente e sentou-se num tupé, no chão, junto da sua almofada de renda, cujos bilros de caroços de tucumã estalaram-lhe logo entre os dedos finos, enchendo a sala de sons claros, de um estalido metálico. O pai estendeu-se na maqueira pendurada a um dos cantos da varanda, com o comprido cachimbo apertado nos queixos, esperando que a negrinha viesse acendê-lo. Depois de meia dúzia de cachimbadas, pô-lo devagarinho no chão ladrilhado de tijolos vermelhos, quadrados, e entrou a ressonar como um homem de consciência limpa e barriga cheia, no que dentro em pouco foi acompanhado por D. Felica, que o mesmo fazia em uma rede de alcova, situada entre a varanda ou copiar e a sala pomposamente chamada de visitas. Doze cadeiras de sólida e deselegante fábrica portuguesa, enfileiradas junto às paredes, dois grandes baús de cedro pintados de verde-escuro, com ramagens encarnadas já sumidas nas tampas, colocados nas suas respectivas cambotas; um grande oratório de pau, pintado de azul e listas amarelas com pretensões a fingir ouro, em cima duma mesa nua e chã; dois quadros religiosos na parede – Nossa Senhora Santana e S. Sebastião – e uma rede a um canto, eram toda a mobília desta sala, ladrilhada, como o resto da casa, de tijolos vermelhos quais camarões cozidos. Aqueles dois sons, um alto e outro baixo, chegaram sem dúvida aos ouvidos de Rosinha. Parou de bater os bilros e pôs-se por um momento à escuta, com a cabeça erguida como a veadinha tímida quando indaga se pode, sem receio de perigo, deixar a capoeira para ir matar a sede no igarapé que murmura ali perto. Certa que seus pais dormiam, ergueu-se, correu à janela e levantando precipitadamente a empanada pôs-se a olhar para um e outro lado, como quem espera alguém.

A longa e estreita rua do Bacuri, na qual eles moravam, em Óbidos, estava deserta. Era a hora sonolenta da sesta. Parecia que tudo – a natureza como os homens –, segundo é ali costume depois do jantar, se tinha deitado a dormir. O sol ardente, no céu muito azul sem nuvens, deixava cair seus raios de fogo perpendicularmente, como a querer abrasar a terra, fazendo no ar cintilações elétricas que obrigavam a fechar os olhos. As duas fileiras de casas, baixas, desiguais, de cores vistosas e variadas, com as janelas e portas cerradas, indicavam que os seus moradores dormiam. Uma aragem morna e fraca bulia levemente as frondes empoeiradas dum mucajazeiro que Rosinha tinha defronte de si no quintal do sobrado, designação que ali dão à casa fronteira, de um andar. Urubus dormitavam com as cabeças sob as asas ou pousadas nos peitos, sentados nas patas, como informes vultos negros, nas cumeeiras das casas e na platibanda da Câmara Municipal. Uma galinha rajada de branco e pardo, seguida de uma ninhada de pintinhos novos, procurava com maternal solicitude, varrendo o chão com os pés, alguma coisa comível para os pequenos. E chamava-os com um cacarejar terno e apressado, dando à voz inflexões carinhosas, mostrando-lhes com o bico, com a abnegação de mãe, um grãozinho qualquer, sobre o qual eles se precipitavam, brigando pela posse dele a pequeninas bicoradas raivosas. Um boi vermelho, gordo, pastava pacífica e gravemente o capim que crescia, alto, junto à cerca do colégio de S. Luiz Gonzaga, quebrando um pouco deste enorme e monótono silêncio com o ruído surdo do seu forte ruminar. Lagartos ligeiros e azulados disputavam-se os pequeninos insetos, gafanhotozinhos, que irrefletidamente saltavam dos tabuleiros de capim que marginam as casas de um e outro lado, para o meio da rua. As mesmas lojas e tabernas tinham as portas meio cerradas e os caixeiros deviam cochilar sobre os balcões, enquanto os patrões dormiam lá dentro. De longe, do fim da rua Nova, de lá das bandas da olaria do Manoel do Cabo, vinha o som agudo do chiar monótono de um carro, retardado certamente na sua volta do lago, carregado de lenha, pondo naquela silenciosa quentura uma vibração estridente e melancólica.

Momentos depois de haver chegado à janela, Rosinha viu descer de cima da rua, saindo da casa do vigário, uma rapariga, uma mulata, de grande gaforina eriçada e densa, que passou por ela com a saia de chita azul ramejada de amarelo, arregaçada e presa na cintura, metida entre o cós e a pele. Tinha caído pelos ombros abaixo o cabeção, espécie de casaco decotado, curto, quase sem mangas, deixando ver, no desalinho inconscientemente impudico que elas usam, os seios e as cinturas, nas costas. Ia ao igarapé do fim da rua buscar água; levava na cabeça, deitado horizontalmente sobre a rodilha de pano, o pote vermelho e no canto da boca um cachimbo curto. Ao passar dirigiu à Rosinha um sorriso malicioso, dizendo-lhe:

– B'as tarde. – E virou-se para trás espreitando, como quem sabia que ela estava ali à janela, àquela hora de calor, esperando alguém.

Com efeito, daí por pouco um homem, um rapaz de vinte e dois anos o muito, aparecendo à esquina do Canto Redondo, fez despontar um sorriso nos lábios de Rosinha que, aproveitando um instante propício, acenou-lhe disfarçadamente com a mão, chamando-o. O moço compreendeu sem dúvida que ela queria falar-lhe. Começou a descer a rua lentamente, com as mãos nas algibeiras das calças de brim pardo, assobiando. Chegando sob a empanada, parou e os dois puseram-se a conversar em voz baixa e rápida, ela voltando-se de vez em quando para dentro, ele espreitando a rua por todos os lados, ambos com a inquietação vaga de criminosos.

Rosinha contou-lhe que o pai resolvera ir à salga; partiam dali a três dias, na segunda; estava muito agoniada por deixá-lo, ao moço, a quem queria tanto, sem ele cumprir a promessa que lhe fizera; e pediu-lhe, pelo amor de Deus e da Virgem Maria, que se lhe tinha amor, casasse com ela, como havia jurado. Ele ouviu tudo calado, olhando para o chão com uma ponta de riso nos lábios amontoados num assobio baixo, fino e irônico. Não podia ainda casar, respondeu. Se o fizesse, seu patrão – já lho tinha dito – punha-o fora. Esperasse que ele se estabelecesse, o que não tardava muito. Tivesse paciência. Ela sabia que a estimava muito. Daí a um mês, o mais tardar, teria loja sua e então casariam. Adeus, era tempo de se ir embora, pois há muito que estavam à janela, podia alguém reparar; muita gente na cidade já começava a falar; ela sabia, as más línguas... Apertou-lhe ternamente as mãos e deixou-a, no mesmo passo vagaroso em que veio, sempre assobiando por entre um sorriso sarcástico. Rosinha seguiu-o com um olhar triste e desalentado, e depois, quando ele, sem voltar-se, dobrava o canto, num gesto brusco deixou cair a empanada, que bateu sobre o parapeito da janela com uma pancada forte e seca. Era tempo; a natureza estiriçava os braços num bocejo preguiçoso de quem deixa a rede; a hora da sesta se ia passando, algumas portas se abriam e raras pessoas começavam a aparecer na rua.

Até aos doze anos Rosinha vivera fora de Óbidos, no sítio do pai, na Costa, nome genérico, por que é conhecida a margem do rio em frente à cidade. Era uma excelente propriedade de dois mil pés de cacoeiros e campos de criação nos fundos, que Porfírio herdara do pai, o qual a tinha também herdado do avô, um dos primeiros que ali se estabeleceram. A casa em nada se distinguia das outras casas de sítio daquelas redondezas. Tinha a mesma frente comprida, em cuja larga parede de barro sem reboco rasgavam-se quatro portas retangulares e desgraciosas. A palha da cobertura, não aparada, dava-lhe o aspecto alvar das crianças que trazem sempre os cabelos caídos na testa. Era dividida em quatro compartimentos iguais, comunicados entre si por aberturas tapadas com japás à guisa de portas. A um lado ficava um rancho apenas coberto de palha também, onde estavam o forno e os apetrechos da fabricação da farinha, os ralos, as gurupemas, os tipitis, as gareras ou cochos, umas como ubás a que houvessem cortado as extremidades, onde ralam a mandioca. De outro lado, levantava-se, quase à altura de dois metros, o "tendal" ou girau de sacar o cacau, um tendal que a preguiça fizera escasso de modo que no tempo da safra eram obrigados a secar aquele produto no chão, sobre tupés.

Na frente do sítio, num terreno geralmente varrido, limitado no fundo pela casa e dos lados pelo rancho do forno e pelo tendal, cresciam algumas árvores frutíferas e arbustos floríferos, como laranjeiras, um pé de sapotilheira, um outro de cupuaçuzeiro, jasmineiros brancos e de Caiena, um coqueiro cujos cocos eram exclusivamente consagrados a Santo Antônio, e uma cuieira copuda, ameaçando com seus enormes frutos esféricos a segurança de uma canoa velha erguida do chão por quatro paus, cheia de terra, onde cresciam, como num canteiro suspenso, melindres, malmequeres, manjeronas, trevos, perpétuas, cravinas e outras flores vulgares, num concerto discordante de perfumes e cores. Pelos lados e por detrás da casa estendia-se o cacoal sombrio, formando uma massa compacta de folhagem que, olhada do rio, destacava-se logo em seguida a uma vegetação rala de embaubeiras e aueranas e aos *matupás* de canarana encostados à margem, pelo meio dos quais, em frente à casa, as canoas, nas suas idas e vindas, tinham aberto uma passagem. Aí um grande madeiro, "pescado" no meio do rio e atirado perpendicularmente à terra, servia de ponte, junto à qual, amarrada nos *marás* fincados no tijuco a poucos passos da margem, flutuavam duas ou três canoas. Este sítio, como é de regra no Amazonas, tinha um nome de santo, o que, diga-se de caminho, está longe de indicar um profundo sentimento religioso. Chamava-se S. Isidoro este, ignoramos por quê.

Durante longo tempo, Porfírio não saía dele senão para ir à cidade em tempo de eleições, do júri, ou a uma ou outra festa. Ali Rosinha nascera e crescera à lei da natureza, vivendo na promiscuidade indecente dos moleques e curumins, seus companheiros constantes de brinquedos no terreiro da casa, sob os coqueiros e laranjeiras, nos passeios por baixo do cacoal, e nos banhos e pescarias a caniço da margem do rio. Seu pai era um pobre-diabo, pouco menos que analfabeto, e falho desse bom-senso vulgar que vale bem a instrução superficial das escolas primárias. Desambicioso, senão indolente, quando a necessidade não o chamava à pesca ou à caça, quando não era época de encoivarar a roça, de plantar a mandioca, ou de colher o cacau, vivia a vida apática e estéril desses homens que, nos recenseamentos, listas de qualificação e outros papéis oficiais da Amazônia, são chamados lavradores. Casara-se cedo, sem paixão, mas sem cálculo, com a filha de um vizinho, cuja casa frequentava quando solteiro. O isolamento do sítio, a necessidade de ter uma mulher, foram por muito neste casamento. Era D. Feliciana uma boa moça, feia de cara mas de formas abundantes e voluptuosas, que deviam influir o seu temperamento de mestiço. Tinha todos os defeitos e boas qualidades de mulher mameluca, mais forte que o homem, porém, como ele, sem intensidade na ação. Enquanto foi moça – e o foi por bons quinze anos –, foi meiga e terna, de uma meiguice e ternura inteiramente carnais. Possuía no entanto, sobre o marido, a superioridade do trabalho. Governava a casa, plantava com ele a maniva, colhia-a e reduzia-a a farinha, dirigia a cozinha em companhia da escrava encarregada de lhes fazer a comida, apanhava o cacau e nas viagens pequenas, quando faltavam remeiros, remava ela também.

Dois anos tinham de casados quando lhes nasceu aquela filha. Não lhe deram extremos amorosos; ambos a queriam muito, é certo, mas lhes fora indiferente que ela não houvesse nascido. Neste tempo uma tapuia da casa teve também um filho, e a amamentação da menina, que recebeu na pia da igreja matriz de Santa Ana, em

Óbidos, o nome de Rosa, ficou a cargo das duas mulheres. Rosinha, como logo entraram a chamar-lhe, cresceu, senão robusta, sadia. Desde que andou meteu-se de companhia com os curumins e molecas que havia no sítio e a maior parte do tempo passava com eles. Levava uma vida anfíbia, à beira da praia, ora n'água ora em terra, fazendo figuras na areia. Edificava *tijupares* em miniatura no terreiro, para agasalhar, em redes de um retalho de pano suspenso pelas pontas dos frágeis espelhos dos pequenos edifícios, as suas bonecas, fabricadas pela mãe ou pela ama, uns monstrengos verdadeiramente interessantes sob o ponto de vista da arte primitiva. Não se cansaram jamais em dar-lhe uma noção teórica qualquer. Batiam-na às vezes, mas raras, quando se mostrava desobediente e insubordinada.

Havia na sala da casa, na mesma onde dormiam, sob uma mesa tosca, um oratório de pau, pintado de azul e branco, cheio de imagens grosseiras e disformes. Metade pelo que observava, metade porque lhe ensinaram, veio a saber que se chamavam "santos", que moravam com o "papai do céu", o mesmo que quando ela chorava a ralhava com sua voz de trovão. Notou que ninguém se chegava para os tais bonecos de pau, que muitas vezes cobiçou para seus brincos, senão quando roncava trovoada. Então a mãe acendia uma vela de cera defronte do oratório, cuja cortina de chita se corria, e mais nada. Uma vez que se perdeu um brinco de ouro da ama, viu-a dar uma surra de cipó num deles, que conhecia por Santo Antônio, e deixá-lo depois no oratório, com o rosto virado para a parede. Como lhe diziam quando chorava que Nossa Senhora não gostava de meninas choronas e o Pai do céu ralhava, começou a ter medo daqueles santos e punha-se às vezes a olhá-los de longe, com um olhar pasmado. Pelos mesmos motivos ameaçavam-na também com o Curupira, o tutu, pretos velhos que comem meninas, metendo-lhe muito medo. A ama, ou mãe tapuia, consoante a tratava, embalando-se com ela na rede para a fazer dormir, cantava-lhe uma canção indígena, numa toada uniforme e enfadonha, que à força de ouvir já sabia de cor: *Akutipúrú ipurú nêrupecê cimitanga miri ukerê uarana*. Mais tarde contaram-lhe as histórias do Caipora e do Matintapereira, de que ela gostou muito e que se fazia repetir, já pelas pretas, já pela mãe tapuia. Estas noções vagas do supernaturalismo selvagem misturavam-se com as histórias dos santos do oratório, que podiam dar chuva, fazer achar qualquer objeto perdido, ou cessar os trovões, confundiam-se, amalgamavam-se na sua consciência onde a crença na Virgem Maria era igual à da Mãe-D'água. Algumas festas de igreja, a que depois assistiu em Óbidos, e as ladainhas, que a todo o propósito havia em casa do seu avô, iniciaram-na pouco a pouco na religião. Aos onze anos sabia o Padre-Nosso, a Ave-Maria e fazia o sinal da cruz. Isto bastava-lhe, contudo, para rezar quando no silêncio da noite ouvia o assobio do Matintapereira ou o pio rouco e agourento de uma ave noturna. À noite, cansada do brincar de todo o dia, deitava-se, muitas vezes com o mesmo vestido ou camisão que trouxera durante o dia, e dormia no mesmo quarto com seus pais. Por fim o pai mudou-se para a cidade, de onde seus amigos políticos o chamavam para as altas funções de procurador da Câmara Municipal. Com esse amor às posições oficiais, por mais reles que sejam, próprio às raças fracas, correu pressuroso não ao apelo dos seus amigos, como dizia e nós repetimos, mas a abocanhar aquele magro "osso", segundo a expressão pitoresca dos adversários, pelo qual suspirara tanto tempo, abandonando com imprevidência o seu sítio e esquecendo que na lista da qualificação do distrito tinha o qualificativo de lavrador adiante do seu nome.

Chegando a Óbidos, Rosinha teve, uma sobre outra, duas sensações diferentes: a alegria que experimenta toda roceira ao ver-se na cidade, e a tristeza do isolamento pela falta dos seus companheiros e da sua liberdade. Aqueles, como o cacoal, como aquelas árvores a que trepava e por entre as quais corria, tinham ficado na "outra banda", e achava-se aqui só, com seus pais, a Camila, a negrinha que fazia o serviço da casa, uma outra preta, e a mãe tapuia. Pouco depois este aborrecimento legítimo teve uma distração, que acabou com ele: puseram-na na escola. Era inteligente ou, como dizia D. Feliciana às suas amigas contando-lhes as qualidades da filha, tinha boa memória, e fez progressos. Ao cabo de dois anos saiu da escola sabendo o catecismo, lendo o *Simão de Nantua* e o *Tesouro de meninas* e escrevendo sem muita ortografia, com a letra bonita, mas banal, do geral das obidenses.

Foi nas suas idas e vindas entre a casa e a escola que principiou a namorar. Ali, no trato com suas condiscípulas, nas palestras que precedem à abertura da aula, enquanto a mestra está lá para dentro tratando da família e da casa, tinha aprendido a considerar o homem de uma maneira que nós nos sentimos inábil para explicar, mas que por uma intuição perfeitamente natural e orgânica ela devia compreender. Quiçá o considerava já um fim, um destino da mulher, ao qual se chega pelo namoro, como via praticar as colegas que lhe contavam histórias das suas precoces afeições aos meninos da escola do professor Valente, ou a algum caixeiro de doze anos. Depois desta iniciação, viera-lhe um vago desejo de ter um namoro.

Ficava-lhe no caminho da casa a taberna do Manoel Bicudo, cujo caixeiro, o Antônio Bicudo – como lhe chamavam dando-lhe a alcunha do patrão –, não a deixava passar sem lhe dirigir uma chalaçazinha. Era um mau rapaz, muito temido pelas pacatas famílias obidenses, sempre receosas da sua maledicência, já em palestras em rodas mexeriqueiras, já em pasquins infames, a cuja fabricação era atreito.

Infelizmente para ela, Rosinha não o conhecia, mas quando tivesse já ouvido dizer mal dele, é possível que isso não fizesse peso na sua cabecinha leviana de menina de quinze anos. Demais, com seus olhos peninsulares muito pretos e amorosos, o seu bigode negro, pequeno mas farto, era Antônio um dos mais bonitos rapazes de Óbidos naquele tempo, e isto lisonjeava-lhe a vaidade recentemente acordada pelo desejo de ter, como as maiores da escola, principalmente como sua amiga Anica Raposo, um moço que gostasse dela e de quem ela gostasse também. O Antônio nunca a deixava passar, com a mãe tapuia atrás levando o bauzinho de folha de flandres da costura e os livros, sem lhe dizer uma gracinha que ela aceitava rindo-se, de cabeça baixa, intimamente grata a esta constância e orgulhosa da conquista.

Por fim, não satisfeito sem dúvida com estes risinhos platônicos a quatro vezes por dia, o caixeiro do Manoel Bicudo, seduzindo a ama com um copito de aguardente – tão grata ao paladar tapuio –, um pedaço de tabaco, ou uns covados de chita, conseguiu interessá-la pelo seu namoro até fazê-la portadora de uma carta sua para

Rosinha, que, já o dissemos, não era de todo indiferente às assiduidades do rapaz, e que não tardou em responder, sendo logo conhecido em toda a cidade que ela era namorada do Antônio Bicudo, graças ao gosto que tinham umas velhas chamadas Gonzagas de espreitar, por entre as poeirentas gelosias das suas janelas, o que se passava pela vizinhança e de dar conta às suas comadres e amigas, pedindo sempre o maior segredo, do resultado das suas observações.

Mostrou-se o moço Antônio muito enamorado de Rosinha. Na igreja, primeiro lugar onde se puderam ver mais de próximo, ia ajoelhar-se sempre perto dela, junto à grade. Durante a missa os seus olhos não se deixavam, era um êxtase para ambos esse entrelaçamento de dois olhares, num diálogo que por ser mudo não era menos eloquente e gostoso. Em um leilão de prendas da festa de Santana deu dez mil-réis por um sagui e mandou-lho oferecer pelo leiloeiro, com grande escândalo de algumas famílias reparadeiras destas coisas. Com a facilidade de fazer relações que há nas terras pequenas, começou mesmo a parar à janela do procurador, com quem aliás já tinha conhecimento, para conversar, ora com ele, ora com D. Feliciana ou Rosinha, muito acanhada ainda nos primeiros tempos. Dava cigarros ao pai e ao cabo de alguns dias começou a tuteá-lo, achando-lhe sempre muita pilhéria nas graças lorpas. Um dia aceitou uma xícara de café lhanamente oferecida e entrou. As suas boas maneiras acabaram de conquistar-lhe D. Feliciana, a cuja disposição pôs, com muitos oferecimentos, os seus serviços e a loja do patrão. Destas relações não se desaproveitou Porfírio, que conseguiu dele a abertura de um crédito na loja. O caixeiro, ganhando sobre ele a superioridade de credor, teve maior entrada na casa e começou a namorar-lhe abertamente a filha. Ele e a mulher, entretanto, não davam por isso, e na cidade eram talvez os únicos que ignoravam as relações amorosas, até aí inteiramente honestas, deve dizer-se, de sua filha com Antônio Bicudo, relações a que ela se entregava com o abandono terrível da mulher que não calcula riscos, nem conhece deveres. Assim, quando saiu da escola, pouco depois de começar este namoro, levava horas inteiras à janela, a olhar o Antônio, que vinha pôr-se em exposição aos seus olhos amantes, encostado à ombreira da porta, fumando cigarros, com um ar satisfeito. Entrou a corar, depois, quando o encarava e ainda mais se ele, como acontecia nas ocasiões que se viam de perto, apertava-lhe as mãos com uma pressão terna de dedos.

Estavam as coisas neste pé, quando Antônio, não sabemos por que motivo, foi posto fora da casa do Manoel Bicudo levando, além de um conto de réis do que chamava cinicamente os seus "caídos" – umas economias feitas à custa da gaveta da taberna –, a alcunha do patrão. Em uma carta à Rosinha disse-lhe que ela era a causa da expulsão, pois o Manoel exigia dele não voltasse à casa do procurador e não lhe fiasse nem mais um vintém, ao que ele, por amor dela, não quis aceder, preferindo ser despedido. A mãe tapuia corroborou a história, e ela acreditou-a. Esta ideia de ter feito uma vítima encheu-a de vaidade e redobrou o seu amor: afligia-a e inebriava-a. Fazia sofrer um homem, pobre rapaz era perseguido – a despedida tomava a seus olhos um caráter de perseguição – por causa dela. E amou-o então apaixonadamente; seu afeto crescendo tomou uma feição de ternura em que havia já um pouco do carinho maternal que está no fundo do coração de toda mulher, e uma intensidade de que não a julgariam capaz. Pobre Antônio, estrangeiro, longe da sua terra e seus parentes, ainda em cima era infeliz, por amor dela. Não havia, pois, de protegê-lo com o seu amor? não devia cobri-lo com as suas carícias? E assim pensando quisera tê-lo ali sempre ao pé de si, com a cabeça sobre o colo, a catar-lhe os cabelos negros, e depois curvar-se sobre ele, abraçá-lo, beijá-lo, por gratidão, porque ele se sacrificara por ela...

Este acesso de paixão não escapou ao Antônio. Tornou-se em consequência exigente, fingindo ciúmes de todo o mundo, que muito a alegravam, vendo neles uma prova de amor. Havia tempos que lhe falava em terem uma entrevista em lugar ermo, a sós; agora estava outra vez empregado, precisava tratar do casamento – pois queria casar com ela –, tinha muita coisa no coração para dizer-lhe. Ela recusava, interiormente satisfeita com o pedido. Por fim, ele mostrou-se zangado e declarou-lhe que se não fazia o que lhe pedia era porque gostava d'outro – o João do Gomes –; que não o amava, a ele Antônio; que fora um tolo em sacrificar-se por ela; e, queixando-se assim, amargamente, deixou-a, fingindo-se irritado e pesaroso, afirmando-lhe que, se não anuísse aos seus desejos, se iria embora de Óbidos, para o Madeira, morrer de febres, que se mataria em suma. E levou dias sem lhe passar pela porta.

Esses dias viveu-os ela angustiada, muito triste, chorando às escondidas. Não sabia o que fizesse; tinha medo dos pais e ao mesmo tempo desejo ardente de encontrar-se sozinha com o Antônio para conversarem à vontade. E punha-se a cismar no modo como aquilo se havia de arranjar, que ninguém soubesse. Lembrava-se de ir ao lago, que fica por detrás da cidade, tomar banho com a mãe tapuia, e então ele apareceria, como por acaso, e estariam juntos muito tempo. Com certeza, porém, a mãe tapuia não os deixaria sós, e ela tinha uma suspeita vaga que ele queria falar-lhe de coisas que uma terceira pessoa não podia ouvir, segredos de namorados, desejos de amante; e pensava sorrindo se ele lhe pediria um beijo.

Ao cabo de quatro ou cinco dias recebeu, por intermédio de uma escrava do novo patrão do Antônio, uma carta deste. "Amanhã, dizia, passa aqui o *Tapajós*, se até lá tu não tiveres feito o que te pedi, é que já não gostas de mim e por isso vou-me embora. Aceita, ingrata, um adeus eterno de quem muito te amou." Era disfarçada a letra e sem assinatura a carta. Esta resolução do Antônio pô-la fora de si. A ideia de perdê-lo assombrava-a. E sem poder mais resistir àquele amor, que conhecia agora tão grande, resolveu de pronto responder-lhe dizendo-lhe viesse essa noite mesmo, às onze horas, esperá-la na cerca de sua casa, que dava para um espesso matagal. Foi à cozinha, tirou um carvão e meteu-o, com um fio de *tucum*, em que deu onze nós, dentro de um cartucho de papel. Escondendo tudo no seio – cúmplice inconsciente e sempre pronto das mulheres –, foi pôr-se à janela esperando ocasião propícia para enviar a Antônio aquele singular invólucro. Daí a pouco passou uma rapariguinha, uma tapuinha de dez anos, de ar adoentado e tolo, com uma garrafa na mão, em direção da taberna.

– Tu vais na casa de nhô Antônio? – perguntou ela à rapariga.

– Vu, sim sinhara.

– Toma – disse, dando-lhe o cartucho de papel –, dá isto pra ele e diz, olha não te esquece, diz: na cerca do quintal da casa.

O Antônio Bicudo, recebendo o embrulho e o recado, achou aquilo ridículo, tanto mais que não compreendia o enigma. Pouco depois uma rapariga que entrou na venda, a quem consultou, explicou-lhe que o carvão queria dizer noite, e os nós no fio de *tucum* onze horas, cada nó uma hora. E riu-se muito querendo por força saber quem o esperava àquela hora, declarando que ia contar à filha do "nhô Profiro", à "nhá Rosinha", que ele já tinha outra namorada. Ele ria-se também, beliscava-a nos braços magros, acariciava-lhe a cara, fazendo-lhe muitas festas, dizendo-lhe brejeiradas, até que ela se foi repetindo:

– E bem! Eu conto... – cantando muito a frase.

Pelas onze horas dessa noite na casa do procurador da municipalidade de Óbidos todo o mundo dormia, exceto Rosinha, agitada pela comoção febril do medo e pela ansiedade da espera. Quando no velho relógio do copiar soaram pausadamente as onze pancadas ansiosamente esperadas, Rosinha saiu de seu quarto, de pés descalços, com o vestido alvadio de chita desbotada que trouxera durante o dia e não tirara para deitar-se. A noite era clara e úmida. A lua, como uma enorme gema d'ovo deslizando no céu de um azul diáfano, lavava a natureza num banho de orvalho e de luz. Havia um silêncio absoluto, apenas cortado pelo uivar triste e lúgubre de um cão que vinha de longe e chegava fraco aos ouvidos de Rosinha, parada no quintal, com os negros cabelos soltos, ondeantes sobre as costas, trêmula de medo, pálida pela comoção, em pleno luar, como uma estátua de mármore.

Enfim, cobrando ânimo caminhou para o fundo do quintal, na direção da cerca. Espreitou e não viu ninguém. A tremer, por um supremo esforço de vontade, passou a porta, de varas. Sentiu que ali estava alguém, que, passando-lhe um braço em torno da cintura e conchegando-a de si, murmurou-lhe: Meu bem... Era Antônio, que acabava de dar-lhe um beijo afoito na face pálida e úmida do sereno da noite. Instintivamente ela disse não, sem saber ao que, e sem resistir. A natureza, naquela opulência de luz fria, punha-lhe no corpo uma quebreira, uma moleza irritante de nervos, a pedir abraços que aquecessem. Começava a sentir uma grande fraqueza geral a prostrá-la, como após uma visão deleitosa. Então ele falou-lhe ao ouvido, baixinho, carinhoso, terno, suplicante, beijando-a na orelha a miúdo. Ela apenas tinhas forças para repetir "não" em voz fraca e trêmula, rendida, com o peito a arfar em contrações voluptuosas. Ele continuava a falar-lhe e a beijá-la, entrecortando as palavras, numa sofreguidão de nervos irritados.

– Tu me enganas... – disse-lhe ela com voz sumida, reclinada no braço dele, fitando-o com um olhar lânguido.

– Não te engano. Juro-te por esta luz que está nos alumiando que caso contigo – respondeu solene.

– Por Deus! – tornou ela.

– Por Deus! – afirmou ele beijando-a na boca longamente.

O cão, ao longe, deu um último uivo triste como um grito de agonia, um passarinho soltou seu assobio fino e agudo de um arbusto ali perto, a lua, resvalando no espaço, velou a esplêndida face por detrás de uma nuvem, e tudo caiu em enorme silêncio, onde apenas um ouvido acostumado poderia distinguir o concerto em surdina de milhões de insetos metidos por entre a vegetação molhada de orvalho, esse silêncio noturno das nossas regiões a que o tapuio chama, talvez imitativamente, quiriri.

D. Feliciana essa noite foi incomodada por certo ruído que lhe fez temer pela sorte dos seus pintos, vítimas de alguma famélica mucura. Levantou-se, e mesmo em fraldas veio ao quintal examinar; tudo estava calmo. Entretanto, pareceu-lhe que perto da cerca, ao fundo, moviam-se dois vultos, nos quais, pouco distintamente, é verdade, julgou lobrigar um homem e uma mulher. Ia atentar neles quando a lua, escondendo-se com uma nuvem, pô-los na sombra; ao mesmo tempo um cão uivou, que nem uma voz de agouro, e um passarinho soltou quase ao pé dela um canto triste como um gemido. D. Felica, muito supersticiosa, deu o andar para o seu quarto, benzendo-se e murmurando apavorada: Cruz, credo!... Daí por pouco a lua sumiu-se inteiramente do horizonte e parecia que todos dormiam na casa do procurador.

II

Na segunda-feira, como dissera à mulher no jantar a que assistimos, o Sr. Porfírio partiu, de fato, com toda a família para o lago Paru, onde nesse ano, segundo se dizia, o pirarucu abundava. Obrigava o procurador a deixar os encantos da cidade e as honrosas ocupações do seu cargo, a terrível necessidade. Depois que irrefletidamente abandonara o sítio, e com ele os seus únicos interesses legítimos, para vir habitar a cidade, endividara-se muito e via-se agora forçado, para livrar aquela propriedade da penhora com que o ameaçavam seus diferentes credores, a fazer esta estação de pesca. Por isso o vimos tão zangado no dia em que participou à D. Feliciana a resolução que a necessidade o obrigara a tomar. Tinha-se afeito àquela vadiação das terras pequenas, às palestras, aos mexericos, às maledicências nas portas das lojas ou da botica. Habituara-se a só vir à casa para comer e dormir; as demais horas gastava-as nas audiências, nas sessões da Câmara, em certas rodas, muito conhecidas e famosas, de outros tantos desocupados como ele, ouvindo e dizendo mal do próximo, inventando enredos políticos – porque ele era uma das influências não sei de que partido –, bisbilhotando, numa malandrice pulha. Ao sítio quase não ia. Tinha-o entregue a um tapuio velho e aos curumins e moleques, outrora os companheiros de brinquedos da filha. Aquilo ali ia de mal a pior: as safras não lhe produziam nada, descuradas, senão roubadas, pela gente que lá tinha. Acostumado a esta vida mole, indolente, da cidade, a ida para o Paru contrariava-o bastante. Não podendo, todavia, ser de outro modo, na segunda-feira de manhã embarcou com os seus na sua igarité, fundeada no Porto de baixo.

O porto de Óbidos apresentava o aspecto animado e vivo que lhe era habitual naquele tempo, quando chegava um vapor. Naquele tempo, porque hoje, com vapores quase diariamente, e às vezes quatro de uma vez, os obidenses já pouco se incomodam por eles. Outrora, não. Não obstante esperada, não deixava a chegada de um vapor de ser um fato importante, ansiosamente aguardado, que dava à cidade um ar festivo. Como então os vapores não fossem, qual vão hoje, a toda parte, mesmo dos "sítios" muita gente vinha esperá-los na cidade, já para receber e trazer cargas, já por mera curiosidade. Muito povo descia ao porto para esperar o navio, sôfregos de notícias, ávidos de novidades que não fossem os mexericos da terra, como quem se apronta para saborear um petisco novo. Mal apontava ele na ilha Grande, já começava a afluir gente à margem do rio, formando, sob as árvores, na porta das lojas, grupos que a política destacava. E não tocara ainda o fundo a grande âncora, que caía escorregando com ruído pelos escovens e levantando barulhosamente espadanas d'água, já muitos saltavam nas "montarias" e dirigiam-se para ele. Poucos daqueles, porém, lá tinham que fazer; iam uns simplesmente cumprimentar o comandante, geralmente um sujeito insolente, que naqueles bons tempos do monopólio da poderosa Companhia do Amazonas, tratava a todos com sobranceria vilã, outros – e não era pequeno o número destes – iam somente pelo prazer infantil de estar a bordo, passear pelo tombadilho, subir à caixa da roda e ao passadiço, debruçar-se na amurada e ver a máquina, que contemplavam atônitos, boquiabertos, sem compreender, trocando mutuamente observações parvoinhas e cândidas. Faziam os primeiros roda ao comandante que, se estava de bom humor, contava-lhes as novidades do Pará e do Sul, afetando as suas relações com os figurões, com o presidente da província, o Amaral... o Brusque... que lhe tinha dito... Como vai, major? Interrompia-se para cumprimentar com gestos de pouco-caso um novo ouvinte que lhe chegava.

De terra vinham-lhe presentes: pães de ló, araras, atas, bananas, cupuaçus, macacos.

– Entrega isso ao dispenseiro e dize lá ao senhor que obrigado – gritava ao portador, desdenhoso e grande.

E os da cidade escutavam-no como um oráculo, rindo-se muito de suas graçolas, se as dizia, concordando invariavelmente com ele, sentindo-se honrados com a sua palestra.

Depois de distribuída a correspondência no correio, formavam-se grupos nas esquinas das ruas, nas lojas ou em casa dos importantes da terra; davam-se reciprocamente notícias, mostravam-se cartas, discutiam-se as novas trazidas pelo vapor. Um alvoroço, em suma.

No dia do embarque de Porfírio destacava-se no porto, enorme no meio das montarias que o cercavam, quase com a proa em terra, um dos vapores da Companhia de Navegação e Comércio do Amazonas, que por esse tempo monopolizava a navegação do grande rio. Havia por isso um grande reborinho, um movimento desusado na praia. De bordo vinha o som rouco, como que engasgado, do vapor escapando-se pelos tubos; os gritos da marinhagem e do mestre a dirigir as manobras secundárias, o rumor de vozes da gente de terra, ociosos, que tinham ido a passeio, negociantes, em busca de suas cargas, passageiros que desembarcavam ou embarcavam. Quatro grandes batelões atopetados de lenha, regularmente cortadas em achas iguais, tinham já atracado ao navio, dois por banda, e forneciam-lhe o mantimento para as fornalhas, à custa das matas preciosas daqueles sítios. Um renque de homens marinheiros de bordo e gente dos batelões passavam de mão em mão as achas, que o último ia arrumando metodicamente na vizinhança da máquina, no centro do navio. Um deles contava-as, com uma toada monótona que chegava ao porto, uma... duas... três... quatro... dez... vinte... trinta... quarenta... cinquenta, talha. Nisto alguém que estava fiscalizando o recebimento da lenha talhava o último número com um risco de lápis e a contagem continuava, um... dez... vinte... trinta... quarenta... cinquenta, talha...

De bordo desembarcavam alguns passageiros, alegres, rindo-se da terra e dos matutos, fumando charutos. Queriam comprar frutas e ver a "aldeia", diziam alto, zombando. Um naturalista inglês, alto e magro, de grandes óculos e grandes suíças, metido em comprido paletó de brim pardo, com uma pasta e um binóculo a tiracolo, gesticulava ao redor de sua bagagem, sobre a qual havia uma arara empoleirada, dirigindo-se num português arrevesado ao caboclo que o trouxera na sua montaria de bordo.

Sentada no banco, à beira da tolda de palha da igarité, Rosinha olhava tristemente isto tudo: as casas baixas e dum aspecto chato do porto, meio escondidas por detrás das ramalhudas castanheiras, o vapor, a larga praia e a cidade, em cima. Procurava com os olhos alguém. Homens e mulheres, metidos n'água até os joelhos, enchiam potes vermelhos, bojudos, ou grandes cuiambucas esféricas. Outros mercadejavam peixes e frutas com tapuios indolentemente sentados nas bordas de suas montarias, puxadas todas na praia, olhando estaticamente para o vapor. Havia por ali alguns pequenos negociantes e caixeiros já despachados de bordo ou sem que fazer lá, traficando ou cavaqueando familiarmente com as raparigas. Mas debalde o procurou a bordo e em terra; não o viu.

A canoa largou, por fim, do porto, fazendo um largo bordo por detrás do vapor. Ela ainda o buscou com a vista, mas inutilmente. O Porto de baixo, o vapor e o estabelecimento da lenha desapareceram e o sobrado do Porto de cima surdiu branco e deselegante sobre o seu cais. Sorriu-lhe mais a esperança de vê-lo ali, porém, não o descobriu nem no cais, nem na bela praia branca que costeavam. Havia pouca gente. Apenas algumas mulheres e homens tomavam banho, completamente nus, a pouca distância uns dos outros, com uma sem-cerimônia desavergonhada e primitiva. Entre os banhistas não o viu também. Perdida a última esperança, soltou um grande suspiro e fitou os olhos nas águas barrentas do rio, onde duas lágrimas, que lhe escorregaram pelas faces, foram cair. E teve de envolta uma grande saudade e um sentimento profundo de desalento e humilhação.

Pensou convencida que ele não gostava dela, pois nem ao menos se viera despedir, vê-la pela última vez, segui-la com os olhos até à canoa que a levava sumir-se numa ponta, como havia fantasiado, e como, se pudesse, faria por ele. E então não teve vergonha, nem remorsos, teve raiva de lhe ter cedido, a ele que a não amava, e a quem ela amava mais depois que se lhe dera com todo o abandono da primeira paixão. Seus pais notaram-lhe a tristeza e viram-lhe até as lágrimas; atribuíram tudo à pena de deixar a cidade e abandonaram-na a si, convencidos que aquilo passava logo.

A canoa, remada por três tapuios e um preto, que manejavam destramente o remo elíptico e chato como uma arraia, corria ligeira costeando a margem tão perto quanto possível, de modo a evitar a corrente do rio. O procurador, desde que ficara fora do alcance das vistas da cidade, tirara o paletó e os sapatos, e descalço e em mangas de camisa, fora pôr-se ao jacumã, fumando um cigarro comprido de tauari, numa posição mole e beatífica, sem olhar a paisagem que se desenrolava ao lado, à sua vista. Eram primeiro altas ribanceiras de tabatinga, uma terra branca zebrada de grandes laivos vermelhos, crivadas de buracos cilíndricos, donde se escapavam gritando, enchendo o ar com a sua gralhada dissonante, bandos de ariramba de costas cinzentas e peito roxo e branco. Por aquela terra de aluvião crescia uma vegetação exuberante e verde, intrincada e densa aqui, rala acolá, onde as embaubeiras com suas folhas reviradas e claras metiam um tom alegre. Passaram alguns sítios, cujos cachorros vinham à beirada latir à canoa; a ex-Colônia, com suas casas em ruínas, a igreja por concluir, desmantelada e cheia de árvores, tudo meio sumido pelo matagal, e dominado por uma grande cruz enegrecida pelas intempéries, que de cima de um teso, ao norte, estendia seus braços sobre aquela triste solidão de um lugar já em tempos habitado, e onde, segundo a tradição ainda viva, passaram-se dias alegres e felizes.

Logo acima da Colônia entraram no Trombetas, pela "boca" da Maria Teresa, em cujas margens pararam, a fim de cortarem os esteios e a palha para a barraca que deviam erguer no lago, onde não achariam aqueles dois materiais; o que feito seguiram viagem.

O Paru, para onde Porfírio se dirigia com a família, é, ao menos no "tempo da salga", não um só lago, mas uma aglomeração de lagos, conhecidos coletivamente por aquele nome. Como toda a região do litoral amazônico, esta apresenta por ano dois bem distintos aspectos, tão diferentes mesmo que é impossível a quem aí passou no verão reconhecê-la no inverno, ou, para falar com mais propriedade, reconhecê-la na cheia quem por aí passou na vazante.

No inverno, no tempo das chuvas, ou durante a enchente geral do Amazonas, cuja despótica influência se faz sentir sobre todas as águas que com ele direta ou indiretamente comunicam, o Paru é um vasto lago, cujas margens mal se avistam na sua maior largura, a estender-se alagando grande parte das terras do triângulo formado pelo Trombetas de um lado, o furo do Caxuiri de outro e o Amazonas, do qual, quando é grande a cheia, apenas o separam linguetas de terra apaulada, vestidas de alto capim de um ou outro arbusto enfezado. A porção de lagos – pelo menos uns cinquenta – que no verão se agrupam em roda do que nesta época se chama o igarapé ou rio do Paru, que se despeja no Trombetas, a duas horas de canoa da sua foz, fundem-se, bem como o igarapé, numa enorme massa de água, que de azul intenso que é passa a ser barrenta como as do Amazonas, na qual apenas as ilhas mais altas e algumas raras árvores mais alterosas conseguem tomar pé. Nas margens baixas que o circundam, a vegetação dominante é de gramíneas: extensíssimos capinzais muito verdes, formando um desmedido campo igual, como se o aparara a tesoura adestrada dum jardineiro, por onde voam bandos numerosos de garças brancas e colhereiras cor-de-rosa, de compridos bicos chatos. No fundo então, vê-se, em todo o tempo, a mata escura e basta do Caxuiri, que das margens do Amazonas vai juntar-se às grandes florestas do Trombetas. Na vazante, aquelas terras, mergulhadas durante mais de quatro meses, surgem verdejantes e úmidas do meio das águas, desenhando ali um amplo mapa de bacias de todos os tamanhos, de todas as profundidades e de todos os feitios; um verdadeiro sistema de lagos tendo por base o comprido rio do Paru, com o qual todos se pegam e ao redor do qual se estendem, se complicam, se engrazam, se emaranham, comunicando-se uns com os outros por pequenos braços d'água. E nessa região, por onde meses antes passou sem perigo um vapor, agora elevam-se as cabanas das feitorias, e o pescador encontra lagos onde a custo nada a sua canoa microscópica, quando lá vai gapuiar. Mais altas que as outras, são as beiradas do igarapé, que chegam a formar pequenas ribanceiras de quatro a seis metros; é, pois, nelas que os que vêm à salga armam a sua miserável barraca de palha, a que chamam feitoria.

Quer de inverno, quer de verão, a água é aqui o elemento dominante; é alagada a terra, exsuda linfa a vegetação, o ar é saturado de umidade, que nas noites carregadas de sereno envolve a gente como num lençol molhado; o reino animal, como o vegetal, é representado quase que só por aquáticos; o chão, traidor aos passos desprevenidos, é ensopado e alagadiço, sob a camada de grama que o cobre. A vegetação escassa dessas terras aguacentas tem um verde claro, lavado. São os dilatados campos de canarana e de muri, de onde se eleva isolada uma ou outra palmeira caraná ou jauari, em cujas ramas cantam nas manhãs alegres os sabiás do poeta; a fraca imbaúba de folhas grandes, recortadas e ásperas, a grossa e rude mongubeira em cujos galhos fabricam seus ninhos, compridos como abóboras, os japiins brancões; o taxi, cujas flores brancas, de que nesta época se cobre a sua copa simétrica, dão-lhe de longe o aspecto de um enorme ramalhete erguido no ar. Raramente, lá em ponto favorecido por não sei que circunstância de terreno, crescem juntas, qual ilha no meio deste mar de canarana, algumas árvores pecas, condenadas fatalmente a serem afogadas pela cheia. Nas beiras dos canais que comunicam os lagos entre si e em toda a extensão do comprido igarapé é onde se reúne alguma vegetação – uma vegetação fraca, sob a enganadora aparência do seu brilho – formando como que uma trincheira para impedir a queda das terras roídas pelas águas. Umas árvores de cerne alvadio, rugoso, de nomes esquisitos: o magro e folhudo socoró, o paricá falso, o uruá, o acará-açu, de casca pintada como o peixe desse nome, o catauari de poucos galhos e a cuiarana, mal comparada à verdadeira e linda cuieira.

Depois do largo mergulho da cheia – durante a qual isto esteve completamente deserto –, os lagos surgem por entre as terras emergidas, com uma vida ativa e animada, contrastando singularmente com a feição melancólica que tiveram antes, quando a enchente alagando tudo fundia-os em um só. As margens do igarapé povoam-se de barracas de palha, habitadas por uma população nômade, azafamada na alga do peixe que, de quando em quando, os pescadores depõem sobre a terra úmida, onde uma grama rasteira e gorda chamada *amã*, faz um tapete macio e unido. O mundo vegetal, representado principalmente por ninfeias e gramíneas, ostenta um viço, um verdor, uma frescura alegre e brilhante, como a da caboclinha que sai úmida do banho, com as carnes a palpitarem vida.

Nas margens dos lagos, nos lugares menos varridos pelo sulcar das canoas, amontoa-se, formando-lhes esplêndida faixa de verdura, uma soberba vegetação aquática – as verdes e risonhas gramíneas, enaltecidas algumas de lindas flores, os pitorescos aruns, as gigantescas ninfeias, as airodeas enormes. De trecho em trecho esta orla é truncada pelos tijucupauas, ou praias negras de tijuco, frequentadas por legiões de borboletas amarelas e brancas que, a distância e pousadas, parecem flores nascidas na lama sólida. Agarrados à margem, os compactos matupás de canarana, por sobre os quais esvoaçam leves, alegres e chilreantes passarinhos microscópicos, vergando as delgadíssimas ramas do capim, fazem-lhe uma continuação que ilude o peregrino alheio a esta terra; o úmido mureru, de grandes folhas grossas, arredondadas, côncavas, forma chãos de um verde carregado, onde sobressaem as suas flores arroxadas com que o boto compõe os ramalhetes destinados às suas amadas. Sobre a água sobrenadam, condensados e unidos, os *uapés* de mil formas. Entre estes distingue-se um de folhas redondas, verde-avermelhadas, do meio dos quais surdem alvas flores, golpeadas de escarlate, de feitio de estrelas, cujas finas hastes carmesins veem-se mergulhar através da água cristalina com ondulações airosas de serpentes. Isolada quase, formando um mundo à parte, nos remansos tranquilos de um lago menos batido dos pescadores, e mais perto da terra firme, a vitória-régia, o "forno de jacaré" dos naturais, desdobra as enormes folhas circulares de bordos cairelados de vivo carmesim virados para cima como um forno indígena, e ergue pouco fora d'água suas grandes flores semiesféricas: de manhã, alvas como a pena da garça, de tarde, cor-de-rosa como o papo da colhereira; dominando apesar de arredada, pela sua estranha e selvagem beleza e pelas extraordinárias proporções do seu tamanho, toda a luxuriosa flora aquática da região.

Bordejando os matupás, na beira dos tijucupauas, por entre os mururés e os aruns, movem-se lentamente, à flor d'água, centenas de jacarés colossais, com os grandes olhos esféricos muito fixos, espreitando ávidos os bocados inúteis dos peixes que os pescadores atiram ao lago ou igarapé, e às vezes saindo em terra a buscá-los, quando lançados com menos força não atingiram a água, ou quando aqueles se esqueceram de jogá-los fora. Cães magros – que também emigram para os lagos no tempo da pesca – com as costelas salientes como se houvessem engolido arcos de barris, passeiam pelas beiradas, ladrando aos jacarés, com a raiva impotente de egoístas famélicos, lambendo nos intervalos as espinhas secas ou as peles vermelhas dos pirarucus, única pitança atirada à sua gula.

Em frente das feitorias alinhadas pelas duas margens do comprido igarapé, tomam o sol, penduradas em varas, ou sobre camas de palha e folhas, e até no solo nu, as postas oblongas, brancas, rosadas daquele peixe, pondo no ar o cheiro nauseabundo a que o indígena chama *pitiú*. Urubus famintos – que como os homens e os cães emigram também para cá –, pousados nas árvores mais próximas, ou passeando no chão com o seu passo ritmado de anjos de procissão, espiam com as cabeças cinzentas espichadas numa expectativa de gatunos com fome, a ocasião azada de cair sobre algum pedaço desprezado, ou de furtar uma posta mal vigiada, fugindo a pequenos voos diante dos cães alertas como sentinelas interessadas, ou às pedradas certeiras dos caboclinhos nus. Outros mais atrevidos vão disputar n'água aos jacarés os volumosos intestinos do peixe ali lançados, brigando entre si a bicoradas fortes, grasnando o seu enfadonho xem-xem, sustentando-se no ar com as negras asas abertas, os pés tocando apenas o fato disputado, e escapando-se rápidos, medrosos, quando os anfíbios levantam ameaçadores fora da água as enormes cabeças compridas.

Se aqui a vida vegetativa, confinada em poucas famílias peculiares ao meio onde rebentam viçosas e frescas, carece da opulência florestal das terras não sujeitas à alagação das enchentes, a vida animal, privada ela também dos indivíduos próprios à terra firme e às grandes várzeas fixas, transborda numa prodigalidade magnífica e pouco vulgar na Amazônia.

Do meio das canaranas, levantam o voo rápido, fugindo medrosas ao aproximar dalguém, as piaçocas cor de terra, ou os esbeltos galos do capim de sete cores; sobre os periantãs movediços alvejam bandos de garças, erguendo de tempos em tempos o voo tardo para mudarem de pouso ou irem, aglomeradas em centenas, fazer as suas "tinguijadas" ou pesca de camarões e pequenos peixes em outra beirada; os feios arapapás cor de terra, de enormes bicos côncavos, maiores que a cabeça, grasnam amontoados nos perigosos aningais, onde se aninham também as truculentas sucurijus enroscadas em montes; nas praias de tijuco passeiam os graves jaburus brancos, espreitando atentos os peixinhos que lhes servirão de pasto; do recesso de uma cabeceira a saracura saltitante e vivaz solta, pelo cair da tarde e às cinco horas da madrugada em ponto, as notas estridentes de seu canto singular, a que responde mais longe a voz onomatopaica e vibrante do cametaú; pelo céu passam, gritando alegremente, bandos de marrecas e nuvens verdes de papagaios tagarelas e periquitos estrídulos; os canários da terra, amarelos como gemas d'ovo, de cujo tamanho são, chilreiam nos arbustos as suas cançonetas de uma frescura cristalina e pura; das mongubeiras, donde pendem, como grandes frutas pardas os ninhos dos japiins, estes passarinhos travessos, irrequietos, espalham em roda a sua melodiosa algazarra, brilhando por entre o verde das folhas e o escuro dos ninhos com a sua vivíssima cor amarela, realçada sobre um negro lustrosíssimo; o feio caraxué do canto divino garganteia além as melodias mais imprevistas que nunca sonharam maestros; os rouxinóis do capim gorjeiam por entre as altas franças de cana brava as suas variadíssimas cantigas, já cintilantes de alegria, já impregnadas de sentida melancolia; por meio da folhagem das margens saltam, grasnando sem cessar, as implicantes e catinguentas ciganas; sobre o galho seco de uma embaubeira o roxo-azul socó, triste e mudo, espia meditabundo a água escura e tranquila; em cima, no mais alto do céu, bandos de urubus asquerosos planam em grandes círculos, com as largas asas simplesmente abertas, atentos daquelas alturas ao lugar em que hajam despojos a aproveitar; e mil aves mais, desconhecidas, sem nome, de cores e cantos vários, perdidas na multidão das outras, voando daqui para ali, põem neste concerto uma nota ou um tom, alegre ou triste, claro ou escuro, mas vivo sempre.

De manhã, quando os passarinhos acordam gárrulos nas ramas dos arbustos que crescem junto às feitorias, os pescadores saem nas suas pequenas montarias de pesca. Então os lagos, as enseadas, o igarapé, povoam-se de canoas a cujas proas um homem de camisa e calça vermelha como a pele dele, tingidas no *muruchi*, em pé, um largo chapéu de grelo de tucumã na cabeça, o longo arpão em punho, o comprido cigarro de *tauari* na boca, atento e quedo, espera que o peixe boie. De vez em quando, sustentando a haste com uma das mãos, dá com a outra, meio agachado para alcançar a água, uma remada certa impelindo a canoa, e espera; outras vezes voga mesmo com a haste, que faz de remo. Se o peixe boia, ai dele, a haste é arremessada com força e certeza quase infalível e a fisga vai-se-lhe cravar na carne branca, ligeiramente rósea, através das escamas rijas e vermelhas como o bago do urucu.

Outros, descorçoados dos lugares fundos, "varam" a canoa por sobre os extensos campos de *muri* e vão gapuiar no baixio, onde dorme tranquilo o grande peixe. Enquanto a breve canoinha empurrada de espaço a espaço, ou pelo seu braço esquerdo, ou pelo curumim do jacumã, desliza lentamente pela superfície serena das águas, ele tem o arpão mergulhado, erguido um palmo do fundo lodoso do lago. De repente a fisga esbarra num corpo duro e vivo que dá um forte repelão: o pescador ergue ligeiramente a arma e crava-a certeiro no dorso do peixe.

Mas não é só o grande peixe vermelho que abunda nas águas escuras dos lagos. A pasmosa variedade de peixes do Amazonas recolhe-se também para eles nesse tempo, e o olho adestrado do tapuio, que o espera com a flecha pronta sobre o arco meio entesado, descobre através das camadas líquidas o tambaqui cor de tijuco; os círculos brilhantes da cauda do dourado tucunaré; a grande piranha negra; o escuro e saboroso acarauaçu chato; de círculos vermelhos na extremidade e olhos de sapo; o chato e reto aruaná, que a certa hora do dia vem como que dormir nas beiradas; o cascudo acari, de carne doce; a ferocíssima piranha, de peito cor de sangue e dentes triangulares, agudos como espinhos e afiados como navalhas; o acará; a pirapitinga, sarapintada como diz o nome; o aracu; o pacu; o jaraqui, que se pesca à fisga ou farpão de três dentes; o feio sarapó; o microscópico e gostoso matupiri; o curimatá; o aramaçá, de boca torta, que a tem, segundo a crença popular, por haver mal respondido à Virgem Maria; a espinhenta tarira; o apapá, que só se pesca correndo com a linha; o surubim, de pele lisa, cabeça chata, pintado de polígonos regulares formado por linhas negras; a piramutaba; o mandi e o mandii; a nociva e gorda pirarara, vermelha como a ave cujo nome tomou; o bacu chato; o cuiú-cuiú; o pirapeuaua, uma multidão, um mundo, enfim, que enche aquelas águas de vida e movimento, e fornece largamente a mesa então farta da população dos lagos.

Muito animada ia nesse ano a pesca neles. As margens do longo igarapé estavam, à chegada de Porfírio, cobertas de barracas onde se abrigava não pequena quantidade de pescadores. Embarcações de todas as lotações, galeotas, cobertas, igarités e montarias sulcavam as águas do Paru e dos lagos em que se podiam introduzir. Viam-se outras amarradas à beira, nalgum tronco d'árvore ou no mará fincado no tijuco, sobre as âncoras ou entradas em terra. Regatões dos mais temíveis daquelas paragens tinham ali suas cobertas ou galeotas e viviam numa luta de concorrência na compra do peixe, que a cada momento se via saltar no meio dos lagos e nas beiradas do igarapé, levantando um cúmulo d'água e deixando atrás de si um largo rebojo.

O procurador, entretanto, ainda achou nas costas do igarapé lugar bastante e bom para levantar a sua feitoria. Porventura topou um sítio assaz elevado para assentar as cabanas que deviam abrigá-lo a ele e a sua gente durante todo o tempo da pesca. Os materiais para a construção das casas trouxera-os do Trombetas: eram palha, para as paredes e teto, cipó, que lhes serviria em vez de pregos, e paus para esteios e traves. Em dois dias estava pronta a cabana que os devia acomodar, com um só compartimento, suficientemente grande para conter três redes. Dez esteios, solidamente fincados no chão, três aos lados, um no centro da parte traseira, dois na frente, e um no meio do edifício, receberam os caibros e a cumieira, tudo perfeitamente amarrado com cipós. Pronto este esqueleto, foi logo coberto inteiramente de palha, que D. Feliciana e Rosinha ajudaram a "abrir", isto é, dobrar as franças, obrigando-as a saírem perpendiculares da haste, de modo a assentarem bem sobre o teto e paredes. Na frente, entre os dois esteios, rasgaram uma abertura e atrás outra menor, que serviriam de portas, fechadas por japás novos e habilmente tecidos da mesma palha. Dentro armaram-se as três redes de Porfírio, sua mulher e sua filha, que ia agora de novo, como na infância, dormir à beira de seus pais. Fizeram depois uma outra barraca, dividida em três partes, para os rapazes, a mãe tapuia e outra servente, depósito de sal e paiol de peixe.

Assim completo o primeiro estabelecimento, começou a pescaria.

III

Rosinha, por mais que fizesse por tirar do sentido a imagem ora querida, ora aborrecida do Antônio, não conseguira esquecê-lo. Refletindo no seu caso, principiava a compreender que ele a iludira. Sentindo-se assim enganada e, demais, receosa e apreensiva sobre as consequências da sua falta, pegavam-na grandes quebreiras de corpo, desfalecimentos súbitos de ânimo, acompanhados, às vezes, de prantos, soluçados às escondidas.

Tudo isto passava despercebido dos seus.

Um dia, estava ela sentada no tronco da mongubeira, em cuja copa gorjeava um enxame de canários-da-terra, misturando o seu chilro fresco e vivo à beleza da manhã. Uma canoa, entrando o estirão do igarapé em que ficava a feitoria de seu pai, chamou-lhe a atenção, que vagava distraída por onde nem ela sabia. À proa da "montaria", encostado ao mastro no qual se enroscava a vela, tornada inútil pela falta de vento, estava um rapaz em mangas de camisa branca e chapéu de palha, de fábrica estrangeira. Causou-lhe uma comoção íntima, e no primeiro instante inexplicável, a vista daquele sujeito.

Inconscientemente, acudiu-lhe ao pensamento o Antônio e pôs-se a olhar atenta o homem da canoa que, equipada por quatro remos, se aproximava, abeirando àquela margem. Primeiramente duvidou dos seus olhos reconhecendo-o no sujeito, mas a embarcação adiantava-se e a dúvida não foi mais possível. Sim, era ele, o Antônio, quem ali estava, a alguns passos dela, e que, vendo-a, tirou-lhe graciosamente o chapéu, sorrindo. O coração donde ela sentiu escapar-se o sangue que lhe afluiu ao rosto, colorindo-lhe de leve as faces pálidas, bateu-lhe precipitado no peito. A uma ordem de Antônio viu a montaria, por uma manobra rápida e bem-feita do "homem do jacumã", embicar em terra, onde antes de encostar já ele havia saltado. Ela não teve ânimo nem de fugir, nem de encará-lo. Somente se atreveu a fitá-lo, com uma expressão idiota no rosto, quando lhe sentiu a mão apertando a sua afetuosamente e ouviu-lhe a voz naturalmente meiga dizer-lhe:

– Vim por tua causa, ingrata...

Nisto, o pai, que não fora naquele dia à pesca, saiu da barraca, e enxergando-o gritou-lhe:

– Oh! você por cá, seu Antônio?! Então também vem à salga? Já é um pouco tarde, é. O que há de novo lá pela cidade? O Raimundo Pacheco sempre foi, dizque, pronunciado? Como está o meu compadre, o capitão Felício? Não há nada do Pará, será? Então os – aqui disse o nome de um partido político ajuntando-lhe um qualificativo porco – sempre querem levantar a grimpa?...

E fez precipitadamente, umas sobre outras, uma porção de perguntas, nas quais se reconhecia o linguareiro desocupado das ruas de Óbidos. O rapaz procurou respondê-las do melhor modo que lhe foi possível, e sentando-se ambos ali mesmo, numa raiz de árvore que emergia do solo, formando um banco natural, ferraram uma longa palestra que teve de bom para Antônio ser ele convidado a participar do almoço do honrado procurador da Câmara Municipal da bela Pauxis.

Antônio mentira dizendo à Rosinha que saudades dela o levavam ao Paru. Não tinha afeição à pobre rapariga, e, se algum dia a teve, essa desapareceu, como acontece frequentemente, depois da vontade satisfeita. Àquela noite, em que os vimos conversar a desoras junto à cerca, seguiram-se outras, e a saciedade trouxe o tédio, que é a morte do amor. Homem de cálculo, apesar da pouca idade, acreditava que as afeições que o prendessem ser-lhe-iam fatais e que só com a sua liberdade inteira, sem compromissos de nenhuma espécie, poderia fazer pela vida com todo o desassombro. Tomou-a apenas como uma mulher, moça e bonita, que lisonjeava-lhe a vaidade de homem, e satisfazia-lhe os desejos do seu temperamento ardente, e por isso mesmo inconstante, de português. Nunca a considerou uma vítima; não podia tomar a sério o procurador "um tapuio que se queria dar ares de importância". Quando os viu partir para o Paru, ficou contentíssimo; julgou-se livre da moça, ao menos por uns dois meses, que, em verdade, já andava arreliado com suas importunações. Não lhe faltava mais nada... Tão tolo não era ele... E respirava, como se o aliviassem de um peso, vendo a casa do Bacuri fechada.

Um dia, porém, o patrão surpreendeu-o ordenando-lhe se preparasse a fim de seguir para o Paru, a comprar peixe e ver se cobrava algumas dívidas por lá meio perdidas. Dava-lhe canoa, dinheiro e gêneros. Ele pensou primeiro em escusar-se, mas não só isso era inadmissível, atentas as condições do comércio na terra, como julgou não devia deixar passar aquela ocasião de fazer algum dinheiro à custa do patrão, que havia de pagar o peixe por mais um bocadinho do custo. E depois, que diabo! ele não tinha medo da Rosinha nem do pateta do pai, para o qual além de tudo possuía uma arma: a conta de trezentos mil-réis que ele devia à casa e que levava agora para cobrar. E foi assim que ali apareceu risonho e contente, mentindo à Rosinha.

Revendo a moça, em que se haviam acentuado as formas de mulher, e que se mostrava desconfiada e esquiva, sorriu-lhe a ideia de reatar as suas relações com ela, e acariciara logo o projeto de ter naquela bonita rapariga uma amante, senão para sempre, ao que se não resolvia já, ao menos para o tempo da salga.

Rosinha, entretanto, não se importava com ele. Não que tivesse uma compreensão perfeita da falta que cometera, mas assumia pacientemente e passivamente a sua inteira responsabilidade. Nada lhe ocorria mesmo tentar contra semelhante homem, para obrigá-lo a reparar a sua culpa, já que o não tinham movido nem rogos, nem súplicas. Não o odiava, porque o ódio é um sentimento forte, de que era incapaz, mas não gostava dele, aborrecia-o, mais porque ele enganara o seu amor e a deixara à toa do que por outra causa. Antônio pressentiu isto nas maneiras frias e impolidas com que ela o tratava, com uma grande indiferença cínica, como se entre ambos nada se houvesse passado. Tentou por vezes reviver os seus amores, fazendo-lhe declarações e solicitando-lhe novos favores, que ela recusou.

Uma ocasião, encontrando-a só, não longe da feitoria, onde vinha a miúdo, agarrou-a pela cintura e quis beijá-la. Ela repeliu-o violentamente, e, sem proferir palavra, safou-se. Esta resistência, com que não contava, exasperou-o, excitou-lhe mais o empenho, e fê-lo mudar de tática. Tornou-se manso e humilde. A mãe tapuia, que quando ele aparecia por ali não deixava de visitar a sua loja flutuante de regatão, podia servi-lo como já o tinha servido, e tratou de aproveitá-la. Com alguns presentes e alguma pinga, conseguiu fazê-la interessar-se pela sua sorte.

– Rosinha era uma ingrata – queixou-se –, desprezava-o, talvez por amor de outro, a ele que se tinha sacrificado por ela, e que ainda agora arranjara a muito custo aquele aviamento para vir para ao pé dela e ver se podia ganhar coisa para depois se estabelecer e casarem.

A tapuia, a quem alguns copitos de cachaça comoveram, assegurou-lhe que não; que a menina não gostava doutro, que lhe tinha muito amor; por isso estava ela.

– Ela nunca lhe falou de mim, tia Tomásia? – perguntou o rapaz.

– Nunca, nh'Antônio – respondeu a mulher, acrescentando: – Mas então a gente não conhece essas coisas? Depois que nós viemos da cidade ela anda a modo triste, amarela que nem gente opilada. Às vezes me quero capacitar que "vancê" fez mal pra ela.

Antônio conheceu que Tomásia não sabia nada e protestou:

– Eu, tia Tomásia?!... Eu não era capaz, por Deus... Mas olhe... fale-lhe você por mim, ouviu? Eu dou-lhe alguma coisa. Veja se ela vem falar hoje comigo aqui nesta passagem, acolá debaixo daquela sumaumeira. Eu queria tratar do nosso casamento. Você sabe... deve ser primeiro com ela. Diga-lhe que depois do meio-dia, quando a D. Feliciana estiver na sesta, eu a espero, sim. Veja isso, que eu quero também ser seu filho? Olhe, tome lá este retalho para um cabeção.

A mãe tapuia foi para casa com o seu retalho de chita, e, depois de guardá-lo no balaio que lhe servia de baú, procurou Rosinha. Achou-a na barraca, sentada, uma perna recolhida na rede e outra de fora, embalando-se com o pé nu, a cabeça inclinada sobre a almofada chata de costura, onde tinha pregada a ombreira de uma camisa, que pespontava. Tomásia sentou-se a seus pés no tupé e pôs-se a contar-lhe que tinha estado com Antônio e o que ele lhe dissera:

– Deus me livre dele, mãe tapuia! – exclamou irritada Rosinha.

– Por que então, menina? Ele é bom moço, lhe quer bem.

E contou-lhe as mentiras que ouvira a Antônio. Rosinha, apesar dos seus ressentimentos, ou mesmo por causa deles, acreditou-as sem custo e teve pena de havê-lo tratado mal. A sua natureza fraca cedeu logo diante daquela fábula artificiosa que lhe revelava uma tão grande afeição. Foi já sorrindo faceiramente, como mulher que se apresta para uma entrevista, que disse a Tomásia:

– Ele é muito mau...

– Por que então?...

– Eu cá é que sei... mas olhe, mãe tapuia, não lhe diga que eu vou ao igarapé "porque ele me mandou", porém que é meu costume ir todos os dias tomar banho e lavar a minha roupa, sim?

– Sim, nhá Rosinha. Mas... olhe lá... não faça tolice. Sua mãe tapuia não quer ter arrependimento.

Ouvindo isto, Rosinha não pôde deixar-se de perturbar-se e suas faces descoradas enrubesceram ligeiramente.

Aquele reatar de amores, no seio selvagem e virgem de uma natureza fácil, embriagara Rosinha, que voltou repetidas vezes a entrever-se com Antônio, ao sítio por ele indicado.

Picada por uma curiosidade suspeitosa, Tomásia um dia saiu a espiá-la e descobriu horrorizada, a julgar pelas grandes exclamações que fez à rapariga, a falta cujos antecedentes ela lhe contou entre soluços verdadeiramente sentidos, pretextando em seu favor a promessa jurada de casamento que lhe fizera o rapaz. A mãe tapuia, até certo ponto conivente na desgraça que sucedera à sua filha de leite, tratou antes de tudo de acalmá-la, até achar um meio de fazer esquecer ainda o menor vislumbre da culpa. Esse meio era uma droga qualquer, uma das mil "puçangas" em crédito para tais efeitos entre as curandeiras sertanejas. Semelhante expediente repugnou primeiro à Rosinha, que por fim sujeitou-se às razões de Tomásia.

Não havia outro remédio, afirmou-lhe ela. E para convencê-la citou exemplos e prognosticou-lhe os dissabores que teria de sofrer se tudo se soubesse. Rosinha não só não resistiu, mas pediu-lhe que a livrasse daquela vergonha. Esquecia completamente que Antônio prometera casar com ela. Foi a tapuia quem lho recordou. Rosinha soltou um axi!... desdenhoso e repulsivo. O forte abalo que experimentara fora como o brilhar rápido, fugaz, mas claro, do relâmpago, nas sombras da sua consciência. Com o sexto sentido das mulheres, compreendeu então que aquele homem não a amava, que não a quisera senão para a satisfação da sua sensualidade e, portanto, não casaria com ela. E disse-o a Tomásia que, contudo, persistia na sua de falar ao rapaz.

Ela sentia alguma coisa a remorder-lhe a consciência; fora a sua venalidade pequenina que servira de intermediária e protetora dos amores dos dois moços. Tinha muita amizade à Rosinha, não há dúvida, mas para ela a amizade não se provava senão pelo grau de satisfação que se dava aos desejos recíprocos. Julgando fazer a Rosinha e a Antônio um serviço, se não completamente confessável, ao menos perfeitamente desculpável, via agora que apenas concorrera para a desgraça da pobre rapariga, que amamentara em seu seio e a quem deveras queria como filha. E se o rapaz, segundo afirmava Rosinha, não gostava realmente da moça e não quisesse casar com ela? Só restava neste caso o meio indicado por ela, ama, do qual estava segura, graças ao conhecimento que tinha de umas certas ervas, aproveitadas por curandeiras e pajés para quejandos fins. Surgia, porém, uma dificuldade; na várzea não havia tais ervas, só na terra firme. Todavia, não se atrapalhou por isso; estava ali o seu filho, o "mano" de Rosinha, mandava-o buscá-las ao Trombetas. Tudo assim resolvido, consolou a menina o melhor que pôde e levou-a para casa, recomendando-lhe muito que não estivesse triste, porque tudo se arranjaria.

Somente daí a dois dias pôde Tomásia falar ao Antônio, que encontrou no lugar e à hora da costumada entrevista com Rosinha. A falta da rapariga e a presença da velha deram logo ao rapaz suspeitas que se transformaram em certeza quando Tomásia contou-lhe a cena que se tinha passado entre as duas, recordando-lhe ao mesmo tempo a sua promessa de casamento. Ele ouvia-a calado, sem saber que responder. Sentado no chão, sobre aquela relva que servira de leito aos seus amores, com as pernas encolhidas em ângulo, os joelhos à altura da face, o cigarro no canto da boca, arrancando distraidamente o capim em roda, pôs-se a refletir em voz alta, que Tomásia ouvia perfeitamente:

– Diacho!... O caso é mais feio do que eu pensava: mas que querem que eu lhe faça? Não mandei que fosse tola. Estou arranjado com mulher e filho. Nada, não pode ser. Ora o diabo da pequena do que se havia de lembrar!... Foi zás-trás, e filho. E agora, case comigo. Não faltava mais nada. Casar não é casaca que se pendura na estaca... O diabo é que o pai é capaz de arranjar-me um catatau... faz aí um barulho dos meu pecados... E esta?...

Parou um momento, e voltando-se para a tapuia, que escutava atônita e estúpida este chorrilho de vilanias, disse-lhe resoluto:

– Olhe, mãe Tomásia, diga-lhe que se arranje. Eu cá é que não caso, não posso... E demais, não tenho certeza se é meu...

– Ah! nhô Antônio, pois "vancê" diz isso!... – protestou indignada a mulher.

– É tal qual lhe digo: não posso casar-me agora. Olhe, vocês são um pouco feiticeiras, veja se faz desaparecer aquilo com qualquer burundanga e assim fica tudo em paz e eu ainda dou alguma coisa. Cá pelo meu lado podem estar descansados; juro que não digo nada. Fico mudo que nem peixe...

Ergueu-se e enveredou pela trilha aberta no alto capim que quase o cobria, no fim da qual deixava a pequena montaria quando vinha ter com Rosinha. A tapuia, saída por fim do pasmo em que a deixaram as palavras dele, gritou-lhe zangada, estrangulada de raiva, furiosa como uma jararaca maltratada:

– Má morte te persiga, galego!

— Praga de urubu não mata cavalo — respondeu ele rindo.

E sumiu-se por entre o capinzal fechado.

A velha tapuia não tinha os sentimentos refinadamente delicados. Não procurou, pois, iludir Rosinha sobre as disposições do Antônio Bicudo, nem mesmo atenuar a grosseria de suas palavras. Apresentando-lhe nesse dia mesmo, numa cuia preta lustrosa, uma beberagem esverdeada, contou-lhe, sem nada omitir, a sua conversa com ele. A pobre moça, perdida e humilhada, recebeu a notícia quase indiferente, como quem a previa. Bebeu resignada, de um trago, o repugnante remédio. Não lutou. Não teve vergonha da falta, senão do abandono em que a deixava o homem a quem dera as primícias do seu amor. A noção de honra era uma coisa profundamente vaga na sua consciência. Na escola apenas lhe haviam dito que era um substantivo e mais nada. Não percebia que relações podiam existir entre um substantivo como esse e uma moça como ela. Lembrava-lhe que em Óbidos, para onde voltariam em breve, as suas antigas colegas, as velhas mexeriqueiras, os que se ocupam da vida alheia, haviam de falar dela, de dizer que ela teve um filho do Antônio Bicudo. Sabia que estas coisas sempre se divulgam nas terras pequenas. Sentia que todos haviam de mirá-la ao passar, os rapazes principalmente, com uns olhares insolentes, intencionalmente brejeiros. Tinha receio de todos, não queria aparecer, andava esquiva. À vista de gente deixava-se estar sempre sentada; parecia-lhe que assim disfarçava melhor o indício da sua culpa. De seu pai principalmente fugia com terror. Talvez ele lhe batesse, e esta ideia de ser batida – ou com a palmatória ou com o umbigo de peixe-boi – fazia-a estremecer, com um calafrio pusilânime e cobarde. Sorria-lhe, porém, a esperança de que tudo desapareceria com o remédio que tomava todos os dias. Embalada com esta confiança, e desvanecida pelo correr dos dias a primeira impressão, a excitação nervosa foi pouco e pouco esvaecendo-se e ela caiu numa grande indiferença apática, aceitando como uma fatalidade a sua vergonha. Apenas receava a primeira explosão do pai, por isso bebia diariamente a puçanga da mãe tapuia, e começava a sentir-se muito indisposta. Nunca mais ninguém lhe ouviu o nome de Antônio, e levou muito tempo sem vê-lo. Ao cabo de quinze dias, depois da entrevista dele com Tomásia, viu-o chegar um domingo gritando da beirada:

– Olá, seu Porfírio!...

A família estava toda na barraca. Porfírio, deitado na rede, fumava o cachimbo, embalando-se com o pé apoiado num esteio. Ela e a mãe, sentadas numa esteira, cortavam e acertavam os panos de uma saia. O procurador gritou da rede: "Entre com Deus", e logo assomou à entrada da barraca o Antônio, que cumprimentou a todos com embaraço que não lhe era habitual. Entretanto, antes de vir tivera meio de certificar-se que na feitoria de Porfírio nada ocorrera de extraordinário.

Levava-o a casa do procurador – disse – um negócio vantajoso para ambos. Sabia que ele tinha umas trinta arrobas de peixe e queria comprá-las. Os outros pagavam em gêneros, ele pagava a dinheiro. Dava por arroba quatro mil e duzentos réis. O dinheiro estava contado, pronto na canoa.

– Mais do que isso já eu rejeitei – respondeu Porfírio. – Tenho quem me dê cinco mil-réis.

– Quem?...

– Quem?... O João Periquito.

– Duvido. Em gêneros pode ser, mas em dinheiro... está se ninando. Em gêneros dou-lhe eu até seis mil-réis. E podia dar-lhe mais ainda, porque venderia tudo pelo dobro. Decida-se, seu Porfírio, vende-me o peixe ou não? É pegar ou largar.

– Ora, seu Antônio, por que então você não dá ao menos quatro e quinhentos? Safa! que vocês são muito escassos. Peixe no Pará está caro, a dez mil-réis a arroba, dizque.

– Histórias, meu caro, histórias. Não é tanto assim. E demais, você sabe, com os fretes, direitos e comissões a gente não chega a ganhar dez por cento – respondeu o caixeiro com a voz lastimosa e chorona do negociante para o freguês, a que se poderia chamar voz de negócio.

Houve um silêncio. Durante este diálogo, Rosinha nem uma só vez encarara o moço. Toda entregue ao seu trabalho, parecia até não ter dado por ele, que lhe lançava às furtadelas olhares desconfiados. Era quase meio-dia, a hora do jantar. A negrinha Camila veio pôr entre as redes de Porfírio e de D. Feliciana uma esteira, sobre a qual estendeu uma toalha pequena, de pano de algodão grosso, mas limpa. Era um luxo domingueiro, porque nos outros dias, de trabalho, comiam ou sobre a esteira nua, ou no chão, ou no girão baixo do lugar chamado cozinha. Estendida a toalha, Camila pôs a mesa. Debruçou em roda, um de cada lado, três pratos de grossa louça azul, colocando à beira de cada um uma faca e um garfo de cabo de chifre e colheres de chumbo, amolgadas e escuras. Junto de cada prato derramou de uma cuia um montículo de farinha amarela e torrada. Numa das extremidades ficaram um pires de beiço quebrado com sal grosso, pimentas-de-cheiro e malaguetas e um limão semipartido, e; ao pé dele, dois vidros porcos, um, que foi de não sei que perfume de Rosinha, com azeite de cor duvidosa, entre pardo e amarelo, e outro chato, que tivera dantes óleo de macáçar, cujo rótulo ainda se podia decifrar através das manchas de vinagre que continha.

Antônio, vendo estes preparativos, despediu-se, dizendo:

— Então, seu Porfírio, quer-me vender o peixe ou não? Olhe, dou-lhe quatro e quatrocentos, nem mais um vintém... Ande lá, homem; venho amanhã buscá-lo. Adeus.

— Qual, nh'Antônio, é por demais barato; mas não vá já, jante aqui; olhe, o de comer está na mesa.

— É muito favor, não, obrigado. Porém... resolva, posso mandar buscar o peixe?

— Jante c'o a gente, depois falaremos.

E o procurador instou.

Antônio aceitou, sob a condição, porém, de não recusarem um garrafãozinho de vinho que pediu licença para mandar buscar pela pretinha ali na canoa. Chegado que foi o vinho, puseram-se "à mesa". O jantar, composto somente de peixe, passou-se sem novidade. Antônio já estava habituado a comer sentado no chão, sobre as pernas e com a mão, qual o indígena. Ficou à beira de Rosinha, que persistia em não encará-lo, com os olhos fitos no seu prato, onde nadava no molho, feito com o caldo de peixe, que fumegava numa tigela no centro da esteira, e pimentas amassadas com o dedo, um pedaço de pirarucu cozido. Com a mão desgastava um naco de peixe, que bem embebido no molho esperava na borda do prato o punhado de farinha, tirada do montículo ao lado, com que ela o cobria e consolidava amassando-o entre os cinco dedos enfeixados. Pronto assim este bocado, levava-o à boca, que para recebê-lo abria-se toda, a cabeça ligeiramente inclinada para trás. Depois, com as pontas dos dedos juntas e dobradas em forma de colher, atirava à boca, com maravilhosa perícia, outros punhados de farinha, e punha-se a mastigar tudo lentamente, enquanto preparava no prato nova porção igual à primeira, com muita pachorra. Antônio comia também à mão, utilizando-se apenas da colher para tirar a farinha e levá-la à boca. Os talheres não serviam senão para cortar alguma coisa, isso nem sempre. D. Feliciana fizera no seu prato uma mistura de tucunaré, pirarucu, muito molho e muita farinha, que mexia em todos os sentidos, olhando com um contentamento beato e faminto para aquela massa, que exalava um cheiro excitante de pimentas e vinagre, e escapulia-lhe como serpes moles, informes, por entre os dedos ossudos e magros, com que a esmagava. Quando tudo ficou reduzido a um corpo homogêneo, que tomou no prato proporções piramidais, entrou a comer, fazendo "capitães", uns bolos compridos, cilíndricos, onde ficavam impressos em sulcos os seus dedos, abrindo muito a boca para tragá-los, empurrando-os com o indicador. Tinha uma das pernas, a esquerda, erguida à altura do rosto, dobrada pelo joelho, sobre o qual apoiava o braço estendido com a mão aberta, os dedos pendidos, inertes, sobre a mesa, comendo com apetite manifesto, mas devagar, servindo-se unicamente da mão direita. Não falavam, comiam. O procurador seguia o processo da filha. Absorvia o peixe em pequenas porções, amassadas com as pontas dos dedos, muito embebidas no molho com bastante farinha. A pedido de Antônio começou a beber muito, por uma cuia preta com pinturas encarnadas e roxas. Cada vez que a esvaziava fazia uma careta de repugnância e dava um estalinho com a língua sobre o céu da boca. Movido por um irresistível desejo de atar conversação com Rosinha ofereceu-lhe vinho.

– Não quero – respondeu ela com recusa brusca.

Como insistisse, ela não lhe deu resposta, e nem o olhou sequer. O procurador, esse, não enjeitava. Pelo fim do jantar os olhos começaram-lhe a diminuir e a fala tornou-se-lhe arrastada. Era o momento propício para propor-lhe a compra do peixe. O caixeiro não o deixou passar. Falou-lhe como lhe havia falado antes, talvez com um pouco mais de calor. Também não bebera pouco. O procurador, mais bêbedo, consentiu, dizendo-lhe com um riso alvar de ébrio:

– Vá lá seu bicudo; vocês esfolam a gente... bote aqui mais vinho.

E despejou mais uma cuia. A embriaguez tornou-o terno, muito obsequiador. Levadas as mãos numa grande cuia pitinga, cuja água foi sucessivamente renovada, veio o café, exalando um cheiro pronunciado de erva-doce, com que usam torrá-lo, em grossas xícaras de pó de pedra azuis e brancas. Como Antônio quis retirar-se depois do café, Porfírio não consentiu. Que diabo ia ele fazer? Era domingo, não havia negócio. Que ficasse, dormisse a sesta com ele. Lá estava a rede da Rosinha ou a da nhá Feliciana. E então? Nada de cerimônias; dali não ia, não senhor. E assim dizendo empurrava o rapaz para a rede da filha, cambaleando. O rapaz ficou; fez um cigarro, puxou o isqueiro, tirou fogo, acendeu-o e deitou-se, tendo antes obrigado D. Feliciana a encher o cachimbo com tabaco da sua bolsa, uma bolsa de trança de retrós escarlate que lhe dera Rosinha no começo do seu namoro.

Ela tinha desaparecido mal acabou o jantar; foi talvez dormir com a mãe tapuia na outra barraca. D. Feliciana durante alguns instantes conversou contando-lhe a história das suas moléstias, uma ladainha. Por fim, ambos muito moles, entorpecidos pelo calor, empachados de farinha e de peixe, dormiram. O procurador, congestionado, roncava com a boca aberta, babando, na rede. Lá fora a natureza também dormia o sono pesado, cálido, silencioso, de um meio-dia do Equador.

IV

Havia animado ajuntamento essa tarde em frente da barraca de Porfírio. Ele e a família, Antônio e alguns pescadores, regatões e donos de feitorias, de visita ao procurador, estavam sob uma frondosa árvore, que crescia isolada quase no declive da pequena ribanceira para o "porto", nome geralmente dado ao sítio onde encostam as canoas. Uns, os mais importantes pela sua posição, sentados em bancos grosseiros de paus, outros, nas raízes de árvore; D. Feliciana e a filha, num tupé, sobre as pernas encolhidas, cruzadas; os tapuios, ou no chão, ou simplesmente de cócoras, com os joelhos dobrados e as bundas sobre os calcanhares, posição que podem manter por muito tempo sem parecerem contrafeitos. Versavam as palestras sobre a pesca, a abundância ou escassez do peixe, o seu preço, o estado do comércio em Óbidos. Como é forçoso em ajuntamento de brasileiros, falavam também em política, na política individual e miserável daquela localidade. Analisavam pessoas, com muita acrimônia de palavras sevandijas, como queriam aqueles de quem se ocupavam. O igarapé estava deserto de pescadores. Entretanto havia um quarto d'hora que um enorme pirarucu saltava de minuto em minuto, fazendo cúmulos d'água, que se rompiam logo, coloridos de vermelho pelos últimos raios rubros do sol descambante para o ocaso.

– Ah! marvado – dizia um tapuio acocorado não longe de Antônio –, tu sabe que ninguém te qué, por isso é que tu anda boiando. Mas porém não me atentes, que eu vou te ferrá o arpão...

– Na verdade – disse outro pescador –, parece de perpósito pra mangá co'a gente.

– E é grande o bicho – observou um terceiro.

– Aquele dava bem três arrobas – acudiu um regatão prático em calcular à simples vista o peso de um pirarucu.

– Anda co'a fêmea, paresque – ponderou um outro pescador.

– Quais fêmea, quais nada! Co'os filhos, isso sim. Arrepare que ele anda devagá e está só boiando pra 'spantá os jacaré – retrucou um mais velho.

Havia, com efeito, uma meia dúzia de jacarés ali em roda, formando um largo círculo em torno do pirarucu, que, como se quisesse dar pasto à atenção desocupada daquele grupo, continuava a saltar fora d'água com estrondo.

– Está me dando gana – disse o Antônio – de ir arpoar aquele peixe.

– Vancê, nh'Antônio? – interpelou o tapuio que primeiro falara, em ar de dúvida. – Não é capaz: aquele peixe não é pra vancê, meu branco.

E riu-se. Os outros tapuios também riram-se com pouco-caso.

– Por que não? – interrogou o português ferido no seu amor-próprio, mas ainda calmo. – Não seria o primeiro. Há três dias – perguntem ao José Domingos, que viu – eu arpoei um no Boiuçu.

– Pode sê, branco, mas antão havera de sê em dia de uaiúa, quando peixe está tonto – retrucou zombando o caboclo, que falava pausadamente, semissorrindo-se, incrédulo.

– Ora vai-te pro diabo – respondeu-lhe Antônio meio zangado.

– Aposto com vancê dois pirarucu – teimou o tapuio – por uma frasqueira da *branca*, que vancê não é capaz de matá aquele que anda sartando que nem piraíba.

E o tapuio riu-se de novo, com um riso que lhes é peculiar, entre lábios, com uma ponta de escárnio terrível, mostrando por entre os beiços grossos e roxos os pequenos dentes brancos apontados como os dos carnívoros. Os outros regougaram também aplaudindo o companheiro. Irritado por aquela mofa, Antônio virou-se para encará-los; deu com os olhos em Rosinha, que tinha ela também nos lábios um sorriso escarninho e contente. Mais do que a zombaria dos caboclos, isto feriu-o fundo, no seu amor-próprio; ficou fora de si. Levantou-se pálido de raiva, mas sorrindo com desdém.

– Pedro – perguntou ao tapuio que tanto o contrariara –, tens aí a tua montaria de pesca e o teu arpão?

– Tenho, sim sinhô, nh'Antônio; está acolá perto da sua.

— Então empresta-ma, que eu quero mostrar se trago ou não aquele peixe.

O tapuio desceu ao porto para desamarrar a canoa e ele o seguiu. O procurador observou-lhe ainda:

— Deixe-se de tolice, seu Antônio, olhe que você perde o garrafão de cachaça.

Esta observação não serviu senão para exasperá-lo.

— Não é da sua conta — gritou-lhe. E, empurrando a canoa que Pedro tinha já pronta, saltou rápido dentro dela.

A canoa era uma pequena montaria de pesca, de pouco mais de duas braças de comprimento. Ele remava-a agachado à proa, como os tapuios. A metade de um remo, fixa à popa, chamado joão-de-pau, não a deixava desviar-se da linha reta, nem guinar. Remando assim dirigiu-se para o lugar onde boiara pela última vez o peixe, procurando pôr-se na frente dele. Um ligeiro estremecimento das primeiras camadas líquidas fez-lhe perceber que ele estava à sua direita, a cinco braças talvez. Com duas vigorosas mas surdas remadas, impeliu a canoa para a frente, de modo a colocá-la adiante do peixe e fora do alcance do seu primeiro salto. Deixando a canoa correr com aquele último impulso, ergueu-se à proa, um pé adiante, outro atrás, o arpão preparado na mão direita, o olhar fito, procurando em tudo imitar o indígena.

Em terra o grupo calara-se, e olhavam todos atentos para o que se estava passando. Apenas faziam, em voz baixa e rápida, observações, ora favoráveis, ora desfavoráveis, às diferentes manobras do moço. Alguns, e deste número era Rosinha, se tinham posto de pé para verem melhor. De repente os olhares se concentraram ali com mais fixidez e um grito angustiado saiu de todos os peitos. Dois ou três homens atiraram-se da ribanceira nas ligeiras montarias e com elas partiam rápidos, fazendo roncar os remos n'água, na direção do sítio onde Antônio se aprontara para ferir o peixe.

Havia um minuto que o moço português esperava ansioso o pirarucu, quando este boiou-lhe na frente da canoa. Reunindo toda a força atirou o arpão, mas arrastado pelo arremesso que dera à arma de pesca, perdeu o equilíbrio no estreito espaço da proa da embarcação e caiu para a frente. Ao cair, impeliu a canoa com os pés e não achou-a a jeito quando, depois do primeiro mergulho, quis deitar-lhe as mãos. Bracejou n'água, a querer nadar, mas não sabia, a roupa pesava-lhe encharcada e ele afundava-se. Gritou então com um grito horrível de afogado, que a água, entrando-lhe pela boca, estrangulou-lhe na garganta. Um dos jacarés que deslizava mais perto dali, apenas com os grandes olhos redondos fora d'água, mostrou todo o negro dorso e com as enormes fauces escancaradas correu sobre ele. O infeliz, meio submerso, bracejou mais forte, raivoso por não se poder ter sobre o líquido, e gritou: socorro! socorro! às canoas que braços tapuios empurravam para a frente com velocidade de flechas. Era tarde. O enorme anfíbio, grande de três braças, tinha já agarrado o rapaz por um dos braços e fazendo-o girar como um molinete, arrancou-lho fora. O sangue espalhou-se rápido, tingindo um círculo vermelho ao redor do rapaz. À vista do sangue as terríveis piranhas pequenas, chatas, ferozes, de dentes apontados e cortantes como navalhas afiadas, acorreram vorazes e caíram gulosas, esfomeadas, sobre aquele corpo mutilado, disputando-o aos jacarés, com um encarniçamento medonho e cruento, pululando, saltando ao redor e por cima dele, aos milhares, se não aos milhões, fervilhando em cachões, onde as suas escamas punham cintilações de prata e o sangue laivos vermelhos.

Quando as canoas chegaram, o Antônio Bicudo estava dividido em mil pedaços pelos jacarés e piranhas, que fugiram à aproximação delas. Por entre as águas cristalinas viam-se, nas bocas vermelhas do terrível peixinho, pequenos pedaços de carne como iscas de anzol. As montarias que vieram em socorro do mal-aventurado moço viraram a proa e voltaram lentamente. Porfírio, quando soube tudo por miúdo, com o ódio atávico do indígena ao conquistador, não se pôde ter:

– Ora, o diabo do galego em que se foi meter?... Como se aquilo é pra bicudo...

E tal foi a oração fúnebre do Antônio.

Vendo o jacaré decepar o braço ao rapaz, Rosinha, que até aí a aflição conservara em pé, deu um grito estridente e vibrante e caiu redonda, hirta, como morta, no chão. Sua mãe e Tomásia acudiram em auxílio seu e levaram-na para a rede. O desmaio prolongou-se apesar de muito vinagre, pano queimado, e outros meios em tais casos empregados. Apareceu-lhe febre e por fim ela caiu numa prostração que lhe durou o resto desse dia e toda a noite.

Rosinha, pálida como uma defunta, jaz na rede, imóvel, prostrada, num profundo estado comatoso. D. Feliciana, sentada na esteira junto da filha, tem no rosto a expressão idiota, espantada de quem acaba de presenciar um fato extraordinário, inesperado e extravagante. De momento a momento repete, num tom aflito, como tonta:

– Comadre, comadre, o que é então isto?

Tomásia, a quem se dirigia, não lhe podia responder de pronto. Andava muito atabalhoada daqui para ali, para não acordar a moça, acomodando isto, arrumando aquilo, arranjando com uma saia um travesseiro que metia devagarinho sob a cabeça de Rosinha, tremendo toda. Por fim, não podendo mais deixar sem resposta a pergunta de D. Feliciana, a cada instante repetida, disse-lhe atropeladamente:

– Sossegue, nhá comadre, sossegue. Eu nem sei o que pense. Olhe, pra mim, isto é buto que anda aqui. Eu inda me alembro que vancê me contou que viu uma noite na cidade, no fundo do quintá, um vurto que sumiu quando matintapereira assobiou, mal enxergou vancê. Dispois disso Rosinha andava triste que nem juriti sem par. Vancê não se alembra? Ela quasi nem comia, coitadinha. Aqui ela ia sempre no poço da Samaúma. Eu fui lá e não vi nada, mas parece-me a mim que era buto que chamava ela pra lá. Aquele peixe mardito tem atração e é bandalho. Foi ele que fez má pra mulhé do Lopes, enquanto o marido estava na praça no Pará. Nhá defunta avó, que Deus haja, contava que uma vez um veio de noite carregar da rede uma moça, filha do tuxaua, e ninguém soube mais dela. Só lá por essas horas ouviam cantar, no meio do rio, uma cantiga triste que metia dó. Ele anda muito ali naquela passage; inda s'utro dia eu vi dois lá, sartando um atrás do outro, os marvada. Pra mim é ele, nhá comadre, é ele... – concluiu Tomásia, que para fazer este discurso se tinha vindo sentar também na esteira da dona da casa e falava baixinho, do modo a não despertar Rosinha, ou para que ela não ouvisse.

D. Feliciana escutou esta explicação calada, sem interromper uma só vez a tapuia, resignada e crédula. Acreditava que um boto fosse capaz daquilo. Tinha muitas vezes ouvido contar casos semelhantes, lembrava-se do que aconteceu na noite que Tomásia recordou. Necessariamente o passarinho – o matintapereira – estava ali de vigia; logo que ela apareceu ele cantou e o boto sumiu-se. Na vida de sua filha, que passou em revista, nada achou que lhe despertasse suspeitas. Todavia, como aquela fé não era uma fé viva, mas uma crença moribunda, não podia eximir-se a certa desconfiança.

Rosinha despertou um pouco, mexeu-se na rede, lançou um olhar desvairado em roda, como a procurar alguma coisa.

– Descanse, nhá Rosinha, descanse – aconselhou Tomásia.

Ela virou-se para outro lado e caiu de novo num profundo letargo.

D. Feliciana resolveu mandar benzer a filha. Tomásia conhecia justamente numa das feitorias uma velha, também da costa de Óbidos, que tinha fama de boa benzedeira. Meteu-se numa montaria com o filho e foi buscá-la. A velha foi da opinião da mãe tapuia. Benzeu a rapariga, fazendo-lhe cruzes com a mão em diferentes partes do corpo e murmurando baixinho palavras incoerentes, expulsando o boto em nome do Padre, do Filho e do Espírito Santo. No outro dia Rosinha estava melhor, e D. Feliciana fê-la rezar um rosário, com uma vela benta na mão, diante de uma imagem de Nossa Senhora das Dores, que trazia sempre no seu baú, que serviu de altar para esta devoção.

Rosinha desde esse tempo começou a emagrecer; de pálida que era tornou-se amarela; ficou feia. Tinha um ar triste de mulher desgraçada. Seu pai notou essa mudança e perguntou à mulher a causa dela. Foi o boto, respondeu D. Feliciana sem dar outra explicação e sem dizer até aonde tinha ido a ação do peixe sobrenatural. Porfírio, muito atarefado nesta ocasião com as eleições municipais, também não quis aprofundar o caso. Em Óbidos, para onde voltaram logo depois da catástrofe, nem todos quiseram crer naquela versão, que, apesar do segredo de D. Feliciana, que Tomásia dizia guardar ela também, se espalhou com a rapidez das más novas nas pequenas terras. Os rapazes, principalmente, negaram-se a acreditar no fato, e quando, aos domingos, viam-na chegar à igreja para a missa, magra, amarela, triste e feia, entreolhavam-se com sorrisos maliciosos.

O CRIME DO TAPUIO

I

Mal completara Benedita os sete anos, quando os pais, uns pobres caboclos do Trombetas, deram-na ao Felipe Arauacu, seu padrinho de batismo, que a pedira e fizera dela presente à sogra.

– Aqui 'stá! – disse-lhe –, que eu lhe trouxe pra dar fogo pra seu cachimbo.

Desde esse dia começou aquela criança uma triste existência.

A velha Bertrana, a sogra de Felipe, era mulher de mais de quarenta anos, baixa e magra como uma espinha de peixe. Tinha a cara comprida, muito branca, de uma alvura lavada, sem cor, emoldurada nuns cabelos duros, ainda todos negros, que habitualmente trazia soltos nas costas. Os dentes, apontados à faca, consoante o gosto das mulheres do sertão, perfeitos e claros, saltavam-lhe fora da boca graciosa, imprimindo no lábio inferior, arroxado e excessivamente fino, a sua forma de serra. Uma larga orla escuro azulada, qual se vê nos ascetas ou nas colarejas cansadas, circulava-lhe os olhos miudinhos, negros, de má expressão. O nariz pequeno e afilado desenhava-se com muita pureza, fazendo singular contraste no seu feio semblante, onde todos o notavam logo como uma perfeição deslocada. Prezava-se de branca.

Bertrana passava a vida na rede, uma rede fiada e tecida na terra, azul e branca, de largas varadas de chita encarnada, permanentemente atada, salvo o tempo apenas indispensável de mudá-la por outra, perfeitamente igual, a um dos cantos da sala em que vivia. Era um aposento suficientemente espaçoso, de paredes apenas embarreadas, o chão de terra batida, dura que nem cimento, e, embora sempre muito limpo, muito varrido e arrumado, com o cheiro particular às habitações de doentes.

Meses decorriam sem dele sair; comia e dormia ali mesmo. Debaixo da rede ficava-lhe um lindo tupé bordado a talas pretas e brancas, muito polidas, e sobre ele o seu cachimbo, uma antiga latinha de conserva portuguesa com tabaco migado, uma palmatória de couro de peixe-boi e uma rija vergasta, tanto ou quanto esgarçada na ponta pelo uso, de umbigo do mesmo peixe.

É um açoite terrível, peculiar à Amazônia, como o "bacalhau" ao Sul.

De quando em quando gemia com um tom lastimoso. Arrancava do magro peito, cujos ossos pareciam querer furar-lhe o paletó de chita roxa, que assiduamente usava, um escarro pegajoso; deixava-o cair lentamente, fazendo um fio branco de gosma, para uma cuia pitinga que lhe ficava no tupé, à esquerda; limpava de leve, cautelosamente, os beiços a um lenço vermelho e gritava com uma voz esganiçada, de tons falhados, muito cantada:

– Benedita!...

A rapariguinha acudia pressurosa, trêmula, a correr. Era para dar-lhe fogo para o cachimbo. Benedita vinha com o fogo, e, encostando a brasa espetada em um velho garfo de ferro ou o tição ao tabaco, acendia-o. Ela ficava fumando devagar, compassadamente, o cotovelo agudo especado nos joelhos, a mão aguentando o tubo do cachimbo com os olhos fitos num trecho do terreiro que aparecia pela porta aberta em frente da rede, batendo os beiços um no outro a chupar as fumaças, em uma posição indolente de vadiação satisfeita. Concluída aquela cachimbada, depunha de manso o cachimbo na esteira, junto da lata de fumo, arrancava do peito descarnado um grande suspiro doido e, com a sua voz comprida:

– Benedita!...

Agora era para dar-lhe um remédio dos muitíssimos que constantemente tomava, contidos nos vasos de barro que formavam, arrumados no chão por detrás da rede, uma espécie de bateria de botelhas elétricas. Em cada uma daquelas pequenas "chocolateiras" de bojo esférico e pescoço cilíndrico, havia um cozimento, uma infusão, um chá, uma droga qualquer, composta de vegetais. Suspensos das ripas das paredes por finos cordéis e embiras, pendiam vidros maiores e menores, contendo diferentes óleos e banhas de origem animal ou sucos lácteos de certas plantas. De uns bebia, com outros se fomentava ou emplastava por causa dos seus infinitos e variadíssimos achaques.

Para as dores nas costas tinha leite de amapá e para as do peito tinha o de ucuuba. E mais, jarauassica e folhas de café para regularizar as funções; a milagrosa caamembeca por causa das diarreias, a que era atreita; moruré e manacá contra as dores de origem suspeita; sucuuba com mel de pau para a tosse; caferana e quina, de prevenção, por causa das sezões endêmicas no Trombetas; caldo de jaramacuru, para o baço; paricá, urtiga-branca e jutaí, excelentes nas tosses e na secura de peito; gordura de anta, boa em fricções; salsa contra o reumatismo e maus humores; tajá membeca a fim de recolher os pulmões dos pés; banha de mucura, aplicada nas erisipelas; guaraná para os intestinos, flatos, não sei o quê; manteiga de tartaruga contra o cansaço, e ainda outros, cuja simples enumeração fora fastidiosa, os quais não só usava numa cisma ridícula de ter não sei quantas moléstias, como aconselhava e dava oficiosamente, com recomendações convencidas, persuasivas.

Não casara nunca. Foi sempre feia e implicante. Em Faro, donde era natural, os rapazes puseram-lhe a alcunha de "cara de peixe". Ao escárnio respondeu com o ódio, um ódio brutal que alcançava todo o mundo. De todos dizia mal: contava histórias malévolas das mulheres e desacreditava os homens. Por fim, quando entrava os trinta e estava em toda a plenitude de sua fealdade, um agregado do pai caiu doente, foi tratado em casa por ela e, por gratidão, amou-a um pouco. Daí por nove meses teve ela uma filha: essa foi a sua única e não mais repetida aventura de mulher, jamais houve ensejo de prestar os seus bons serviços de enfermeira e ninguém tornou a querê-la. Os desejos imprudentemente acordados e logo sopitados bulhavam-lhe no peito em saltos de cabritos bravos; força era, porém, engoli-los com surda cólera e grande raiva dos homens, porque a não queriam, e das mulheres, porque eram preferidas; e lá dentro da sua estreita carcaça de magricela os anelos de deleites transmutavam-se em fezes biliosas que a punham cada vez mais feia e mais seca. Repulsava a própria filha, porque saíra linda, como o pai, um mameluco esbelto.

A filha – ao invés do que lhe sucedera a ela – casou cedo, e em companhia do marido, Felipe Arauacu, foi para o lago Iripixi, no Trombetas, onde ele tinha um sítio. A infeliz moça não durou muito; pouco mais de um ano tinha de casada, quando a mataram as sezões, ali reinantes endemicamente, com menos de vinte anos de idade. A mãe, que por fugir à recíproca malquerença de Faro acompanhara-a de lá, ficou com o genro, um sujeito nulo a quem ela era indiferente como ele lhe era também. Já por esse tempo queixava-se de meia dúzia de achaques diversos, pouco saía da rede e nada fazia. A morte da filha e a subsequente concubinagem do genro com uma rapariga de um sítio próximo, pondo-a em quase absoluto isolamento, completaram a obra de seu péssimo caráter. Viveu desde aí em inteira mandriice, a fumar cachimbo, a tomar remédios, a dizer mal de tudo e de todos, com muito fel extravasado. Aumentavam-lhe as moléstias cada dia e raro se passava que não mandasse ao mato – a inesgotável drogaria do sertanejo – em busca de novas folhas, raízes ou cascas para outros medicamentos, as suas "puçangas", como ela dizia.

Queixava-se do peito, de dores nas costas, suores noturnos, muita tosse, afora o cansaço que também a não deixava sossegar. Coitadinha dela, toda a santa noite o seu peito lhe levava a piar que nem pinto – e imitava – pio... pio...

pio... Doíam-lhe igualmente as pernas, a espinha dorsal, o ventre; tinha espasmos dolorosos no lombo, que lhe respondiam no fígado, aqui – indicava. Os pés, tinha-os gretados com pulmões – e erguendo a beira da saia com recato afetado e pudico, mostrava-os muito vermelhos cobertos de emplastros. E se alguém, por mera polidez, perguntava-lhe pela saúde, ai do imprudente! tinha de ouvir a longa e nunca assaz repetida história dos seus padecimentos em geral e de cada achaque em particular, com muita minúcia, com todas as particularidades que ocorriam e ainda mais a dos respectivos remédios, quem lhos ensinara, onde os havia, como se preparavam, de que modo se deviam tomar, a dieta que exigiam, o resguardo que requeriam, e mil outras miudezas com impertinência enfadonha, insaciável. E constantemente, invariavelmente, terminava o seu fastioso aranzel pela mesma fórmula lastimosa, para a qual arranjava a sua voz mais dolente, dando-lhe o tom débil, expirante, daquela com que o moribundo conta ao médico as angústias da passada noite, que lhe será a derradeira.

– Ai! nem me fale... Não possozinho ir longe. Esta lua a modo que tenho passado pior, paresque não chego à outra... Ai Jesus! Mãe Santíssima! Quase morri a noite passada, doía-me tudo – e apontava sucessivamente a cabeça, o peito, as pernas, o ventre – faltava-me o ar... Ai! Meu Pai do Céu, valei-me... a... a... ai!

E, logo em cima do último e prolongado ai, gritava com a sua voz fina de coruja constipada:

– Benedita!...

A rapariguinha acudia correndo. Queria um remédio; dizia-lhe um nome indígena e recomendava-lhe, já de antemão irada, que olhasse, que não viesse nem frio nem quente, mornozinho. Agachando-se por debaixo da rede, Benedita ia buscar uma das "chocolateiras" com a droga indicada. Se acontecia tocar-lhe na rede ao passar, a velha soltava um grito agudo, como se a houvessem varado com um espeto, e, levantando rápida o chicote de sobre a esteira, atirava-lhe uma forte rimpada. A pequena saía chorando, com grossas lágrimas a pingarem-lhe no líquido da vasilha. E Bertrana, como se o esforço feito lhe houvesse tirado o último alento, deixava cair o chicote, impotente para sustê-lo, e ficava-se ofegante, a boca aberta, exausta, pedindo baixinho desculpa, se estava alguém. Mas logo, sem demora, muito impaciente, bufava:

– Benedita!...

E assim levava todo o dia. Batia-lhe por dá cá aquela palha, com um encarniçamento feroz contra a criança. Depois de jantar, ao meio-dia, dormia uma larga sesta até às três horas, e a pequena ali ficava, em pé, com as magras mãozinhas no punho da rede, embalando-lhe o sono indolente – um sono profundo, a desmentir-lhe as contínuas queixas. Como era natural, ele lhe faltava à noite. Não podia dormir com dores, dizia ela. Carecia d'ar, acordava Benedita, que dormia na esteira, sob a rede. A pequena levantava-se tonta, estremunhando, e vinha embalá-la. E a desoras saía do seu quarto, com ringir sinistro, o guinchar fino e compassado do esse da sua rede, rangendo sobre a escápula de ferro.

Vinha-lhe à cabeça tomar, àquela hora mesmo, qualquer chá e mandava-a fazer fogo para aquecer um. A cozinha ficava no terreiro, sob um rancho aberto; ela ia tremendo, transida de medo, no escuro. Se acontecia demorar-se mais do que a impaciência irritadiça da velha previra, ouvia-se no silêncio absoluto da noite, como um grito lúgubre de ave noturna:

– Benedita!...

E não raro, daí por pouco, ruído de pancadas e soluços de criança. Com o isolamento em que a pusera sua desavença com o genro, por causa da rapariga que ele tomara para casa após a morte da mulher, refinou-se-lhe o mau gênio. A demais gente de sítio vivia afastada dela. Por aquelas paragens quase ninguém transitava, e esses poucos mesmo, se a conheciam, fugiam-lhe como à peste. Mais lhe azedava isto o fel, que derramava-se sob a forma de maus-tratos na tapuinha, a quem votava um ódio felino, estúpido, como a onça odeia talvez o jacaré que, inerte e quedo, deixa-a descansadamente roer-lhe a cauda.

Era devota e sentimental; rezava amiúde, tinha um rosário de contas safadas no punho da rede, metia sempre os santos nas suas palestras, não bocejava sem fazer cruzes – para que não entrasse o demo – na boca aberta e chorava ouvindo referir alheios infortúnios. Quando dalguém dizia mal, batia nas faces encovadas palmadinhas beatas com as pontas dos dedos, que beijava em seguida, murmurando compungida: – Deus me perdoe... Tinha particular devoção com S. Gonçalo e com S. Luiz Gonzaga; possuía-os ali no seu oratório de pau, pintado de azul e frisos encarnados.

De manhã cedinho, tomando do punho da rede o seu rosário para rezar, começava a lida da inditosa Benedita, e às cinco horas da madrugada, quando os passarinhos, espanejando-se à luz fresca do repontar do dia, acordavam nos arbustos rociados de orvalho noturno os ecos dos bosques próximos com seus gorjeios divinos, a voz dela, que nem pancada dissonante de pratos num concerto de violinos e flautas, cortava brutalmente a harmonia do coro jucundo a berrar:

– Benedita!...

II

Uma criança triste, magra, mirrada como as plantas tenras, expostas a todo ardor do sol, tal era Benedita. No seu corpinho escuro, coriáceo, em geral apenas coberto da cintura para baixo por uma safada saia de pano grosso, percebiam-se sobre as costelas à mostra os sulcos negros de umbigo de peixe-boi. Na sua falazinha, rouquenha por contínuos resfriamentos, havia como que uma nota trêmula de choro. Não conhecera jamais as alegrias da infância livre e solta.

Com pouco mais de sete anos, deram-na seus pais ao padrinho, que a pedira prometendo seria tratada como filha. Não possuíra nunca um desses brincos que fazem a felicidade das crianças, nem correra jamais atrás das borboletas loucas com a grande alegria da infância de fazer mal a um inseto. Era uma coisa, menos que uma coisa, daquela mulher má. Ao redor de si apenas via ou ódio ou desamor, a traduzir-se em maus-tratos de uns ou na indiferença quase hostil de outros. Até então, nesse pequeno mundo em que há dois anos já vivia, e onde os mesmos cães famintos lhe rosnavam à passagem, uma única criatura tivera para ela um olhar piedoso e uma palavra compassiva.

Era um índio; chamavam-lhe em casa José Tapuio.

Era um caboclo escuro, membrudo, forte, mas de fisionomia, coisa rara neles, por vezes risonha. Vendido aos quinze anos por um machado e uma libra de pólvora a um regatão do Solimões, entrara na civilização pela porta baixa, mas amplíssima, da injustiça. Havia quinze anos também que fora prisioneiro da tribo inimiga que o vendeu, quando Felipe o trouxe daquelas paragens, onde então se achava, como seu agregado.

Ali em casa do Arauacu afeiçoou-se por Benedita, com afetos de pai. De volta da pesca ou do mato, raro era não trazer-lhe um mimo qualquer, uma fruta, um mari-mari de beira-rio, ou um jutaí da mata virgem. Apanhando-a só entregava-lhe às escondidas o seu presente, com um sorriso mal esboçado e estas palavras:

– Toma pra ti...

Estando em casa ajudava-a na casinha, partia-lhe a lenha, lavava-lhe as vasilhas. Vendo-a chorar, seu semblante, ordinariamente impassível e carregado, parecia confranger-se, e, incapaz talvez de exprimir melhor o que porventura lhe ia n'alma, dizia-lhe em voz ríspida, mas interessada e a modo de suplicante:

– Não chora...

Sentia-se que ele odiava a velha Bertrana. De uma feita, que ao passar-lhe pela porta da sala viu-a castigar barbaramente a rapariguinha, parou e seus olhos faiscaram coléricas ameaças à velha. Passou-lhe pela mente matá-la naquele momento, mas logo abandonou essa ideia assustado, porque a primeira ação do contato da nossa sociedade sobre essas naturezas selvagens é torná-las pusilânimes. A velha, porém, que leu-lhe a ameaça no gesto irritado com que parara ele a fitá-la, não se livrou do medo. Interrompeu o castigo e, vendo-o ir, praguejou-lhe atrás:

– Cruz! O diabo do tinhoso do inferno... Vai-te!

Ele, entretanto, dava tratos à sua limitada imaginação, a fim de descobrir um meio de furtá-la àquela miseranda existência que ali vivia. Esta sua afeição pela pequena não escapou aos da casa, e Bertrana, descobrindo-a, disse alguma coisa de uma obscenidade cruel.

Benedita, como todas as pessoas desacostumadas da felicidade, desconfiava daquele interesse, que só passado algum tempo mostrou mais francamente aceitar. Sentindo então à roda de si esse afeto, que aliás não compreendia, queria-o também, ao José, porém com uma sorte de receio, quase com medo, porque o medo era, por fim, o seu sentimento dominante. Chamava-lhe "tio José" e tomava-lhe a bênção, consoante o hábito de todas as crianças amazônicas, com a magra mãozinha estendida, aberta, na ponta do braço espichado, e um ar medroso e tristonho:

– S'a bença.

Na sua vida lôbrega que nem a negrura interior de um caixão de ferro, a simpatia daquele tapuio era como o pequeno e olvidado furozinho por onde penetrava a fina réstia de luz clara de polens dourados, como as asas das borboletas.

Ele fizera no mais recôndito do seu pensamento o propósito firme de livrá-la da velha. A dificuldade estava apenas em que queria uma coisa que não deixasse rastro, fazê-la desaparecer de um momento para outro sem se saber como. Taciturno era, mais taciturno ainda o viram de tempos àquela parte.

Uma manhã saiu, como de costume no verão, que então era, à pesca. Sentado ao jacumã, dava grandes remadas espaçadas, olhando distraído para a frente. Seguia rente à margem, sem dar fé de alguns peixes que saltavam por ali, ao alcance do seu arpão ou da sua flecha. De repente, em um lugar no qual outros olhos que não os do matuto dificilmente descobririam solução de continuidade na espessa orla de mataria que corria pela margem, virou rapidamente a canoa, servindo-se do remo grande e chato à guisa de leme, e embicou-a para a terra escondida pelo mato, como se quisesse navegar por ela adentro. Ao impulso do seu braço robusto, a leve embarcação passou pelo meio da folhagem debruçada sobre a água, de modo a parecer emergir dela. Agachando-se no fundo da montaria, deixara-a o índio correr com a força da remada.

Varada a primeira e mais densa cortina de folhagem, achou-se num igapó – um grande estirão de mato alagado pelo lago na enchente e ainda não de todo abandonado por ele. Árvores alterosas, como soem ser as das terras firmes do Trombetas, direitas, de cascas pardacentas e rugosas, emergiam de dentro da água, escura e calma, como uma lagoa morta. Dos altos galhos pendiam, formando bambinelas pitorescas, fios de todas as grossuras e feitios de cipós e lianas, a se refletirem naquelas águas paradas e negras, com sinuosidades intermináveis de serpentes. Outros atravessavam de galho a galho, de tronco a tronco, emaranhando-se no alto como a cordoalha de um navio. Pelas árvores apegavam-se vegetações parasíticas; musgos espessos punham grandes manchas verdes nas cascas pardacentas de muitas. De cima, da cerrada abóbada de verdura, descia uma grande sombra triste, que, reunindo-se ao silêncio absoluto da sombria paisagem, dava-lhe não sei que tétrico aspecto de ruínas.

Com a habilidade de tapuio, José seguia avante, fazendo singrar a piroga em verdadeiros zigue-zagues por entre aqueles troncos, sem tocar em nenhum. Deixara o remo no fundo da canoa, e pegando ora num cipó, ora numa rama que descia mais baixo, ora num tronco, puxava d'aqui, empurrava d'acolá, quase deitando-se às vezes para livrar a cabeça. De súbito, uma coisa que dir-se-ia um daqueles cipós mais grossos por ali pendidos, e no qual a beira da montaria acabava de tocar, desenroscou-se de sobre um tronco apodrecido de uma velha árvore derrubada pela ação das águas, e silvou no ar na direção do índio. Era uma sucuriju enorme. José, que só a vira no ato do bote, apenas teve tempo de fincar a mão no tronco mais perto e empurrar a canoa para trás. Este impulso fê-lo perder o equilíbrio e caiu sentado no banco da popa. Fora bem dado o bote da cobra; ele sentiu passar-lhe o corpo quase rente à face. Mal, porém, lançara os olhos na direção em que ela seguira como que voando, viu-a assanhada, o pescoço ingurgitado, a língua bífida fora das fauces, fitá-lo ameaçadora, já de cauda firmada sobre o dorso de outro pau caído, pronta para novo ataque. José pegou no remo, a fim de safar-se mais depressa. A cobra, vendo-o tomar aquele pau, sentiu talvez uma ameaça, e mais irada ainda atirou a toda a força o bote, sibilando no ar. Quando o atirou, porém, já a canoa ia impelida pelo remo, de sorte que apenas apanhou a borda com a boca, donde logo firmada lançara a cauda na direção do tapuio, colhendo-lhe o braço esquerdo e o remo, com os quais fora ele ao seu encontro. Então levantou a cabeça e arpoou furiosa, a boca rasgada, o próprio pescoço de José, que metendo a mão direita em defesa da cara, conseguiu segurar-lhe logo abaixo da cabeça o corpo escorregadio que se debatia furiosamente por desprender-se dos seus dedos possantes, aos quais o perigo multiplicava as forças, dando-lhes um vigor de rijas tenazes. Ele sentia, porém, que a cobra mudava de tática e que, largando-lhe o braço esquerdo, a cauda ia enroscar-lhe ao pescoço os seus anéis de ferro e estrangulá-lo sem custo. Rápido como o pensamento, mal pres-

sentira afrouxar-se o laço com que ela prendia-
-lhe aquele braço, fez um heroico e supremo
esforço, e conseguindo trazer-lhe a cabeça he-
dionda até em baixo ao fundo da canoa, calcou-
-lhe em cima o pé rijamente. Era tempo, que a
cauda da cobra caíra-lhe no pescoço mergulhando a extremidade sob o sovaco esquerdo, donde
logo ela a retirou para melhor apertar o nó. Antes que o fizesse, porém, a compressão da cabeça fazia-a perder a força e José ainda pudera tirar de sob o banco a sua faca curta de pescador,
com a qual lh'a decepou de um golpe. Aquele
primeiro anel feito desprendeu-se, o tronco rolou inerte para a água e a cabeça ficou palpitan-
do, com a língua fora, no fundo da canoa.

Terminado este incidente, José seguiu tranquilamente a sua derrota através dos embaraços
do igapó, que todos salvou com admirável perícia. Chegando ao cabo, saltou em terra, puxou a
canoa por sobre a areia escura da margem e, tomando de dentro a cabeça da sucuriju, jogou-a
por sobre a mata, o mais longe que pôde. Era
uma precaução, para que o tronco da cobra se
não viesse juntar à cabeça e se refizesse, como
ele o acreditava ingenuamente. Isto feito, tomou
da faca e embrenhou-se na densa floresta, calcando fortemente o espesso tapete de folhas e
gravetos secos, que estalavam com um som cru
sob os seus pés de índio.

Essa noite, mal acabara de cair o dia, já todos do sítio do Arauacu, como aliás é costume do sertão, estavam recolhidos. Entretanto não dormiam ainda, pois que pelas frestas das portas e dos japás saíam réstias de luz vermelha de candeia.

Bertrana tinha um mau anoitecer, carregado de tristes presságios de uma noite horrível. As suas dores todas entravam em afinação. Dava gemidos baixinhos, doridos, de cortarem o coração. Também ela, com a sua teimosa gulodice habitual, cometera uma gravíssima imprudência; sobre o seu jantar do meio-dia, de mixira de peixe-boi – um presente de genro à sogra –, uma comida carregada, conforme era ela a primeira a reconhecer, bebera uma cuia de vinho de tucumã – um outro veneno. Metia dó vê-la.

Exasperada pelas dores, irada pela insônia, não pôde levar à paciência que Benedita cabeceasse, dormitando, ao punho da rede onde estava a embalá-la desde o fim do jantar. E erguendo do chão, com os seus movimentos rápidos de fera, o vergalho, zurziu-o sobre a rapariguinha, berrando:

— Ah! s'a vadia! Eu aqui quase a morrer e esta preguiçosa a dormir. Já, pegue na chocolateira e vá-me fazer um chá de vassourinha. – E gemeu: – Ai, meu S. Luiz Gonzaga, valei-me.

Benedita saiu a chorar, com o vaso na mão toda trêmula. Lá fora, escondido por detrás do forno de farinha, topou com o José, que lhe surgiu ao encontro, assustando-a muito. Antes, porém, que lhe escapasse da garganta o grito que ela ia soltar amedrontada, ele disse esforçando-se por ameigar a voz:

– Não chora...

E pegando-lhe a mão falou-lhe baixinho ao ouvido. Ao cabo deste colóquio, que foi rápido, levantou-a nos braços vigorosos e deu o andar acelerado para a floresta escura que elevava, por detrás do sítio, no seu claro estrelado, o seu enorme perfil negro, na qual embrenhou-se.

Daí por pouco as outras pessoas do sítio ouviram a voz áspera da velha a bradar repetidas vezes, colérica:

– Benedita!... Benedita!...

Acostumados àquilo, não fizeram caso. O tapuio corria no entanto pela mata adentro com a pequena ao colo. Ela agarrava-se a ele, espavorida, os olhos fechados com medo de abri-los à lúgubre escuridão do bosque. Ao cabo de uma hora chegaram à beira do igapó, onde ele deixara a canoa pela manhã. Sentou a rapariguinha no fundo e partiu remando de manso, ajudando-se com as mãos, dirigindo-se apenas pelo instinto, por sua ciência inata e hereditária de selvagem, que outra luz não tinha, às apalpadelas, por entre os grossos troncos e finos cipós. Quando se pilhou fora do igapó, a sua grosseira fisionomia quadrada, naturalmente impassível, iluminou-se com um leve sorriso de satisfação, que lhe arreganhou ironicamente a comissura dos grossos lábios, mostrando-lhe os dentes alvos e fortes, e metendo decidido o remo n'água silenciosa e calma, lançou a canoa para a frente, fazendo-a voar como a flecha do seu arco.

No sítio, depois de esbofar-se em gritos, a velha Bertrana arquejava, com os beiços de espuma, ardendo em descomedida raiva, pedindo às pessoas que afinal acudiram aos seus gritos que lhe fossem buscar Benedita. E quando, após uma curta revista, lhe voltaram sem ela, pegou de berrar, possessa, que, se a apanhasse outra vez, matava-a.

III

O juiz de direito – um homem baixo, gordo, calvo, solenemente encasacado – entrou na sala, foi sentar-se entre o promotor público e o escrivão, no meio da mesa atravessada na largura da sala junto à parede, mesa comprida e estreita, coberta inteiramente por um pano verde desbotado, debruado de galão amarelo. Tomando de sobre ela a campainha de cobre azinhavrado bimbalhou-a com força, enchendo a sala de tilintações finas, agudas, tanto ou quanto falhadas.

Tinha a testa vincada, num grande ar aborrecido. Havia cinco dias que o faziam vestir o seu fato preto tão fatal aos seus achaques hemorroidários, a sua velha e coçada casaca do dia do grau, para vir ali, aquela maçada do júri, inutilmente. Até então não fora possível reunir o número de jurados exigido por lei; apareciam apenas os da cidade, que os roceiros estavam às voltas com a safra de cacau e não vinham.

Colocou a campainha em seu lugar no tinteiro de metal amarelo, e relanceou um olhar em torno da sala, uma sala fria em cujas paredes caiadas a umidade punha grandes manchas bolorentas, cor de cinza. Pareceu-lhe haver mais gente nas pesadas cadeiras de fábrica portuguesa, enfileiradas rente às paredes. De um lado ficavam os da cidade, com um ar desembaraçado de quem está em sua casa, rindo e conversando entre si, fazendo sinais familiares ao promotor, a pedir-lhe os recusasse, cumprimentando o juiz com leves acenos de cabeça. Seus fraques e paletós têm formas mais corretas e vestem-nos sem enleio, useiros em trazê-los. As calças da maioria são brancas, muito engomadas, com grande vinco no meio, de cima a baixo, a vir morrer no peito das botas, muito engraxadas. Do outro lado tinham-se assentado os roceiros, facilmente reconhecíveis pelo seu ar contrafeito e o estapafúrdio do seu trajar. Perfilados nas cadeiras, duros, as pernas pendidas direitas, mostravam visivelmente quanto não lhes custava o terem de vestir as roupas com as quais apenas em dia de festa, de júri ou de eleições apareciam na cidade. Os paletós de pano preto luzidio ou de lustrosa alpaca, amarrotados dos baús, os coletes vistosamente ramalhudos, sobre alguns dos quais estadeavam-se grossas correntes de prata ou de ouro falso, comprado por verdadeiro, cheias de berloques, as camisas de morim e as calças de brim branco ou pardo, engomadas e fortemente aniladas, os sapatos grossos, acalcanhados, limpos de fresco, espalhando na sala o cheiro ativo da graxa, davam-lhes o aspecto alvar dos matutos endomingueirados. Para assentarem os indomáveis cabelos rijos que nem piaçaba, tinham-nos empastado de sebo de Holanda, cujo perfume desagradável misturava-se no ambiente com o da Água Florida, o extrato favorito dos roceiros. Não podendo suportar por mais tempo os grossos sapatos e botas, alguns os tinham tirado, e escondiam debaixo das cadeiras os pés calçados em grosseiras meias. Suavam copiosamente sob o fato dos grandes dias, enforcados nas gravatas multicores, atadas em laços extravagantes, sobre os quais caíam moles, ensopados de suor, os grandes colarinhos. De instante a instante enxugavam-se nos lenços de chita que em seguida, dobrados cuidadosamente sobre os joelhos, eram guardados dentro dos chapéus, virados de copa para cima embaixo das cadeiras.

De uma e outra banda, olhava-se para um homem, o réu, sentado num pequeno banco entre dois soldados, mal-amanhados em fardinhas curtas de brim pardo e vivos encarnados, à beira de uma pequena mesa, coberta com um safado retalho de lã verde, à guisa de colcha. E, cochichando entre si, os jurados apontavam-no uns aos outros.

Aquele sujeito era o José Tapuio, que ali estava tranquilo, indiferente no meio do aparato do tribunal. Apenas quando não sabia mais o que fazer das mãos, coçava a cabeça ou os pés, visivelmente contrariado, como quem, estando habituado à vida larga de selvagem, sente-se de repente limitado aos dois palmos de um banco.

O juiz, bem acomodado na sua velha cadeira de braços, voltou-se para o sujeito magro, vestido com um rapado paletó de alpaca à sua esquerda, e disse-lhe:

– Sr. escrivão, faça a chamada.

O escrivão levantou-se, abriu um caderno de papel já sórdido, e depois de passar a mão descarnada, a direita, em cujos dedos cresciam grandes unhas amarelas, nos pelos duros e esparsos que a modo de barba lhe cresciam no mento, pôs-se a ler em voz alta, rouquenha, uma série de nomes banais, com apelidos devotos, Espírito Santo, Encarnação, Amor Divino, apanhados aqui e ali, na cartilha ou na folhinha, para o uso jornaleiro e pelas exigências da vida social. De entre os jurados partiam gritos de "presente", "pronto", em tons discordantes. Enquanto isso, o juiz contava maquinalmente uns papelinhos dobrados em quadro, que extraía de uma caixa de folha de flandres, de forma lúgubre de urna, pintada de verde, com frisos amarelos nos ângulos, e os ia pachorrentamente arrumando em fileiras sobre o pano da mesa, enodoado de tinta preta.

Concluída a chamada e verificado o número legal, disse, metendo de novo os papelinhos na urna, um a um.

– Estão quarenta e oito cédulas; vai-se proceder ao sorteio.

Mal o havia dito, surdiu de uma porta um oficial de justiça, um mulato esguio de alta gaforina erguida em trunfa, com um pé doente calçado em uma chinela de tapete, trazendo pela mão um menino de seis anos, todo vestido de brim pardo, engomadinho, o cabelo encharcado em óleo de camaru empastado na cabecinha pequena, franzina, anêmica. O juiz apresentou-lhe a boca da urna, e depois de remexê-la bem, disse-lhe:

– Tire, Ioiô.

O menino, já afeito àquela cerimônia, pois não era a primeira vez que ali vinha, meteu a sua mãozinha magra até o fundo da caixa e entrou a tirar as cédulas e a entregá-las ao juiz, que as ia lendo em voz alta, à proporção que as recebia. A certos nomes, o promotor, um bacharel novo, recentemente formado, de *pince-nez* de ouro no nariz fino, ou o advogado da defesa, um magricela, de olhos pequenos e vivos e gestos acanhados, diziam brevemente:

– Recuso.

Os roceiros observaram entre si, invejosos e ciumentos, que os recusados era só "gente graúda", da cidade. Coitados deles, que aguentavam com toda a carga do júri. Efetivamente, o conselho de jurados se formara de doze sujeitos de modesta aparência, e ares esquerdos de "gente de sítio". Os da cidade retiravam-se alegres, com sorrisos irônicos aos que ficavam e gestos agradecidos ao promotor ou ao advogado, aquele enfim que os havia recusado.

Os escolhidos pela sorte e aceitos pelas partes iam tomando assento numa mesa comprida no meio da casa, sobre a qual alguns estendiam os braços, sem respeito. Outros faziam-se sérios e graves, e, compenetrados da sua missão de juízes, olhavam atenta e fixamente o réu, como a querer arrancar-lhe prova do crime à cara inexpressiva e bronzeada.

O juiz chamou-os para prestarem o juramento do estilo. Estava erguido entre o promotor e o escrivão, ambos também de pé, solene e sisudo, estendendo uma pequena Bíblia falsa, com a encadernação de couro negro da Sociedade Bíblica de Nova York, roída de baratas, pronunciando as palavras sacramentais: "Juro pronunciar bem e sinceramente nesta causa; haver-me com franqueza e verdade, só tendo diante dos meus olhos Deus e a lei e proferir o meu voto segundo a minha consciência."

Cada um por sua vez, acercavam-se os jurados da mesa, e, pondo as mãos grossas e escuras sobre o livro, proferiam, obedecendo a uma intimação murmurada do juiz:

– Assim o juro.

E voltavam a sentar-se cheios de gravidade, esbarrando uns nos outros, arrastando os pés.

Concluída esta cerimônia e reassentados todos, fez o juiz um aceno ao réu, dizendo-lhe:

– Venha cá.

José levantou-se, acanhado e contrafeito, e veio até junto da mesa do juiz.

– Você – disse o magistrado – vai responder às perguntas que eu lhe vou fazer. Não se atrapalhe, não se aperte, nem minta. Veja lá...

E começou o interrogatório.

– Como você se chama?

O tapuio fitou o interdito, como quem não compreendia a questão:

– Como é o seu nome? – tornou o juiz.

– José.

E o juiz fez-lhe sucessivamente as perguntas da praxe.

– Sabe de que o acusam e por que está você aqui?

– Eê.

– Sabe?

– Eê, sei.

— Sabe que é acusado de ter — disse a data e os lugares — "feito mal" e depois matado a menor Benedita, afilhada do seu patrão Felipe Arauacu?
— Eê...
— É verdade?
— Eê...
— Diga ao Tribunal como o fato se deu.

O tapuio esteve alguns instantes calado, os olhos pregados no chão, um leve riso envergonhado nos lábios grossos, voltando o chapéu nas mãos em todos os sentidos. Por fim, sem mudar de postura, disse com o ar confuso de uma criança obrigada a confessar alguma falta venial:

— Eu já contei pro outro branco.

O "outro branco" era o juiz formador da culpa.

— Sim, mas é preciso contar outra vez.

Ele calou-se de novo, sempre com o mesmo sorriso vexado no rosto abaixado. À nova intimação do juiz para que falasse, disse, após mais alguns momentos de silêncio:

— Eu queria ela pra mim... furtei ela de noite... no mato ela gritou... antão eu matei ela e fui levá o corpo na minha canua pra enterrá no Uruá-tapera.

— E enterrou?

— Eê, eu enterrei, pus cruz na cova pra signá.

— O que o levou a praticar este crime?

José, não compreendendo a pergunta, fitou interrogador o juiz, que a traduziu:

— Por que você matou a rapariguinha?

Ele calou-se e apesar das repetidas intimações do juiz não foi possível arrancar-lhe uma resposta. Descoroçoado, cessou este o interrogatório, que fez ler pelo escrivão e assinar a rogo do réu, que voltou ao seu banco.

O escrivão, de pé, passando as unhas amarelas pelos raros fios da barba, principiou a leitura do processo, às carreiras, sem pontos nem vírgulas, cuspinhando de perdigotos os autos.

No dia tantos de tal mês do ano do nascimento de Nosso Senhor Jesus Cristo de mil oitocentos e tantos no distrito de tal, o índio José, conhecido por José Tapuio, agregado de Felipe Arauacu, raptara de casa deste uma menor de nove ou dez anos de idade, afilhada do dito Felipe Arauacu, estuprara-a e matara-a em seguida no lugar Uruá-tapera, vizinho daquele no qual se dera o crime, tudo segundo confessou o sobredito réu José Tapuio.

Os jurados, voltados para o escrivão, procuravam perceber as palavras que lhe saíam em borbotões por entre um chuvisco de perdigotos. Tinham fincado os cotovelos às mesas e com as cabeças um pouco apoiadas nas palmas das mãos dobradas num meio tubo acústico, escutavam atentos, com as bocas semiabertas. Cada vez mais apressado, precipitando as palavras, o escrivão lia os depoimentos das testemunhas, sem vírgulas nem pontos, engolindo estes inofensivos sinais de envolta com as partículas, os mas, os como, os porém, etc. As testemunhas eram Felipe Arauacu, que não dizia mais do que os leitores sabem, nem mesmo tanto; a moça com quem ele vivia, que também não dava novidades, conquanto se referisse de leve às impertinências de D. Bertrana; uma tapuia de meia-idade, do serviço da casa, que não adiantava ideia; um tapuio pescador, domiciliado nas cercanias do sítio do Felipe Arauacu, o qual fora a causa da prisão do réu, declarando em casa do mesmo Arauacu que na tarde do dia em que Benedita desapareceu, tendo ela testemunha ido pescar tambaquis no igapó, perto do dito sítio conheceu a montaria de José Tapuio no fundo do dito igapó puxada em terra, sem o menor sinal de ter andado à pesca, sendo para estranhar que tendo o referido José Tapuio partido de madrugada estivesse à tarde ainda tão perto de casa. Isto tudo dissera no depoimento que o escrivão lia agora.

As testemunhas eram unânimes em asseverar que a rapariga era bem tratada pelo seu padrinho, a cujos costumes diziam todos "nada", e também declaravam que não lhes escapa nunca que o réu "gostava de Benedita". A velha Bertrana não pudera ser ouvida, porque as suas muitas doenças não lhe permitiam vir a Óbidos, onde fora instaurado o processo, para cujo andamento julgou-se a justiça, com a confissão do réu, dispensada de ir proceder a inquéritos e exames no lugar do crime.

O escrivão, entretanto, prosseguia a sua leitura, enchendo a sala do ruído monótono da sua voz rouquenha. O juiz conversava com o promotor, uma palestra alegre, a julgar pelas boas risadinhas patuscas que de vez em quando soltavam ambos, com um recíproco piscar d'olhos brejeiro. Afora os jurados, não havia mais na sala senão uns dois ou três indivíduos, dos quais um com a cabeça pendida, o queixo fincado no peito, a boca aberta, babando o peitilho da camisa, dormia numa das cadeiras enfileiradas em derredor da sala. Cabeças metiam-se pelas portas, espiavam curiosos e recolhiam-se prontas. Cansados pelo esforço da sua ímproba atenção, os juízes de fato viravam as costas ao escrivão e, a exemplo do magistrado presidente do júri, puseram-se também a falar baixinho uns com os outros, da safra do cacau, do preço do pirarucu, de política. Moscas zumbiam doidejantes no ar. De fora vinha um calor pesado, e dois largos retalhos de sol, entrando pelas janelas, chispavam nos tijolos vermelhos da sala, fazendo-lhe uma temperatura de forno. O moço pálido que servia de advogado do réu, sentado junto à sua mesinha modesta, olhava fixamente o escrivão e, ou fossem vencidos pela fixidez do olhar ou oprimidos pelo calor do ar, o certo é que os seus olhinhos fecharam-se mau grado seu, e o lápis que tinha na mão, para tomar notas, caiu-lhe uma vez sem ele sentir. Os soldados de sentinela ao tribunal cochilavam encostados às ombreiras das portas, abraçados às espingardas descansadas no chão. O réu, muito alerta, ouvia com uma expressão indecifrável no rosto as palavras que ia lendo o escrivão.

Este por fim terminou. Cessando o rumor monótono com que sua voz enchera até aí a sala, houve um súbito e fundo silêncio cortado por uns restos de frases dos jurados e dos magistrados. Mas logo todos aprumaram-se arrastando os pés e as cadeiras, para mudar de posição, e o juiz, passando na calva lustrosa o seu lenço rescendente de água-de-colônia, perguntou às partes e aos jurados se queriam ouvir as testemunhas.

– Que não, que bastavam os depoimentos da formação da culpa que acabavam de ouvir – respondeu o promotor.

Os outros assentiram nisso, e a palavra foi dada ao "órgão da justiça pública".

Ele levantou-se, puxou o lenço do bolso e pôs-se a limpar a luneta, olhando para a frente, os jurados à roda da mesa, com os olhos apertados numa contração de míope. Depois de haver verificado a clareza dos vidros, chegando-os à altura dos olhos, pôs a luneta com gesto lento no nariz, com as mãos ambas e, arregaçando o bigode com o lenço para cima dos lábios e enxutas as costas das mãos, principiou.

– Senhor doutor juiz de direito! Senhores juízes de fato! Ilustrado auditório!

O sujeito que dormia com o queixo escorado no peito, sentindo-se interpelado acordou. Uma meia dúzia de pessoas que estavam nas salas e corredores da Câmara Municipal, onde se efetuava o júri, entraram pisando nas pontas dos pés, com cautela e um pequeno ringir de botas, e foram sentar-se nos lugares do público, com o propósito de ouvir o promotor, novo na terra, e que, segundo se dizia, era um moço ilustrado. Outros limitaram-se a chegar até às portas, donde se puseram a escutá-lo. Ele sentiu que por sua causa vinham, tratou de justificar a expectativa pública e de firmar a sua reputação no lugar. Após meia dúzia de palavras tabelioas de um exórdio conciso, leu o libelo no qual afirmou provaria que o réu José, por alcunha Tapuio – citou datas e lugares –, assassinou a menor Benedita; provaria que o fez por motivo reprovado, depois de cometer nela estupro; provaria mais que houve abuso de confiança e de força; provaria ainda que perpetrou o crime com todas as circunstâncias agravantes mencionadas no artigo dezesseis, números um, quatro, seis, oito, nove, dez, quinze do Código Criminal; provaria também que o crime fora ainda agravado pelas circunstâncias do artigo dezessete do mesmo, e provaria, finalmente, que o réu incorrera nas penas do artigo 192 do Código Criminal.

Depôs na mesa o libelo e, passando o lenço pela testa, tirou do peito, com um som trágico, estas palavras:

– Meus senhores!

Fez ainda uma breve pausa e começou deveras. Foi eloquente, dessa eloquência retórica e fofa dos adjetivos pavorosos, horríficos e sofrivelmente afrontosos que o zelo irresponsável dos "órgãos da justiça pública" atira com uma mal usada coragem à cara de um infeliz que lhe dá azo – ingratos! – de assombrar um público simples com a rançosa e cansada facúndia das promotorias públicas. A dar-lhe crédito, não havia ente mais perigoso do que José Tapuio. Aquele homem, que um cidadão generoso e prestante arrancara às mãos ávidas dos exploradores sem consciência e da selvageria, e recebera no seio da sua família, no santuário augusto do lar doméstico, aquele homem, com uma perversidade horrível, aquela perversidade referida pelos cronistas, tirou de casa, alta noite, uma menina, um anjo de candura, uma criança de poucos anos, que era os enlevos do seu protetor e padrinho dela e – aqui fez um longo e fecundo silêncio – custava-lhe dizê-lo – declarou – levou-a para o recesso escuro da floresta, donde esta fera – apontou o réu – nunca devera ter saído, e lá, com uma concupiscência horripilante, subjugou, forçou a pobre menina e cevou nela os seus instintos ferozes de tigre carniceiro! Sim, senhores, não tinha duvidado fazer aquilo, o malvado perigoso que ali estava – e cheio de ira, a santa ira da justiça paga, apontava o José Tapuio, que o olhava com uma seriedade cômica. Não duvidara – continuou – arrancar com suas garras aduncas dos braços carinhosos de uma matrona respeitável, como a sogra do Sr. alferes Arauacu, uma criança que era para aquela carinhosa senhora a alegria da sua honrada velhice, a consolação do seu isolamento, o sol que aquecia o gelo das suas cãs, para violá-la, matá-la e, coragem inaudita, enterrá-la!!!

E neste tom continuou, irado, zeloso da moral e da segurança da sociedade, colérico por amor da justiça e agitando no ar em gestos descompassados os seus braços finos, como o legendário arcanjo agitaria às portas do Éden a sua espada flamejante, terminando por pedir a condenação do réu, "daquele celerado de que se devia expungir a sociedade" no máximo das penas do artigo 192 do Código Criminal, à morte! E sentou-se com mostras afetadas de fatigado, triunfante, sorrindo aos espectadores, que lhe davam sinais mudos, mas evidentes, de aprovação.

A palavra foi dada ao advogado do réu. O moço levantou-se e principiou, com a sua vozinha doce. O promotor saiu enrolando um cigarro nos dedos, para ir fumar lá fora, nos corredores. O da defesa era um ex-aluno do Seminário do Pará. Da sua educação ali ficara-lhe um acanhamento postiço e um vezo hipócrita de olhar para o chão. O seu semblante, porém, quando o levantava para a gente, revelava inteligência ou, pelo menos, vivacidade. Não negou o fato, nem teve entusiasmo de defensor; cumpria apenas um dever imposto pelo magistrado que o nomeara curador do réu – por cuja defesa a municipalidade lhe daria trinta mil-réis. Falou friamente, num pobre filho das selvas que mal recebera as águas lustrais do batismo sem as grandes lições de moral cristã, da divina moral do sublime mártir do Gólgota, a única – afirmou – verdadeira, a única capaz de livrar o homem do domínio do crime.

Da sua estada no Seminário, entre padres, restava-lhe uma fraseologia teológica, não pouco admirada em Óbidos, onde exercia a profissão de advogado, depois que negócios de família obrigaram-no a interromper os seus estudos quando ia tomar as primeiras ordens.

Observou que nos autos não havia provas para a condenação do réu, e que sem a franca confissão deste os depoimentos das testemunhas não seriam suficientes para provar o crime. Chamava, portanto, a atenção do tribunal para o art. 94 do Código do Processo Criminal, o qual leu devagar, acentuando a última parte: "A confissão do réu em juízo competente, sendo livre e coincidindo com as circunstâncias do fato, prova o delito; mas no caso de morte, só pode sujeitá-lo a pena imediata, quando não haja outra prova."

E sobre isto repisou dois ou três minutos. Pedia aos senhores jurados que, segundo a palavra evangélica, tivessem misericórdia, e que se não esquecessem que quem perdoasse seria também perdoado. E terminou: – Em nome do Deus de Misericórdia e de Amor, em nome de Nosso Senhor Jesus Cristo, eu peço a absolvição do acusado! – E deixou-se cair na cadeira, visivelmente fatigado, mas de fato satisfeito por ter dado conta daquela tarefa maçadora.

O juiz, que ouvira o pró e o contra debruçado sobre a mesa, ocupado em rabiscar com o seu nome escrito por extenso em todos os sentidos uma folha de papel, aprumou-se e, após um curto resumo dos debates, apresentou aos jurados os quesitos que pouco antes ditara ao escrivão, explicando-lhes minuciosamente como deviam respondê-los.

Daí por meia hora os juízes de fato voltavam à sala, tendo respondido afirmativamente aos quesitos principais: José Tapuio tinha primeiro violentado, deflorado e depois matado a pequena Benedita, com todas as circunstâncias agravantes do código. À vista da resposta do júri, o juiz condenou-o ao médio da pena do art. 192, a galés perpétuas, visto não haver, como reconheceram os jurados, outra prova além da sua confissão.

E às cinco horas da tarde saíram todos do tribunal fatigados, aborrecidos, com fome, um grande apetite para jantar, dizendo acordemente:

– Safa! Que maçada…

* * *

Daí a dois ou três dias, uma manhã, ocorreu na cidade um boato extravagante. Em uma canoa do Trombetas acabava de chegar uma rapariguinha que, segundo diziam, era a mesma Benedita, por cuja morte fora naquela semana condenado o José Tapuio. Alguns curiosos desceram ao porto para vê-la. Já lá não estava, que o juiz, ao chegar-lhe aos ouvidos o boato, mandara-a ir à sua presença, com as pessoas que a acompanhavam. Entre estas vinha o próprio pai, que declarou que no dia em que se julgava ter sido cometido o crime, já ao amanhecer, José chegara ao seu sítio, situado a um bom estirão do de Felipe, e lhe entregou sua filha, dizendo-lhe que a levava porque a "branca" com a qual ela estava maltrata-a muito. Por suas palavras e pelo seu corpo, zebrado pelas marcas azuis do chicote, a rapariguinha confirmou o dito do índio. Agradecidos os pais, ofereceram-lhe café e cachaça. Ele bebeu e partiu em seguida e nunca mais souberam dele.

Tal foi a narração, resumida, do pai de Benedita. Interrogada também, ela contou a triste vida que levava com Bertrana, a protetora afeição de José, como ele a furtou de noite para levá-la à canoa que os esperava no fundo do igapó, sem lhe fazer o menor mal.

O juiz mandou autuar estes depoimentos e fez vir o condenado a sua presença. Vendo Benedita, apenas um bom sorriso iluminou de relance a larga cara fosca do tapuio. O magistrado perguntou-lhe:

— Conhece esta rapariguinha?

— Eê... Benedita.

— Você disse que a tinha matado e enterrado no Uruá-tapera?

— Eê...

— E por que disse isso, mentindo, e expondo-se a ser, como foi, condenado?

— Porque eu queria "fazê bem pra ela".*

É escusado dizer que houve recurso de graça, perdão, e o José Tapuio não cumpriu a pena. Ignoro o fim dele; do que estou firmemente convencido, porém, é que morreu, se já morreu, na mais bem-aventurada ignorância sobre os móveis ou a sanção do ato moral que praticou, como talvez aconteceu também àquele lobo histórico, que no meio do destroço dos seus caiu varado pela bala humana, quando arrastava para fora do perigo outro velho lobo cego, ao qual servia de guia, pondo-lhe a cauda na boca à guisa de bastão.

---

* O fundo desta narrativa é perfeitamente real, como textual é a resposta que está entre aspas.

O VOLUNTÁRIO DA PÁTRIA

Quando começou a guerra do Paraguai, em um pequeno sítio do paraná-mirim de Vila-Bela, viviam uma velha de nome Zeferina, seu filho Quirino, rapagão de trinta anos, bem constituído, e sua neta Maria, de dez. Era gente que passava parcamente do escasso produto da sua mofina plantação de maniva, de alguns pés de cacoeiros amontoados em derredor da pequena casa de palha que ocupavam e do resultado eventual da pesca do rapaz. Gozavam da geral estima da vizinhança, entre a qual a "tia Zeferina", consoante a tratavam quantos a conheciam, fruía de um justo prestígio, devido a sua bem assentada reputação de curandeira. Sem preocupações de espírito, sem nenhumas ambições, alheios a tudo que não fosse a vida do trecho do paraná-mirim que habitavam, eram felizes, sem o saberem nem nisso pensarem.

Por uma alegre e fresca manhã de verão, pouco além das nove horas, a tia Zeferina estava atarefadíssima, com dois paneiros de farinha de mandioca, "farinha-d'água", no forno. Era farinha de encomenda e merecia-lhe todo o cuidado. Não fosse para o seu compadre, o major Rabelo!

Embaixo de uma espécie de rancho, ou cobertura de palha, erguida sobre quatro esteios, ficava o forno: larga bacia circular de barro cozido, de fundo chato e beiras erguidas de meio palmo, assente em paredes de terra, com uma larga abertura para a lenha. Dele exalava-se o cheiro um pouco azedo de raízes verdes sob a ação do fogo. Girando-lhe em torno com a cuia-peua na destra, a tia Zeferina revolvia em todos os sentidos a massa esfarelada, amarela e úmida, que cobria o fundo negro da bacia, machucando e dissolvendo entre os dedos escuros os encaroçamentos produzidos pelo arrocho do tipiti.

Ao redor do forno, sob o resguardo do mesmo teto de palha, viam-se as garoas ou cochos, ainda com os fundos úmidos e salpicados da mandioca que tiveram, os tipitis molhados do caldo que extraíram, as gurupenas ensopadas no sumo que passaram e demais utensis indispensáveis no fabrico da farinha, guardando todos os vestígios de recente serventia.

Sobre estes restos atiravam-se ávidas as aves de criação, algumas galinhas e patos, a debicarem-nos numa precipitação ganosa. Em torno da tia Zeferina corriam gulosas sobre as impurezas que ela encontrava na farinha a cozer e lançava ao chão. A pequena Maria, com as faces cor de cobre meio afogueadas pelo calor do fogo que lhe incumbia entreter e pelo movimento a que era obrigada, não tinha mãos a medir para encontrar os bichos que enchiam tudo, voavam para o forno, pulavam por sobre as vasilhas de barro, em risco de quebrá-las, e ameaçavam uma porção de mandioca que estava a escorrer de uma gurupema para um grande alguidar. Zeferina e a neta expulsavam-nas aos gritos repetidos de xô! xô! atiravam-lhes projetis diversos que topavam ao alcance das mãos, mas à toa; teimosas, famintas, elas voltavam de novo surpreendendo-as, entrando por um lado quando viam a pequena ocupada em outro, atrapalhando-se por entre as pernas da velha, que as enxotava a pontapés, zangada.

– Bota milho pra elas, Maria – ordenou Zeferina para livrar-se da irrequieta criação.

Abandonando o rancho, a pequena foi à cozinha, donde em pouco voltou sacolejando uma cuia com milho, aos gritos repetidos de tuco!... tuco!... tuco!... a chamá-la. Toda aquela alimaria voou, que não correu, pressurosa e aflita, ao apelo da menina, apertando-a num círculo vivo e movente de penas, voando a atacar-lhe a cuia que, casquinando risadas, ela suspendia acima da cabeça, gozando com a crueldade característica da infância do espetáculo da ansiedade cômica em que as punha. Afinal, com a mão livre atirou no terreiro varrido e limpo um primeiro punhado, depois outro e outro, aos poucos, para desfrutar as brigas que a bicoradas fortes um grão levantava aqui e ali. Enroscados, retorcidos em posições preguiçosas, jazia pelo terreiro meia dúzia de cães magros, que rosnavam surdamente quando um frango lhes vinha passar perto, ou boquejavam alguma galinha que, no ardor das lutas, lhes pulava por cima.

Neste comenos uma canoa que subia o paraná-mirim encostou no porto da velha e dela saltou um homem na direção do rancho do forno, sem se lhe dar dos cães que, apenas por não deixarem de cumprir o seu dever, mesmo deitados rosnaram. Enxergando a velha a labutar em roda do forno, donde vinha o cheiro agradável da farinha a loirejar, o homem gritou-lhe, tocando instintivamente com a mão no chapéu:

– Ó tia Zeferina...

– Venha c'um Deus, nhô Mané.

Era ainda moço, quase imberbe o Sr. Manoel; vestia com asseio camisa branca, calça de riscado americano azul e calçava chinelas grossas de couro branco, sem meias nos pés. Chegando junto à velha, inquiriu respeitoso:

– Como vancê 'stá?

– Eu estuzinho bua, namasque e vancê? Como 'stá nhá comadre, será? – E vendo-o ainda de pé: – Olhe, puxe banco e se assente.

– Obrigado, tia Zeferina, eu não tenho demora – respondeu o moço; só venho lhe avisar pra vancê esconder o Quirino, porque recrutamento anda brabo. Na semana passada somente recrutaram o capataz do Chico Garça, dois camaradas do Antônio da Ponte, um agregado do meu tio Joaquim, um filho da Maria do tio Pedro e não sei mais quantos. Na vila eu ouvi dizê que vinha uma diligência pra esta banda, dizque; e vim-lhe prevenir porque vancê sabe que o Chico Cabano, que é o subdelegado, tem sede no Quirino.

A velha ouviu-o surpresa e ao cabo de alguns segundos retorquiu-lhe:

– Isso não pode sê, nhó Mané. Como antão? eu não tenho namasque um filho que me ampara e querem me tirar ele? Não pode sê, Mané, Mãe do céu.

– É ansim mesmo como eu lhe digo – tornou o moço –, mande já o Quirino pro mato senão prendem ele. Eu não tenho mais que duas horas de avanço da diligência, si tanto. Guerra no sul está forte, e o imperador dizque manda pedir gente e mais gente. E dispois, como vancê sabe, o Cabano tem vontade no Quirino por ele ser votante do major Rabelo... Adeus, tia Zeferina, eu vou de caminho. Olhe – recomendou voltando do primeiro passo –, não conte a ninguém que fui eu que lhe avisei; não quero ficar de mal com o Cabano: aquilo é um marvado.

E o moço foi-se, deixando a velha assombrada diante da possibilidade de perder o filho, único arrimo da sua cansada velhice. Chamou-a a si a voz da pequena a gritar puxando-a pela saia de pano grosso vermelha da tinta do muruqui.

– Nh'avó, nh'avó! Olha que farinha queima...

Com efeito começava a elevar-se do forno uma tênue coluna de fumo, espalhando em derredor um cheiro de raiz úmida a queimar-se. A velha acudiu pressurosa e pôs-se a mexer de novo, precipitadamente, a farinha, ordenando à neta:

– Tira fogo, Maria, anda!

A rapariguinha agachou-se na boca do forno e entrou a tirar pelas extremidades tições acesos em grandes chamas vivas e rubras e a lançá-los para o terreiro, depois de lhes haver quebrado as pontas, deixando as brasas, a fim de conservar ao forno o calor indispensável.

Acabada pela pequena esta tarefa, Zeferina perguntou-lhe:

– Adonde que está teu pai?

– Quem sabe? A modo que eu vi ele dizê que ia na casa da nhá Martinha...

– Corre lá e chama ele pra mim, depressa.

A rapariguinha gritou por um cachorro: Jacaré! e meteu-se a correr seguida por ele através das árvores que bordavam a margem do paraná, subindo-o.

Pouco tempo havia que a pequena chegara de volta dizendo à avó:

– Ele já vem, dizque... – quando ao sítio aportou outra canoa da qual saltaram três homens, três fisionomias magras e más de gente da justiça, que se dirigiram para a habitação da velha, sem pedir licença, nem gritar o costumado: Ó de casa...

Mal os viu pôs-se a pobre tia Zeferina a tremer de medo. No da frente, um sujeito baixo, magro, cabelo, nariz e olhos de tapuio, vestido num paletó de alpaca, dantes preta hoje avermelhada, reconheceu o Chico Cabano, o subdelegado do distrito. Conhecia-o ela de sobejo, sabia que ele herdara do pai, um famigerado rebelde de 35, com a alcunha, a maldade poltrona da onça. Em todo o distrito, até pelos seus próprios correligionários políticos menos exaltados, era malquisto. A política lareira, despejada de escrúpulos, fizera-o autoridade para soltá-lo contra o partido adverso, como um cão sobre a caça. Para tais misteres têm sempre os partidos à mão quejandos sujeitos, tanto mais beneméritos de certos cargos quanto mais sevandijas e descrupulizados se mostram. Todos têm, mais menos, algum merecimento.

O homem que a tia Zeferina tinha diante de si era um dos tais. A fronte deprimida e curta, sob os cabelos duros espetados, os olhos pequenos sob os quais se dobravam as pálpebras, a tez pálida na sua cor de cobre, os dentes caninos artificialmente apontados, presos fortemente em gengivas roxas, como as dos carnívoros, fisicamente o indicavam. Plantando-se em frente da velha, o subdelegado perguntou-lhe sem saudá-la:

– Cadê o Quirino?

Perturbada, Zeferina respondeu:

– Não sei dele, meu branco.

O tratamento de branco, que na Amazônia indica apenas uma superioridade de posição social, lisonjeou-o. É que não são os menos vulgares, os renegados da raça.

– Velha – tornou a autoridade zangada –, você não mangue comigo, ouviu? Pensa que eu não sei que o Quirino está aqui mesmo?

– Pode vancê percurá, casa está aberta.

– Pois antão, si você não me diz onde é que ele está, eu lhe mando amarrar no esteio do rancho. Você sabe que eu não sou de brinquedo.

O escrivão e o oficial de justiça – os dois que tinham desembarcado com ele – acompanharam a baixa afronta de risadas francas, à atitude pavorosa que tomou a velha. Com elas animou-se o zelo do subdelegado que, pondo as mãos grossas no magro ombro de Zeferina, apertando-o com força, gritou-lhe iracundo:

– Vamos, tia, diga onde está o rapaz, se não eu lhe amarro mesmo.

Tremeu a velha sob a pressão dos dedos do patife e do medo que lhe meteram suas palavras. As lágrimas estalaram-lhe dos olhos aos fios e, quase de joelhos, as mãos postas como quem impreca a um Deus, pediu-lhe:

Que lhe não levasse o filho. Para que o queria ele? Era o seu único amparo; quem fazia a roça e puxava o peixe. O que havia de ser dela se o levassem, jazinha tão velha, quase pra morrer? Ela porém – protestava – não sabia dele, tinha ido sem dizer pra onde, por Deus do céu.

E suas lamentações metiam dó.

Nisto, na orla da mata por onde vimos ir a rapariguinha, assomou o vulto de Quirino.

– Lá está ele – gritou alvoroçado o escrivão, que o enxergara.

– Inda bem – resmungou o subdelegado, e fez um aceno para a canoa, donde saíram, obedecendo ao seu gesto, duas praças ridiculamente vestidas em fardas verdes.

Quirino avançou até o grupo, formado pelos três sujeitos e a mãe, sem atinar com o que poderia tê-los por ali trazido. Ao abeirar-se deles, surpreendeu-o ate à estupidez esta intimação formal da autoridade:

– Está preso.

Assim de sopetão acuado, não compreendeu logo a que vinham, mas ouvindo que o prendiam virou-se rápido para trás, para fugir. Fugir foi a única resistência que tão vigoroso rapaz lembrou-

-se de opor àqueles três magricelas, que teriam debandado com outros tantos pontapés. Deu, porém, de cara com as tristes figuras dos soldados chamados pelo Cabano; a vista das fardas tirou-lhe qualquer ideia de resistência, ainda passível, como a fuga, se a tinha; quedou-se abatido, com a resignação apática dos fracos. Dos olhos da velha, fitos no filho, as lágrimas corriam umas sobre outras. Passado o primeiro momento de estupor, o preso inquiriu por que o prendiam.

– Não é da sua conta – respondeu brutalmente o subdelegado.

– Mas eu não sou escravo, sou cidadão brasileiro... – protestou Quirino, lembrando-se dos seus direitos de "simples votante".

– Não quero saber de nada, nem tenho que lhe dar satisfações – respondeu-lhe brusco o Cabano – vai pra guerra, é o que é.

– Pra guerra?! – exclamou recuando um passo Quirino, em quem os soldados puseram as mãos julgando querer ele fugir. – Eu não quero ir para a guerra, não sou escravo.

E protestou que não queria servir, que tinha sua mãe a sustentar.

– Não quero saber de nada, já disse – atalhou o Cabano. – Está recrutado e vai. Ande, pegue no seu baú e marcha, que eu tenho pressa.

Acompanhado pela mãe e pelos oficiais da diligência, entrou Quirino para a casa donde em pouco voltou trazendo ele mesmo no ombro o seu pequeno baú verde, sobre o qual vinha dobrada a rede. A mãe e ele choraram. Na desolação da sua dor, ela repetia, revelando inconscientemente o egoísmo da sua paixão.

– O que há de ser de mim, antão?... O que há de ser de mim?!...

E debulhava-se em lágrimas.

Mal pôde abraçar e abençoar o filho, cercado de perto pelos cinco sujeitos, que apressadamente o foram levando para a canoa, onde amarraram-lhe as pernas em um banco, para que não lhe desse veleidade de atirar-se à água e fugir, como por esse tempo faziam muitos recrutados. De pé na praia, os pés dentro d'água, os olhos marejados de lágrimas que lhe rolavam abundantes pelas faces cor de cobre, engelhadas pelos anos e canseiras, a tia Zeferina acompanhou com a vista empanada por elas, a canoa, fazendo a espaços adeuses enérgicos com a mão, até que a embarcação sumiu-se no virar de uma ponta.

Daquela postura a tirou a neta, a repuxar-lhe a grosseira saia a que se agarrava de mãos ambas, gritando pelo pai que lhe levavam.

II

Quando perdeu de vista a canoa em que ia o filho, Zeferina, embrutecida por aquela dolorosa surpresa, deixou o porto, não sem ter ainda uma vez estendido o olhar para o sítio onde ele lhe desaparecera dos olhos, e veio sentar-se com os cotovelos fincados nos joelhos e a face apoiada nas mãos, à soleira da porta da sua casinha.

No forno a farinha queimara-se e punha de si uma fumaça acre que espiralava em rolos negros tisnando o teto da palhoça. A velha repassou na mente o seu passado e a história de seu filho, que teve de um antigo capitão de milícias, quando moça, em Vila-Nova da Rainha, onde então habitava. Mais tarde mudara-se, ela e o filho, já homem-feito, para aquele lugar; ele roçou o mato, levantou a casa, limpou um pouco em roda e plantou alguns cacoeiros, sendo nestas últimas tarefas ajudado por ela. Depois ele meteu-se com a Chica, a filha do vizinho José Carapanã, da qual houve aquela filhinha, a Maria. A Chica morreu de febres e eles tornaram a ficar sós; ele pescava e ajudava-a no trabalho da maniva e na pequena safra de cacau. Agora como havia de ser? Ainda se tivesse outro filho... mas não; Deus só lhe dera aquele e esse mesmo lhe tiravam, quando ela não tinha nem forças, nem ânimo de trabalhar.

Sabendo da desgraça que a ferira, vieram os vizinhos vê-la, com veras mostras de pesar, questionando-a miudamente sobre o que se passara entre eles e a gente do Chico Cabano. Ela era geralmente estimada. Aconselharam-na a ir à vila ter com seu compadre o major Rabelo que, se quisesse, podia fazer alguma coisa a bem dela. Um dos presentes para lá ia no dia seguinte e ofereceu-lhe passagem na sua canoa. Ela aceitou conselhos e oferecimentos e no outro dia partiu com a neta, deixando a casa aos cuidados de uma vizinha. Na vila, procurou o seu compadre, o major Rabelo, referiu-lhe sua desgraça, a prisão do filho e o abandono em que a puseram. Ele ouviu-a muito atento, interrompendo-a a espaços com rápidas exclamações raivosas e quando ela terminou, levantou-se irritadíssimo, esbravejando furibundas imprecações contra o Cabano e a gente do seu partido.

– O tratante... foi prender o rapaz porque não quis votar com ele e sua corja; mas não se fiasse, porque em subindo a gente dele major mandava-o com ferros nos pés para Manaus, ao patife. Pagava-lhe então o novo e o velho, havia de ver... – Que situação! Que gente! Fazer subdelegado o Cabano, um miserável, cujo pai morreu enforcado numa sumaumeira pelo Bararoá. Mas que queriam? tudo era assim desde o imperador até ao último inspetor de quarteirão. Ah! mas a coisa não há de durar toda a vida, e então, quando chegar-lhes a vez, aguentem-se no balanço. Aquele cachorro do Cabano, mandava-o, com ferros nos pés, para Manaus, olé si o mandava, porque já não era a primeira que ele lhe fazia...

E passeando na sala ladrilhada de tijolos quadrados, vermelhos, grosseiramente fabricados, continuou a descompor os adversários com a abundância de termos baixos, insultantes.

Atônita, a tia Zeferina ouvia-o, sentada na beira da cadeira, acanhada, os olhos postos no chão, torcendo entre os dedos, com as mãos juntas sobre as pernas, as pontas do seu lenço de chita encarnada de grandes ramagens brancas. A sua fraca atenção cansou no meio da diatribe do seu compadre; o que ela queria era que lhe soltassem o filho e era nisto justamente que não ouvia o major tocar, ameaçando continuar a sua desbragada arenga contra os seus inimigos dele.

Atreveu-se a interrompê-lo.

– Meu filho, nhô compadre – interpelou com medo.

Foi água na fervura; o homem estacou, coçando a cabeça, quase tranquilo.

– Não sabia – respondeu com palavras compassadas –, não sabia o que se havia de fazer. Eles – disse o nome de um partido adjetivando-o injuriosamente –, eles estavam de cima, podiam tudo, ele nada. No caso dela iria a Manaus, falar ao presidente da província. Dava-lhe uma carta para o Dr. Seixas, seu amigo e chefe do partido na capital. O melhor, em todo o caso, era ir. Talvez arranjasse alguma coisa. Como lá se diz – concluiu –, quem não arrisca não petisca...

— Mas como antão eu possozinho ir? — perguntou Zeferina. — Eu não tenho dinheiro, não tenho nada.

— Isso não seja a dúvida, comadre — tornou-lhe o major. — Eu lhe empresto o dinheiro que for preciso, e, se você puder, depois me pagará. Não se consuma, tudo se há de arranjar. Ande, entre lá pra dentro, vá ter com a sua comadre enquanto eu vou tratar da viagem. Amanhã passa por aqui um vapor e você pode ir nele. Vai ainda com o Quirino.

O major, com efeito, fez tudo quanto prometeu. Era um desses homens, não raros no interior, fanaticamente devotados ao partido que, sem saber muito por que, elegem e pelo qual sacrificam-se e arruínam-se. Nele, como nos outros, semelhante devotamento não nascia da fé em dados princípios, dos quais nem cogitam sequer, nem tampouco do conhecimento das necessidades provinciais ou locais. Provém geralmente do atrito das más paixões pequenas dos lugarejos, que excitam as vaidades irritadiças dos homens de caráter fraco, mas ambiciosos de posições e de cargos. Para o major Rabelo a política resumia-se no nome de seu partido e nos dos respectivos chefes, a começar no Seixas da capital da província, por cuja inteligência chicanista professava uma admiração ingênua, até os do Rio de Janeiro, por quem tinha um fetichismo sincero. Mas nem por isso a sua devoção partidária era menos leal e franca. Os seus correligionários, de cujo merecimento não indagava, bastando-lhe saber que o eram, nunca recorriam a ele debalde. A sua bolsa, a sua mesa, a sua casa, como a sua influência, tinha-as sempre ao serviço deles, não com o ar de quem faz um favor, porém com a convicção de quem cumpre um dever. Se alguma vez os seus chefes na hierarquia partidária deixavam de satisfazer-lhe qualquer exigência sandia, a remoção de um juiz de direito que não lhe admitia a tutela, ou a demissão de algum funcionário, que lhe não contentava os caprichos, ele, entre os seus adeptos, "em família" queixava-se então, censurando-os por não fazerem coisas que de boa-fé acreditava facílimas a quem estava no poder. Estas queixas, porém, não transpareciam; estava sempre pronto para executar com convicção e presteza as ordens daqueles que considerava seus superiores. Na oposição, como agora se achava, ou no "ostracismo" como dizia, repetindo, sem a compreender, a expressão da retórica do órgão do seu partido na capital, não enlanguescia o seu ardor político, lutava como podia e era seguro apoio a qualquer dos seus amigos de melhores tempos necessitados agora do seu auxílio e socorro. Para esta dedicação concorria, sem dúvida, a vaga intuição de que a sua influência, firmada mais sobre os favores e graças que podia fazer do que unicamente nas simpatias que porventura pessoalmente inspirasse, vinha-lhe dos chefes. Afeito a ocupar a mesma posição naquela pequena vila e seu distrito, tremia somente à ideia de que poderia perder a direção do seu partido ali, não porque tivesse consciência de haver uma missão a cumprir, mas por não ser vítima dos escárnios dos seus inimigos, que eram todos os da política contrária, e do desprezo de muitos dos que hoje se diziam seus amigos. Sob a calma aparente das aldeias, há dessas lutas surdas e tremendas pela posição, que para certos sujeitos é a vida, e debaixo do aspecto simples dos matutos bulham muitas vezes iracundas e não supostas paixões.

A carta que a sua comadre deu o major Rabelo recomendava-a deveras aos bons serviços do Dr. Seixas, a quem aquele expunha minuciosamente o negócio e dizia dos motivos que levaram as autoridades adversas a recrutar o rapaz.

III

Arrazoava ele uns autos quando a recebeu da própria mão da portadora, que tinha chegado naquele mesmo momento a Manaus e que à força de perguntar a todo o mundo que encontrava acertara por fim com a casa do amigo do seu compadre.

O advogado era um homem de mais de cinquenta anos, baixo, nem gordo nem magro, de aspecto simpático. Era tapuio de origem, do que se vangloriava nos dias de eleições, à porta das igrejas, abrindo a camisa e mostrando aos votantes, pela maior parte da mesma raça, que não tinha cabelos nos peitos, que era tapuio como eles, que o admiravam embevecidos de verem um dos seus naquelas alturas. Usava toda a barba que, por uma anomalia na sua raça, possuía abundante e já branca, tinha uns olhos vivos de rato e uma fala arrastada e melíflua. Cachimbava, e os adversários temiam-lhe as insolências na Assembleia provincial.

Recebeu bem a tia Zeferina e, depois de ler a carta, mostrou-se interessado por ela e perguntou-lhe hospitaleiro se conhecia alguém na cidade e se tinha para onde ir.

– Que conhecia – respondeu ela –; a mulher do nhô Joaquim Correia, que criara quando o pai dela estivera em Vila-Bela. Ia para lá.

– Pois se quiser ficar aqui – ofereceu-lhe o doutor –, pode ficar. Estou inteirado da violência que fizeram a seu filho. Vou já ver se é possível fazer alguma coisa por ele. E depois de pequena pausa: – Ele é seu filho único, e a senhora é viúva, não? – perguntou.

– É sim, sinhu, branco, eu tenho só aquele filho namasque, mas porém não sou viúva.

– E seu marido?

— Não tenho marido; ele é rangaua.

O doutor, conhecedor da linguagem popular da sua terra, compreendeu que o rapaz era, como também lá dizem, filho da fortuna, e apenas reflexionou:

— Pois é mau isso. Se a senhora fosse viúva e ele filho único, não seria muito difícil pô-lo fora, mas assim... hum... e estirou o beiço de baixo meneando de leve a cabeça em ar de dúvida.

Entretanto, depois de um pequeno silêncio, voltou a ocupar-se dela, prometendo-lhe muito que havia de fazer tudo por livrar-lhe o filho, assegurando que ele lá não abandonava os seus correligionários, mas que também não podia tudo, como pensavam no interior; na capital, afirmava, nada se conseguia sem muito trabalho e sem gastar dinheiro. Todos ali "mamavam"... talvez fosse preciso "untar as mãos" aos médicos... Enfim, ele veria...

E despediu-a apertando-lhe as mãos rijas e convidando-a a aparecer no outro dia.

A tia Zeferina saiu sem ter compreendido o advogado, mas cativa dos seus modos e fiada nas suas promessas, que percebeu. Pegou da mão da neta que ficara na porta, onde já se havia acamaradado com um dos filhinhos do Seixas, e seguiu em demanda da casa do Joaquim Correia, casado com uma sua filha de criação, como lhe ouvimos dizer. Perguntando de porta em porta, foi lá ter: a cidade era pequena e mais ou menos todos se conheciam. A mulher do Correia acolheu-a com bondade; perguntou-lhe miudamente pela gente de Vila-Bela, pelas moças e rapazes do seu tempo, muito interessada em saber dos que haviam falecido ou casado, quando ou com quem, inquirindo de tudo com muita curiosidade feminina. Mostrou-se penalizada sabendo dos motivos que traziam a Manaus a sua mãe tapuia, e lastimou sinceramente o Quirino, seu irmão de leite e sócio dos folguedos, quando eram ambos crianças. Prometeu que seu marido se havia de empenhar por ela, e cheia de bondade deu-lhe muitas esperanças, lembrando-lhe que se aquilo fosse com ela iria ao presidente da província, pedir-lhe, suplicar-lhe, que lhe mandasse soltar o filho. O presidente era bom moço, informou à velha. Conhecia-o. Estivera com ele no baile do dia 7 de setembro, em palácio. Uma festa de estrondo; as senhoras estavam todas vestidas de verde e amarelo. Muitas tinham mandado vir os vestidos do Pará, mas foi uma tolice, porque em Manaus arranjava-se um vestido bom como no Pará. O dela, por exemplo, não era por dizer, foi muito gabado, todos o acharam bonito, e no entanto foi ela mesma quem o fez. O presidente era ainda muito moço e solteiro; um bonito homem. Que fosse falar com ele, que era a fonte limpa, quem mandava...

A ideia de ir falar ao presidente assombrava a tia Zeferina. Não tinha ânimo, tanto lhe parecia ele acima de si. Afigurava-se-lhe que um presidente de província devia de ser um homem diferente dos que ela conhecia, tanto que não podia mesmo idear na sua pobre imaginação. E confessava o seu medo à "nhá Miloca" como chamava à mulher do empregado público.

– Qual – dizia-lhe esta –, não fosse tola. Era um homem como os outros. Que lhe fosse falar. Não se esquecesse porém de tratá-lo por "Senhor doutor", "Vossa Excelência"...

E obrigava-a a repetir estas frases, ensinando-lhe de que forma se devia apresentar em palácio, ostentando com feminil vaidade à párvoa atenção da roceira os seus conhecimentos de mulher cidadoa, de boa roda.

Convencida por fim e sustentada pela ideia de que daquele passo dependia talvez o livramento do filho, Zeferina resolveu-se a ir ter com o presidente. Para guiá-la deu-lhe Miloca um rapazinho. Logo à porta do importante sobrado, banhado pela luz larga da rua Brasileira, dominando com o seu único andar as casas baixas vizinhas, decorado com o pomposo nome de palácio, a vista da sentinela de ar doentio, encostada à guarita, numa posição desleixada de soldado relaxado, fê-la estacar indecisa, se devia entrar. O curumim que a acompanhava, esse entrou sem cerimônia; ela o seguiu por fim, apatetada, pisando de leve os tijolos gretados, vermelhos e frios do escasso vestíbulo sujo e escuro do pretenso palácio. Nos primeiros degraus da escada tornou a parar, cosendo-se com a balaustrada para deixar passar dois sujeitos de bom corpo, limpos, duas caras alegres de arrematantes d'obras, desses sujeitos que nas províncias levam a metade do tempo a enganar o governo e a outra metade a serem enganados por ele. Falavam animadamente, alto, sem respeito pelo edifício. O caboclinho que a precedia, agarrando-se aos balaustres, cavalgando o corrimão, com trejeitos de macaco, chamou-a e ela continuou a subir a escada suja, cuspida, salpicada de pontas de cigarros, muito junta ao painel sebudo, no qual não se atreveu a apoiar-se. De vez em quando, lembrava-se medrosa que ia falar ao presidente. Chegando acima, parou de novo e olhou em roda. Apenas viu dois soldados recostados num sujo banco negro, dormindo, com as cabeças atiradas para trás sobre o encosto do banco, as pernas estendidas, as bocas abertas, as fardas desabotoadas, deixando ver as camisas sórdidas. Pareceram-lhe personagens as ordenanças do presidente; não atreveu-se a despertá-las e esperou em pé, imóvel, com a paciência da sua raça, pelos acontecimentos. O rapazinho estendeu-se de bruços, sobre um outro banco que ali estava, as pernas erguidas para trás, batendo os pés um no outro, caçando moscas, à mão. Ela esperou. Daí por dez minutos passou um amanuense, um rapaz magro, duma palidez dispéptica, o casaco de alpaca safado, uma caneta atrás da orelha transparente, uma folha de papel na mão. Ela dirigiu-se a ele com voz humilde, baixa, medrosa:

– Eu queria falá c'o nhô presidente...

O amanuense respondeu-lhe soberbo:

– Diga à ordenança –; e acrescentou ufano – eu sou empregado da secretaria.

E sumiu-se por detrás de um reposteiro rapado, em cujo fundo verde sujo uma coroa brasileira de baeta amarela já roída espalhava seus galhos de café e tabaco. Ela continuou a esperar sempre de pé. Dentro em pouco passou um outro sujeito, uma espécie de procurador de causas, limpo e risonho. Repetiu-lhe a ele o que dissera ao amanuense.

– Sente-se nesse banco, tia, e espere alguém que a introduza. – E dando com as ordenanças: – Olhe, acorde aqueles malandros... Adeus.

Ela murmurou um "Deus lhe pague", mas não se atreveu a despertar os soldados. Sentou-se na ponta do banco, muito direita, e esperou. De quando em quando passava gente; requerentes, empregados, militares, pretendentes, alegres ou tristes, contentes ou zangados, mas indiferentes todos, passavam por diante dela, que a cada um levantava-se e dizia baixinho, receosa:

– Eu queria falá c'o nhô presidente...

Ocupados com seus negócios, egoístas, não atendiam e passavam quase sem a verem, distraídos descendo a escada aos saltos. Por fim já tarde, viu irromper de uma das portas um grupo, no meio do qual reconheceu o moço com quem primeiro falara; ergueu-se mais uma vez e ia repetir a sua frase, quando um homem daqueles, mais maltratado que os outros, naturalmente o porteiro, perguntou-lhe:

— Você deseja alguma coisa?

— Venho ter c'o nhô presidente – respondeu humilde.

— Amanhã, venha amanhã. Hoje já está fechado o expediente.

Ela compreendeu que a mandavam embora. Acordou o curumim, que acabara por pegar no sono, e foi-se com um profundo abatimento n'alma, sentindo-se abandonada e só, naquela terra que lhe parecia um mundo, e onde ninguém a conhecia nem por ela se interessava.

No outro dia voltou à casa do doutor, que, muito solícito e prometedor, disse-lhe que infelizmente ainda nada conseguira, mas que não estava tudo perdido, ele estava trabalhando – oh! não se poupava a servir um correligionário –, tivesse esperança e voltasse no outro dia.

O Joaquim Correia, marido da Miloca, não era afeiçoado ao Seixas. Recomendou-lhe que se não fiasse nele. Era um comilão. Tinha fama de honrado, mas não era a ele Correia que ele enganava, sabia-lhe de muitas patotas. Não havia ainda oito dias que tinha feito uma das suas. Pediu a um dos médicos, seu amigo político, para dar um recruta por incapaz, e depois exigiu do patrão do rapaz duzentos mil-réis, dizendo que os tinha prometido ao médico. Não se fiasse, era muito sorriso, muita promessa, mas sem se importar de nada. Só se rendesse – e esfregou o polegar no indicador –, porque aquilo "não metia prego sem estopa".

Entretanto prometeu-lhe a sua proteção dele Correia; falaria ao secretário do governo, que era seu amigo, a Miloca conhecia, o Dr. Romão, aquele da última pândega na Cachoeirinha... Havia também de falar aos médicos, a ver... Aconselhou-a, todavia, a voltar a palácio, sempre era bom falar ao presidente.

A tia Zeferina, embora d'antemão descorçoada, volveu a palácio; o filho, que ia diariamente visitar ao quartel em que estava detido, pedira-lhe, e ela, por amor dele, voltou. Da segunda vez ainda esperou em vão três longas horas, sentada no mesmo banco, dizendo a mesma frase, com a mesma voz hesitante e humilde, a todos os que passavam, até que, encerrando o expediente, despediram-na como da primeira vez.

O Dr. Seixas por seu lado também nada decidira ainda, pois tinha trabalhado – afirmava-lhe ele –, falara a Fulano, a Beltrano, empenhara-se, mas a coisa não era tão fácil, porém podia estar certa de que ele não abandonava um amigo, voltasse amanhã, que talvez tivesse melhores notícias.

À terceira vez, porém, que foi ao palácio, profundamente abatida e desanimada, foi mais feliz. Achou de ordens nesse dia um soldado da sua terra, de Vila-Bela, um conhecido antigo. Reconheceram-se, conversaram amigavelmente com expansões de conterrâneos, e ele introduziu-a no gabinete presidencial, que ela penetrou com passo trôpego, os olhos baixos, comovida. Parou logo ao limiar, muda e queda, sem saber nem o que dizer, enquanto o soldado perfilado atrás dela anunciava:

– Aqui 'stá esta mulher que quer falar com V. Exa.

O gabinete presidencial era uma sala quadrada, forrada de papel de ramagens vermelhas sobre fundo azul, desbotado pela umidade que aqui e ali pusera grandes manchas brancas, esteirada com uma esteira de quadradinhos vermelhos e brancos, roída em partes. Pelas paredes dependuravam-se quadros e mapas. Por sobre um sofá de fábrica francesa, num grande caixilho dourado, pendia o retrato do imperador, em meio corpo, a óleo, a cara muito vermelha, os olhos azuis sem expressão. Em outras partes, fotografias de algum vapor da Companhia de Navegação e Comércio do Amazonas ou da Companhia Fluvial do Alto Amazonas, ou mapas cobertos de pó. Do lado oposto ao sofá, sentado junto a uma mesa sobrecarregada de papéis, ofícios abertos, invólucros lacrados, brochuras de relatórios e coleções de leis, um homem pálido, adiposo, de luneta, conversava com outro, repimpado na poltrona, cofiando a longa pera, as pernas estendidas por debaixo da mesa. O outro escutava-o atento, sentado à beira de uma cadeira de balanço. A barba grossa, circulando-lhe o rosto gordo, aparada curta, e a turgidez das pálpebras davam-lhe um aspecto suíno.

– Então, é isso que lá da Corte mandam dizer, não é? – perguntou ao presidente.

– Como vê, coronel, não lhe posso ser bom; as ordens são terminantes – e levantou de cima da mesa uma carta, mostrando-a ao coronel.

– Pois então V. Exa. mande dizer que se quiserem deputados venham cá fazê-los, que eu por mim lavo as mãos.

E depois de trocarem mais algumas palavras, procurando o presidente dissuadir o coronel F***, o chefe político mais importante da província, este retirou-se risonho e rendido.

Só então deu V. Exa. pela presença de Zeferina, a quem, carregando o semblante, interpelou:

– O que quer você, mulher?

Zeferina deu o seu recado do melhor modo que pôde, balbuciando, entrecortando de soluços a sua narração, animada por uma gesticulação suplicante e dolorosa.

— Que tivessezinho pena dela — foi como começou —, que era uma pobre mulher, não fazia mal a ninguém, tinha um filho só que a ajudava, pescava pra ela e plantava a maniva; era velha, não podia fazer certas coisas. Morava no paraná de Vila-Bela, longe pra vir de lá remando, era o seu filho, o Quirino, quem remava. E um dia vieram, o malvado do Cabano e soldados, e prenderam-no, amarraram-no que nem preto fugido e levaram-no pra guerra com o Lopes. Pedia ao presidente, "pelo amor de sua mãe", que mandasse soltar o Quirino, o seu filho que era o seu amparo.

Quando ela acabou, o presidente, que, aliás, não lhe prestara muita atenção, distraído em folhear um relatório manuscrito, disse-lhe que não podia nada, aquilo não era com ele, empenhasse com os médicos, que podiam dar-lhe o filho por incapaz. E sem mais dar-lhe atenção, despediu-a.

Zeferina saiu chorando desalentada. Lá fora, no patamar da escada, encontrou o soldado seu conterrâneo que a introduzira. Ele interrogou-a:

— Então arranjou, tia Zeferina?

Ela contou-lhe o que se passara. O rapaz, irritado, e num primeiro assomo de honestidade revoltada:

— Qual não pode, nem meio não pode. Quisesse ele! Ainda ontem mandou soltar o Tomás, irmão da Geralda do Tarumã, que dizque é moça dele.

Depois, caindo em si, teve medo de ser ouvido, e safou-se deixando a velha só e atônita.

O advogado e o Correia, sabendo das suas desventuras do palácio, prometeram-lhe falar aos médicos da inspeção para obter deles que fosse o Quirino dado por incapaz do serviço do exército, e ambos insinuavam que seria talvez necessário gastar algum dinheiro com "untar-lhe as mãos", consoante uma fraseologia canalha com que numa sociedade precocemente desmoralizada tudo se avilta. Zeferina, sabiam ambos, possuía cerca de trezentos mil-réis, que lhe emprestara em Vila-Bela o major Rabelo, e estava pronta a dá-los, contanto que seu filho fosse livre da praça.

Repetia-lhe constantemente o Joaquim Correia que se não fiasse no "patife do Seixas", que se acautelasse, senão ele "comia-lhe o cobre". A seu turno o advogado recomendava-lhe que desconfiasse do Correia, era sujeito muito conhecido – dizia enigmaticamente.

Miloca, por sua parte, cheia de bondade por ela e de bons desejos pelo seu colaço, acompanhou-a à casa de um dos médicos da inspeção, de cuja mulher era amiga e a quem a recomendou muito, pedindo se interessasse com o marido pela soltura do rapaz, o que ela prometeu. Zeferina, porém, não satisfez-se com a promessa; esperou que o médico chegasse da rua, e mal lhe tinha a mulher dado o recado da Miloca, mostrando-se interessada pela pretensão, ela atirou-se-lhe aos pés, lavando o rosto em lágrimas, pedindo-lhe pela alma da mãe que lhe soltasse o filho, o seu amparo.

Aquela cena angustiosa comoveu o doutor e prometeu-lhe por sua parte fazer tudo que pudesse; mas, infelizmente – refletiu –, não dependia dele só, entretanto falaria aos colegas da junta, e assim despediu-a um pouco consolada e esperançosa.

Desde pela manhã ela estava aguardando o resultado da inspeção, em pé, à porta do quartel. A junta não lhe foi favorável ao filho, ela o soube do próprio médico que, mostrando-se pesaroso pelo resultado, aconselhou-lhe, como último e para ela tristíssimo recurso, que visse se arranjava que seu filho fosse considerado voluntário da pátria.

– É muito melhor – disse-lhe –, tem certas garantias que não têm os recrutas. Mas não se aflija, quando ele chegar ao Sul, está a guerra acabada.

O Correia aplaudiu muito a lembrança do médico.

– Era verdade, não se lembrava, aquilo estava-se fazendo todos os dias. Recrutava-se e depois dizia-se ao recruta, se ele tinha padrinho: – Você marcha como voluntário. E o pobre-diabo, entre a cruz e a caldeirinha, não tinha outro remédio senão ir satisfeito. O povo chamava a esses "voluntários de pau e corda". Não era mal lembrado, não. Pois sim, havia-se de arranjar aquilo. Assim o Quirino ficava isento de chibata e quando voltasse da guerra davam-lhe terras, dinheiro, uma porção de coisas. O imperador tinha prometido. Ia já falar aos homens, era num pronto.

E saiu.

Miloca ficou consolando a tia Zeferina. Abundou nas mesmas razões e esperanças do marido.

– A guerra – disse ela, fazendo-se eco dos boatos que então corriam e formavam o fundo da opinião pública –, a guerra não podia durar. Os paraguaios eram um povo à-toa, desmantelado, de tapuios estúpidos, sem exército nem armamento. Todas essas republiquetas – ponderou – são assim. O imperador mais os príncipes já tinham marchado para o Sul. Bastava a presença deles para obrigar o Lopes a rebaixar-se e pedir paz. Quando o Quirino chegasse não havia mais guerra. Que se consolasse; a ausência não passaria de dois a três meses, o tempo de ir até o Rio de Janeiro ou até o Rio Grande do Sul.

À tarde voltou o Correia anunciando que estava tudo arranjado, mas que eram precisos uns cento e cinquenta mil-réis para "untar as unhas" ao recrutador e ao comandante do corpo, no qual tivera praça o Quirino: "uns comilões de força", concluiu. A velha foi ao seu baú de pau pintado de verde, desatou da ponta do lenço o dinheiro, trouxe-o e entregou-o sem relutância. Depois, foi ter com o filho. Com efeito ele estava alistado como voluntário, mas fora-o desde antes que o Correia fosse ao quartel. Ele mesmo empenhara-se com um oficial que, como a coisa era fácil, lho fizera. Mãe e filho compreenderam vagamente que o Correia os havia roubado.

Quirino embarcava dali a dois dias para o Pará, com destino ao Sul. Estava abatido, nostálgico, mas resignado. Havia de ser um desses soldados da excelente infantaria do Norte, sem entusiasmo, mas firme no combate e duro às provações daquela terrível campanha. Ia para a guerra preso, quase amarrado, sem compreender por que dispunham dele assim, à força. Primeiro procurou explicar-se os acontecimentos que se estavam dando e dos quais era vítima, mas debalde, e, por fim, cansado de semelhante trabalho, não mais cogitou em tal, preguiçoso, completamente resignado a sua sorte.

IV

Raiara formoso o dia do embarque do contingente que a província do Amazonas mandava para a guerra do Paraguai. Desde pela manhã formavam-se ajuntamentos, grupos, por toda parte. Pelos canais que fazem da linda cidade de

Manaus a Veneza da Amazônia, vogavam rápidas de um para outro lado canoas cheias de gente, que vinham à praia assistir ao embarque. Das bandas do quartel guinchavam os sons destemperados de uma banda de música, tocando vezes sem conta o hino nacional com muita fúria. O palácio do governo era o centro de desusado movimento. Pelas ruas corriam sobre cavalos esqueléticos, levando ofícios algures, soldados de ordenança.

Às dez horas, duas antes da marcada para o embarque da tropa, a praia estava bordada de canoas, todo o porto, a ribeira da cidade regurgitavam de gente, que premava-se suando, sob o grande calor que já fazia, junto ao lugar do embarque, uma tosca ponte de madeira, feita adrede às pressas. Em muitas daquelas fisionomias havia uma tristeza profunda, que destoava singularmente da nota alegre da natureza e se não coadunava com o reboliço que ia pela cidade. Havia prantos, e muitos pais, muitas esposas, contavam uns aos outros, entre lágrimas, na voluptuosidade de uma dor igualmente partilhada, como lhes tinham arrancado os filhos e os maridos, esteios únicos da sua velhice ou da sua fraqueza, para fazerem-nos assentar praça à força. Referiam-se bastantes histórias tristemente vergonhosas de outros que se livraram dando dinheiro às autoridades, comprando certas influências. O povo dizia, com sua costumada simpleza de linguagem, e expunha ali, com a verdade nua da sua palavra escurada, mas colorida, casos infames em que figuravam fazendo papéis vilíssimos nomes que até então venerara e amara, sem inquirir-lhes da legitimidade da reputação.

Por fim já pouco depois do meio-dia chegou o batalhão, quase em sua totalidade composto de recrutas bisonhos, grotescamente vestidos nas fardas novas, muito folgadas em uns, muito apertadas em outros. As mangas compridas de algumas tapavam as mãos aos soldados; outras por curtas ficavam-lhes muito acima dos pulsos. Os sapatos grossos, que muitos deles calçavam pela primeira vez, magoavam-lhes horrivelmente os pés, vedando-lhes o andar desembaraçado. Com as mochilas às costas, as pesadas espingardas, as fardas de pano de lã grosso e quente, debaixo de um sol ardente, àquela hora de calor máximo, o suor escorria-lhes em grossas bagas da raiz dos cabelos úmidos, molhando-lhes as caras tostadas e as incômodas coleiras de polimento, quentes como fogo. Reinava nos pelotões grande desordem. Era de rir o aspecto de alguns alferes apertados nas suas fardinhas safadas, correndo de um para outro lado, com as espadas virgens desembainhadas, rutilantes ao sol, gritando, gesticulando, cheios de zelo, para conter na forma os soldados e traduzindo em linguagem vulgar, a fim de serem deles entendidos, as ordens que um major pálido, grisalho, de barba falhada, gritava de cima de um cavalicoque magro e vivo, na tecnologia militar.

E todos, sargentos, alferes, tenentes, bradavam aos soldados estonteados: – Vira as costas pra casa do seu comandante e frente para o "Belém"! Os fundos da casa do comandante davam, com efeito, para o lugar em que formava a tropa, o "Belém" era o vapor que a devia conduzir, fundeado defronte. Em chegando ao ponto, onde tinham que aguardar o presidente e mais autoridades, os soldados formaram em linha entre o povo, conversando cada um com seus parentes ou amigos, a última palestra talvez. Alguns choravam ao receberem das mães ou das namoradas bananas ou biscoitos de goma, atados em lenços, que suspendiam no cinturão, ao lado da patrona.

Ao cabo de meia hora, com a impontualidade proverbial das autoridades no Brasil, chegou o presidente, acompanhado do comandante das armas, respectivos secretários e ajudantes de ordens e pessoas gradas; os militares fardados de grande gala, os paisanos de casaca, o presidente com a libré do cargo.

Quando a banda de música acabou de tocar o hino nacional, com que o saudara, e as armas e estandartes levantados em sua honra abaixaram-se, ele perfilou-se o melhor que pôde, e procurando dar ao rosto uma expressão solene, que não lhe caía bem na fisionomia vulgar e inexpressiva, disse de cor, numa toada monótona, com acentuado sotaque do Sul, este discurso:

– Soldados! Vós ides para uma romagem gloriosa; vós ides defender a nossa mãe comum, a nossa querida pátria, do ousado inimigo que ousou insultá-la. Ide, pois, gloriosos soldados amazonenses, e voltai-nos amãiã (amanhã) cobertos de glória!

E gritou sucessivamente os "vivas do estilo":
– Viva S.M. o Imperador!
– Viva a Família Imperial!
– Viva a Religião Católica, Apostólica, Romana.
– Viva a Nação Brasileira!
– Viva o heroico povo amazonense!
– Viva os voluntários da pátria!

E o povo em roda, e os soldados e todos bradaram de cada vez: – Viva!!! com um grande clamor uníssono, cujo eco ia morrer longe dali pelas águas do Rio Negro em fora.

– Viva S. Exa. o Sr. presidente da província! – esbofou agitando o chapéu um da comitiva.

– Vivô! – berrou a multidão.

Um moço avançou até a frente do batalhão, e, pondo-se entre ele e o presidente, sacou do bolso um rolo de papel almaço em tiras e leu um discurso patriótico e belicoso. Um outro recitou, com grande voz e descompassados gestos, uma estirada poesia que começava assim:

"Como o crebro estrugir da pororoca."

Terminados discursos e versos, deu-se o sinal do embarque. Os soldados, apesar dos gritos dos oficiais, não se contiveram. Atiraram-se francamente nos braços dos amigos e parentes e trocaram singelamente suas lágrimas naquela despedida, que para muitos havia de ser o derradeiro adeus. A tia Zeferina, que presenciara de perto as cenas precedentes, sem poder atinar com a razão do entusiasmo daqueles oradores e poetas que não iam à guerra, abraçada ao filho, debulhava-se num copioso pranto, molhando toda a farda do rapaz.

Afinal, o comandante conseguiu reunir a sua gente, e o embarque começou triste, entre lágrimas, no meio de um silêncio geral, pesado e sombrio.

Zeferina, em pé na praia, abandonada e só no meio da multidão, a quem era e que lhe era desconhecida e indiferente, olhava por entre o véu das suas lágrimas o filho, que seus olhos de mãe distinguiam entre a chusma de soldados apinhados à proa do vapor embandeirado, que os devia levar. O navio levantou ferro, cuja pesada corrente rangeu nos escovéns acompanhada pelo melopeia triste dos marinheiros em faina; o vapor assobiou roucamente, golfando baforadas de fumo cinzento pelos tubos negros, as rodas bateram a água, compassadamente primeiro, rapidamente depois, aceleradamente por fim, levantando cascatas de alvíssima espuma, e ele sulcou imponente, empavesado, o Rio Negro, ao som do hino brasileiro, cujas notas, que a fuga do navio ia pouco e pouco amortecendo, traziam à multidão, amontoada pelas ribas da cidade, um melancólico aperto de coração.

Alguns entusiastas, entretanto, continuavam a soltar de instante a instante vivas retumbantes. De terra o povo com os chapéus, com as mãos, com os lenços, dizia o último adeus aos que partiam, os quais, de bordo, apertando-se uns aos outros contra as amuradas, correspondiam-lhe num acenar contínuo e compassado de mãos, lenços e quepes, que iam gradualmente desaparecendo levados pelo rápido vapor. Ouviu-se ainda um brado mais estrondoso, como a querer alcançar o navio, já prestes a sumir-se:

– Vivam os voluntários da pátria!

E pouco e pouco, em magotes, em grupos, um a um, foi-se a gente dispersando, deixando a praia deserta. Somente a tia Zeferina, de pé na areia ardente, a cabeça exposta a todo o ardor do sol, fitava sempre o horizonte, onde mal se percebia um tênue rolo de fumo por sobre um informe vulto escuro, e, de quando em quando, dizia adeus com a mão...

– Aí tem o senhor – concluiu a pessoa que me contou esta história – como se arranjaram voluntários da pátria no Amazonas; e creio que em todo o Brasil – acrescentou.

A SORTE DE VICENTINA

No extremo do povoado do Ererê, em uma cabana por cujo teto e paredes de palha o vento assobiava fortes rajadas frias, penetrando-a de umidade, moram, ou pelo menos moravam em tempo, duas mulheres, avó e neta. Àquela chamava o gentio do lugar Teresa, a esta Vicentina. Teresa devia ter mais de sessenta anos; principiava a branquejar-lhe o cabelo e quando lhe perguntavam a idade respondia que "no tempo da revorta" era moça que nem o "curuné". A revolta a que aludia era a Cabanagem de 35, e o coronel, um velho, o lendário tenente-coronel da guarda nacional do distrito.

O pequeno e pitoresco povoado que habitavam fica na extrema dos campos, no limite entre eles e as grandes matas dos lagos. Está, pois, um pouco afastado, acerca de quatro léguas da vila de Monte Alegre, desde onde procuravam muitas vezes a velha para aprender dela algum remédio ou fórmula cabalística contra enfermidades rebeldes à medicação homeopática – única ali em vigor e crédito – dos terapêuticos do lugar.

Havendo de lá ir, ou em demanda da velha Teresa, a benzedeira, ou a simples digressão de recreio, teria o leitor de transpor a pé ou a cavalo uma região mais ou menos acidentada dividida em três compridos estirões de diversa feição: o "coberto", o "lavrado", e, ao depois, um campo sem designação especial, a começar das margens de um igarapé que o separava do "lavrado" até a aldeiola.

Vem em primeiro lugar o "coberto", atravessado em toda a sua extensão por uma acanhada estrada, ou antes trilha rasgada por entre a vegetação pelo simples movimento dos caminheiros, e forrada de areia solta e grossa, que range sob as patas dos cavalos e mergulha os pés aos peões.

É uma charneca miudamente semeada de árvores anônimas, enfezadas e baixas, que crescem no terreno areento e estéril em posições retorcidas de entrevados. Dir-se-ia que o sol, que abrasa aquelas paragens, obriga-as a tais contorções violentas e paralisa-as depois no meio de um espreguiçar calorento. As que mais avultam dentre elas são os grandes cajueiros do campo, de casca e folhas grossas, mais largos do que altos, agachados, estortegados como se mão potente lhes comprimisse a coma constrangendo-os a esparramarem quase pelo chão os estirados galhos.

Entre aquele arvoredo baixo e peco, apenas aqui e ali agrupam-se algumas verdadeiras árvores, formando pequenas "ilhas", distintas no meio dele. À sua sombra acoutam-se nos grandes meios-dias abrasados, em cima, ao abrigo macio da folhagem, as aves mudas, estarrecidas de calor; embaixo, ao fresco amparo da copa alguns bois e cavalos, soltos da vida ao pasto e dele enxotados pela ardentia do ar. No mato escasso e ralo do coberto não há – no verão, ao menos – a monotonia do verde; as primeiras folhas, crestadas pelo sol, destacam-se sobre a verdura das outras. Muitos daqueles arbustos florescem variando o tom geral da paisagem com as diversas tintas das suas flores.

Nesta época a carnaubeira perde as folhas e cobre-se literalmente de folhas amarelas, avivando o tom neutro dos campos pelos quais se multiplica fartamente. No chão cresce, que se não alastra, em pequenas toiças compactas e amiudadas, um capim alto de dois palmos, amarelado e magro, pelo meio do qual avolumam as "casas" negras e informes, que o capim se fabrica de terra e que, olhadas de longe, assemelham-se ora a pedras, ora a escuros troncos de árvores. De manhã, nas incomparáveis manhãs desta terra, uma luz larga e crua banha todo o coberto, fazendo cintilar, que nem vívidos diamantes, as gotas de orvalho que o sereno noturno depôs nas folhas, rebrilhando nas pétalas das flores, cujas corolas se abrem ao beijo do sol e despertando os cantos festivos dos passarinhos a espanejarem-se alegres nas cumiadas do arvoredo.

De um lado do coberto, à esquerda de quem dá costas à vila, quando o mal aberto caminho margina a beira da elevação sobre a qual corre, divisa-se através da cortina transparente da folhagem das árvores levantadas no cairel da serra um esplêndido panorama embaixo. Após o fundo e largo precipício, rasgado ali pela serrania, cortado quase a pique e coberto por um arvoredo ralo como o do campo em cima, descobre-se no meio de extensa planície verde, da verdura vivaz de terras alagadas, uma sucessão de numerosos pequenos lagos de várias formas e tamanhos, a refletirem na absoluta placidez de suas águas, como grandes espelhos, o azul límpido do céu. Mas ao longe, entre aqueles dilatados e, vistos d'alto, formosíssimos campos da várzea e a oposta margem, cuja mata aparece como igual tira azul esbatida no céu, passa majestático o volumoso Amazonas, perdendo-se, como imensa linha pardacenta, no infindo horizonte.

Quando está a terminar este largo trato que vamos atravessando e avizinha-se o declive para

o lavrado, a face lisa deste solo chato enruga-
-se em uns monticulozinhos por ali espalhados,
pelos quais trepa insensivelmente a mesma vegetação. Do alto destas verrugas avistam-se as
serras do Ererê, do Paituna, do Tajuri, como que
ligadas em uma só cordilheira, erguendo-se em
escassa mas perfeita curva do extremo da planície verde-gaio, chata, que alongando a vista por
sobre o arvoredo se descortina lá no fundo, donde sobem tênues e cândidos frocos de névoa
branda e diáfana, que param no sopé das montanhas até que os funda o calor do dia.

Sucede o lavrado. É um grande plaino duro,
batido, gretado em partes e em partes pedrego-
so, pelo qual – na estação seca – dir-se-ia ter
passado uma charrua cortando cerce a vegetação mais alta, lavrando-o. Alastra-o uma grama
rasteira, unida, de extraordinária força vegetativa, formando, com um enorme trabalho paciente de ramificação, um tapete igual, cuja verdura
o verão não consegue de todo destruir. Repas-
tam-se nela, ao menos enquanto não "aperta a
seca" e não são transferidos para os ricos campos da várzea, os gados das fazendas convizi-
nhas, cujas diferentes malhadas por ali dispersas
dão uma calma vida bucólica ao depois desola-
do e abandonado campo. Junto das finas vacas,
pastam, tranquilos e graves, os bois curtos de
corpos e de paus das nossas raças degradadas.
Potros rufiões, de formas angulares e pelos eri-

çados, cabriolam irrequietos ao redor das poldras novas, esquivas a um prazer que não conhecem, ou correm de um para outro lado, escouceando o ar a fugir às dentadas ciumentas dos "pais d'égua", espantando os cararás que mariscavam nalguma poça d'água por ali perdida e fazendo-os levantar o voo em bando com uma grasnada enfadonha de palmípedes. De quando em vez algum vaqueiro de camisa curta e calças vermelhas, ou de grosso riscado americano e grande chapéu de tucumã, desabado, preso por um cordel ao queixo, atravessa o campo num trote indolente, escanchado negligentemente na sela árabe, de sola, por ele mesmo fabricada e bordada a tachas amarelas, os dedos grandes dos pés mal firmados nos estreitos estribos de ferro, o cigarro de tauari na boca ou atrás da orelha, o braço, d'onde pende a *muxinga* do couro, caído, o laço de pele de boi, enrolado em grandes círculos, preso à cinta...

Por aquele solo áspero vegetam algumas raras e mofinas árvores, a cuja sombra avara refugia-se, ainda ruminando o último bocado mordido, num sossego pacífico e doce, o gado que a queimadora canícula afugenta do campo. A essa hora, quando o sol dardeja a prumo sua luz ardente e cintilante sobre toda aquela região de campos cobertos ou lavrados, cessa ali toda a manifestação de vida, sob a opressão enorme e insuportável de um calor de inferno. As aves emudecem sob a rama das árvores, o vento para de farfalhar nas folhas que pendem estorricadas; os gados buscam silenciosamente asilo debaixo do escasso arvoredo, e deitados, com as bocas abertas, as línguas pendentes, resfolegam opressos, haurindo ávidos alguma pobre aragem morna que passa de vez em quando. Os próprios friorentos insetos escondem-se nos seus buraquinhos subterrâneos. Apenas, a espaços, um ou outro besouro ou mosca-varejeira passa zumbindo pelo ar abrasado e calmo. Um enorme silêncio melancólico, como uma atonia das forças da natureza, põe nalma do viajor peregrino – senão na do sertanejo afeito a esta vida – uma desalentada quebreira. Em cima, no céu azul, varrido, transparente, cristalino, de uma limpidez cruel, refulge a pino o sol, rubro e infictável, a requeimar aqueles descampados, calando todas as vozes, suspendendo todos os movimentos da natureza, como se não fora ele a fonte da vida.

Nas raias do "lavrado", separando-o de outro campo igual, que se estende por esses sertões fora, e qual refrigério a esta desolação, viçam grandes tufos d'árvores, verdes capões de mato, onde sobressaem destruindo a monotonia da paisagem e formando às vezes uma espécie de construção maravilhosa e esquisita, com a sua colossal colunata de um mármore que o tempo houvesse empardecido e a sua curiosíssima cúpula verde, as formosas palmeiras miritis. Aqueles vegetais indicam ao lasso viageiro que corre ali, abrigado pela macia e fresca sombra do arvoredo, uma linfa clara e fria, onde ele poderá matar a sede em que arde e na qual se dessedentam também os gados mansos, as onças ferozes e as tredas cobras, que se enroscam preguiçosamente pelos galhos cujas ramas carregadas de plantas trepadeiras e de orquídeas em flor se debruçam sobre a límpida corrente.

Estes campos vão morrer na margem de um ribeiro, que com o nome de igarapé do Ererê vem não se sabe bem donde e passa ali suas águas barrentas, apertado entre ribanceiras de pequena altura e ensombrado pela mata ou antes pelo estreito e comprido renque de árvores que lhe faz alas à passagem. No cabo do lavrado este riacho alarga-se ligeiramente, o que porventura lhe diminui a profundidade. Por esse lugar é que passam em geral os homens e as boiadas, indo ou vindo entre as fazendas do outro lado do Ererê, o Paituna e a vila, de onde o nome de Passagem, já hoje próprio que tem. Há nesse passo uma pequena montaria descalafetada, com um remo partido dentro, posta aí por algum dos vizinhos para uso dos viandantes. Se porventura toda a gente à margem que chega a pequena canoa, vai tudo pelo melhor. Tira os arreios ao animal, embarca-se com eles e transpõe o ribeiro com o cavalo a nado, ou sustentado pela soga presa à piroga, ou, sendo de inteira confiança, solto. Mas se por caiporismo não encontramos a montariazinha à mão, ou não nos acodem aos gritos os vaqueiros de um dos miseráveis ranchos de algum dos retiros vizinhos, não há outra volta senão dar um largo rodeio passando pelas terras da fazenda Espírito Santo – em cuja barraca, no meio de um campo descoberto e árido, quem escreve estas linhas já passou intermináveis dias – atravessar a cachoeira grande que, de verão pelo menos, dá vau por cima de uma bem ajustada calçada natural, ou então despir-se, amarrar a roupa entrouxada na cabeça, tomar nos dentes o cabresto do animal arreiado, atirar-se ao igarapé e atravessá-lo a nado.

Para fazê-lo, porém, é preciso ou ter o hábito da vida sertaneja, embotada aos perigos, ou uma certa coragem, porque correm nos arredores da Passagem bem cridas versões da existência ali da Cobra grande e recontam-se histórias pavorosas de homens e animais desaparecidos de supetão em meio da curta travessia, sem que nunca jamais tenham seus corpos sido encontrados. Acresce que espiam por ali, meio ocultos nas moitas de capim encostadas às margens, grandes olhos esféricos de jacarés corpulentos.

Da outra banda estende-se, em um terreno barrento, alagadiço, onde em épocas de chuvas se atolam os cavalos até acima dos joelhos, um arvoredo ralo, cercado no primeiro plano por tufos cerrados de uma sensitiva selvagem, o espinhoso juquiri, coberto ainda em partes do tijuco que lhe deixou a cheia, durante a qual esteve mergulhado. Segue-se-lhe um novo campo lavrado, não já plano e chato como o que ficou atrás, mas cortado por grandes sinuosidades suaves, quais enormes ondas roliças petrificadas antes de arrebentarem na praia. Do solo vermelho através da grama emergem por ali penedos de vários tamanhos e formas, ora negros, ora cobertos de uma vegetação liquênica branca.

Fronteira, um pouco à esquerda de quem demanda o povoado, a serra do Ererê ergue a grande massa escura, do seio de um bosque cerrado e baixo que lhe circunda e aperta a base, destacando na transparência de um céu sempre azul seu perfil um pouco quadrado e igual. Aquele bosque continua por ali além sempre fechado, descrevendo um larguíssimo arco no horizonte, desde a mata chamada do Ererê até às florestas virgens do pé do Tajuri, cuja cadeia luxuriosamente vestida de copioso arvoredo finge de longe, elevada sobre a primeira mataria, uma selva colossal.

Com pouco mais aparecem do recesso de uma vegetação viçosa as primeiras cabanas de um povoado indígena. É a povoação que toma o nome do morro, que a resguarda dos maus ventos do Sul. No desalinho das suas ruas e nos terrenos das mesquinhas vivendas, medram grandes mangueiras copudas e belas laranjeiras fartas.

Realçados pela verdura carregada da folhagem, através da qual surgem os indistintos vultos amarelentos das palhoças, as perfumadas flores cândidas de umas e os frutos dourados de outras, parecem receber gasalhosos o fatigado caminheiro. Na frente, justamente no termo do trilho, que qual comprida serpente vermelha os pés dos homens e as patas dos animais têm aberto pelo campo fora, alveja a capelinha de Santo Antônio do Ererê, o – segundo a ingênua crença daquelas gentes – milagroso padroeiro do lugarejo.

Tomando à esquerda e seguindo na dianteira, encontra-se uma rua, ou antes um largo espaço entre palhoças miseráveis e desmanteladas como são todas ali, coberto de plantas bravas, entre as quais a pajamarioba, que fornece aos habitantes o desagradável café dos seus grãos, e espalha em derredor o enjoativo cheiro das suas flores amarelas, sobre que esvoaçam zumbindo grandes besouros negros. Por entre estas ervas apenas percebe-se um brilho que o pisar contínuo dos transeuntes não deixa de todo apagar. É como o nascedouro da estrada, ou melhor, do caminho, que leva às paragens além da serra, ao Cuçaru, ao Paituna, ao Maecuru.

No fim, quando esta vereda se embrenha na mata, fica – ou pelo menos ficava em tempo – esquivada a um lado, meio isolada, envolta na sombra protetora e perfumada de umas oito grandes laranjeiras folhudas, uma velha barraca, toda de palha, em partes rota. Era aí que viviam Teresa e Vicentina.

II

À margem esquerda do Amazonas sobre a chapada de uma eminência a que se ascende por caminhos arenosos, fatigantes e mal agasalhados pela sombra avara de rareadas árvores, está assente a vila de Monte Alegre, à beira do rio Gurupatuba ou igarapé de Monte Alegre como lhe chamam outros.

Em cima desdobra-se um extenso plaino de que a rasteira grama fez um enorme tapete verde. As casas da povoação, todas baixas, desgraciosas, muitas de palha, erguem-se na beira do monte delimitando um vasto paralelogramo, cuja irregularidade novas construções vieram tanto ou quanto destruir. Por aquele tempo, a desproporcionada igreja matriz, hoje concluída, erguia no meio do largo, sobressaindo entre as modestas vivendas dos habitantes, a sua massa escura de pedra, coberta em sítios por grandes moitas de plantas trepadeiras. A Vila, porém, não se limitava, como se não limita hoje, apenas à parte alta, era, ao contrário, dividida em duas: o Porto e a Vila propriamente dita. O Porto, o nome o está indicando, ficava embaixo, formado por um triângulo mais ou menos regular de casas igualmente baixas e feias, pintadas, como as de cima, de cores vistosas.

Uma rivalidade existia entre a Vila e o Porto, que recíproca e surdamente se antipatizavam e se hostilizavam. Ali habitavam as autoridades, os fazendeiros, os grandes proprietários do lugar; lá funcionavam as repartições públicas, a câmara municipal, o correio e a cadeia – segundo maliciosamente faziam notar os do Porto. Cá embaixo, estava principalmente o comércio, o elemento dinheiroso, sempre pronto a atirar remoques aos da Vila – "uns pingas", diziam.

Vilãos e portenses cumprimentavam-se, falavam-se, chegavam mesmo alguns a visitarem-se aparentemente amistosos, mas uns e outros sabiam que se não gostavam, que mutuamente se abocanhavam e maldiziam. Muito tempo havia que uma pequena circunstância trazia exasperados e enchia de surda e raivosa inveja os do Porto: era estar o correio lá em cima. Para quê? diziam; por duas cartas políticas do Dr. Malcher ou do Ângelo para o "tenente-coronel" ou para o vigário. Ora bolas! por isso não valia a pena fazer subir a mala lá em cima onde morava gente que não tinha carta no correio. Aqui é que devia estar a repartição, onde está o comércio, para cujo serviço se inventou o correio. Demais era um vexame obrigá-lo a mandar buscar sua correspondência à Vila para onde não iam mais de três ou quatro cartas, quando o maior número era para eles. E eram inesgotáveis no capítulo das vexações que sofria o comércio.

Um dia, porém, resolveram acabar com aquilo, e deliberaram representar ao presidente da província contra aquele estado vexatório de coisas. Redigida muito à surdina, e assinada por todos os moradores do Porto, ainda por alguns que ainda não haviam recebido, nem tinham a esperança de jamais receber cartas pelo correio, seguiu a representação, mas sem muita demora foi devolvida para o juiz municipal e a câmara informarem.

Esta nova atarantou os portenses, que não haviam contado com essa deliberação da presidência, que assim os entregava nas mãos dos seus inimigos e à sua mercê. Ignorantes das praxes administrativas, puseram-se no primeiro momento a maldizer o presidente e depois, para se precaverem contra qualquer ulterior decisão desfavorável, escreveram imediatamente aos seus correspondentes da capital, qual ao Elais, qual ao Manoel José de Carvalho, qual ao Geraldo, pedindo-lhes interviessem com o governo por despacho favorável. Alguns, para dar maior força ao pedido, acompanhavam-no de remessas de gêneros a seu crédito, o que havia muito tempo não faziam.

Os da Vila, ao conhecerem da representação que viera a informar, pasmaram diante de uma audácia de que não julgavam os portenses capazes; nem lhes escaparam doestos contra eles entregues agora à sua discrição. Desciam ao Porto e com ares comiserados:

– Então vocês querem o correio para cá, em?!... Têm razão, lá isso têm... – diziam com ironia insultadora.

Tanto a câmara como o juiz, não há necessidade de dizê-lo, informaram mal a representação, declarando que no Porto apenas moravam umas cinquenta pessoas, se tanto, que o comércio de que faziam alarde se reduzia a quatro ou cinco tabernas, e que muitas das pessoas que ali estavam assinadas nem ler sabiam. Assim informada voltou à presidência a reclamação, acompanhada desta vez por inúmeras e longuíssimas cartas das influências políticas da localidade, que todas habitavam a Vila e que, pela primeira vez sem dúvida, se reuniram em um mesmo pensamento. Toda essa correspondência era dirigida aos chefes da capital e todos os que escreviam faziam da questão negócio político e de não pouca monta, do qual, afirmavam com seriedade cômica, dependia porventura a honra e os créditos do respectivo partido, e quem sabe, se também as próximas eleições para deputados provinciais! Parece escusado dizer que os autores da representação, pessimamente tratados, nestas cartas, acompanharam-na igualmente de novas e mais instantes missivas, reiterando aos seus correspondentes as suas solicitações.

Mal aportou o vapor que devia levá-la, foram a bordo em comissão pedir ao comandante que se interessasse por ela e incumbiram-no de pedir o apoio da ainda então poderosa Companhia do Amazonas, fazendo ver que o correio lá em cima obrigava a demorar os vapores mais do que deviam; ficava muito longe; uma grande maçada para o pobre do escrivão de bordo, que tinha de ir, muitas vezes por debaixo de chuva, e quase sempre por uma soalheira dos diabos, levar as malas por aquele "areão" que atolava fora, somente por causa de quatro cartas que ficavam lá, porque as mais desciam todas.

– Uma gente que não tem carta no correio – ajuntou um da comissão quando o relator acabou de dar o seu recado.

O comandante que precisava lisonjear o comércio para lhe obter a carga, e que no fundo concordava com ele por ser de seu interesse ter o correio mais perto, prometeu sua proteção e a da Companhia, e o vapor seguiu viagem deixando a discórdia dividir mais ainda a diminuta população daquela localidade.

A ansiedade com que ali se esperou pelo resultado do negócio é indescritível. Durante duas semanas não se falou noutra coisa. Formavam-se grupos a discutirem os prós e os contras do seu lado. Muitos recitavam, dando-se ares de importância, trechos das cartas que haviam escrito. Esta tagarelice tornou logo públicas as armas e os manejos dos dois partidos, que mutuamente se doestavam e ridicularizavam. Uma noite meteram por baixo da janela do juiz municipal um pasquim imundo, que no dia seguinte ele andou mostrando de porta em porta aos da Vila, para lhes assanhar os ânimos e avivar-lhes a cólera, que o tempo, que tudo acaba, ia arrefecendo.

A decisão ansiosamente aguardada demorava-se. No dia em que se esperava o primeiro vapor que, segundo calculavam, devia trazê-la, toda a gente desceu ao Porto, impaciente na esperança de receber a nova da boca de alguém, antes de ser distribuída a correspondência lá de cima.

Mas foi tempo e trabalho perdido; nenhuma notícia tiveram senão que o papel ficava com o presidente. Esta mesma era dada friamente por um único sujeito da capital ao subchefe de um dos partidos. Entretanto os boatos correram livremente; todos afirmavam depois haver recebido cartas garantindo decisão favorável. Era infalível, pelo outro vapor arrebentava a bomba – garantiam portenses e vilãos. Mas um vapor chegou provocando o mesmo movimento e ainda desta feita "a bomba" não arrebentou, o que trouxe grande tibieza aos espíritos. E era para isso, porque nem ao menos os correspondentes na capital, de uma e outra banda, escreveram. Mais dois vapores se sucederam, e nada.

A raiva e o despeito uniram por um momento os dois campos no terreno neutro das invetivas ao governo, ao presidente e à sua secretaria – uma súcia de malandros! concordavam todos – aos políticos e correspondentes comerciais de Belém.

– São todos assim, dizia um da Vila, são todos uns; quando precisam de nós para votar neles ou nos seus amigos, é cartas e mais cartas, que até aborrece. Mas, para servir a gente, babau. Pois as eleições estão perto. Peçam-se o voto e verão. Indignos. Não é o filho de meu pai que eles enganam.

Por fim, depois de mais um vapor, e quando todos, segundo espalhavam, se aprontavam para escrever cartas desaforadas para a capital, censurando a indiferença de seus correspondentes e exigindo-lhes pronta resposta, a "bomba arrebentou" em ocasião que menos esperavam.

A gente de bordo nada sabia do despacho da presidência, por isso só no correio, em cima, é que dele houveram os montalegrenses conhecimento. Funcionava o correio em uma sala acanhada de chão batido, duro. Um balcão sórdido dividia em toda a largura a casa em duas partes. Por detrás daquele estava o agente, um sujeito magro, de ar malandro. Aquele balcão, segundo notava a gente da localidade, parecia acompanhá-lo na sua boa ou má sorte. Servira-lhe já em duas tabernas que tivera, com uma das quais falira; agora, como um destroço de naufrágio, servia-lhe na repartição, que seus amigos políticos lhe arranjaram. Do lado de cá ficava o público. O agente tinha mais de seu lado duas mesas pequenas. Sobre uma, coberta com um pano de lã verde, já no fio, enodoado de tinta, estava um velho relógio de mesa, um tinteiro de metal amarelo azinhavrado e papéis; noutra, sem cobertura, os carimbos, uma régua e um violão, de que era o agente insigne tocador, o que, conforme os seus desafetos, não pouco concorreu para suas diversas quebras. Ao que diziam era amigo de bambochatas.

Entregue o saco de lona que um marinheiro trazia, deu dois dedos de palestra ao escrivão, de quem filou um cigarro, passou-lhe o recibo da mala e vagarosamente, como quem não tinha pressa, ou lisonjeava-se por ter em dependência, ainda que poucos instantes, aquela gente toda, desfez os lacres ao saco, tirou-lhe a correspondência, separou para um lado uma carta registrada, pôs para outro uns três maços de jornais, colocou sobre o violão dois oficiais com o sinal S.P. de serviço público, arrumou a correspondência ordinária na mão esquerda e, tomando as cartas com a direita, começou a ler em voz alta os sobrescritos, entregando-as após aos destinatários ou a seus portadores que as reclamavam.

Instantes depois de recebidas e prontamente abertas as primeiras cartas, começou uma troca de notícias entre os sujeitos que enchiam o pequeno recinto da agência.

Em geral eram novas políticas.

— Paresque o ministério não se aguenta — dizia um do partido em oposição.

— Ora quais! — replicou um governista, que acabava de ser deputado provincial.

— Home, é o que me diz nesta carta o meu compadre Dr. Moraes.

E mostravam e liam trechos de cartas.

— Oh! oh! meus senhores — gritou de chofre o juiz municipal suplente —, atenção!

Todos se voltaram para ele, e muitos interrogaram ansiosos:

— O que é?...

Por única resposta pegou um retalho de jornal, que tirara de dentro da carta, e vagarosamente, a saborear a ansiedade alheia, pô-lo à altura dos olhos e leu em voz alta, muito contente, irônico:

— Diversos moradores da parte baixa da vila de Monte Alegre, pedindo que seja para aquela parte mudada...

— Pr'aquela parte, vão eles — interrompeu um malicioso.

— ... a agência do correio da mesma vila. Indeferido.

Mal findou a leitura do despacho da presidência, houve no grupo um barulho indescritível. Os mais exaltados vilãos não se contentavam com gritar, tripudiaram e saíram incontinente dali, dando a todos a notícia, que se espalhou logo com rapidez telegráfica. Os caixeiros dos negociantes do Porto, que aqui estavam pela correspondência dos patrões, foram as inocentes vítimas sobre quem os poucos generosos triunfadores se desforraram das apreensões que muitas vezes os assaltaram. Como não tinham à mão aqueles, mandaram-lhes por seus prepostos os recados mais desaforados que a impunidade lhes punha na boca.

Com pouco os foguetes estrugiram no ar anunciando a vitória da Vila e pondo sobressaltos apreensivos entre os portenses que, embaixo, ainda a ignoravam, mas que desconfiavam daquele "foguetório", segundo entre si se comunicavam. Tirou-os deste doce engano um ruidoso grupo que avistaram descendo a caminho da Fonte, à frente do qual alguns exaltados soltavam foguetes e davam vivas não menos estrondosos do que os fogos, achincalhando os seus competidores, que de pé nas portas adivinhavam, com os semblantes a exprimirem despeito, o motivo de semelhante regozijo. Os portenses tiveram de tragar a suprema injúria da sua derrota, estrondosamente apregoada e festejada pelos outros. Imagine-se. Mas para prejudicar a Vila tomaram logo uma resolução, dessas que só as ocasiões solenes lembram: edificar no meio do seu largo uma igreja ou capela, cujas festas disputassem primazia às do padroeiro, em cima, e que servisse a impedir que a "gente do sítio", os roceiros, subissem à Vila por amor da missa ou de festividades. Tal foi a desforra premeditada pelos portenses, mas os vilãos afirmam que as enxurradas violentas que por ali descem carregarão com os alicerces da projetada capela.

Por detrás da igreja matriz, já em ruínas antes de acabada, passava uma fileira de casas que, com outras que seguia o alinhamento da igreja, formava uma rua suficientemente larga. Ambas essas correntezas de habitações mesquinhas eram cheias de claros, que em alguns lugares, do lado do norte, a mata traseira vinha preencher, chegando com suas árvores até o alinhamento.

Seguindo por essa rua acima vai-se ter a parte mais elevada da chapada sobre que está assentada a Vila. Aí fica o cemitério, pequeno recinto, fechado por um gradil de madeira, cerca do cairel da funda depressão que parece abrir adrede a fauce hiante de abismo para tragar a minúscula necrópole, varrida em tal altura pela brisa carregada dos odores acres da floresta circundante. Daí descortina-se um panorama belíssimo, que torna aquele monte benemérito, em verdade, do apelido que tem.

A última habitação avizinhando o cemitério, uma casinha toda de palha, à direita subindo, da referida rua, era a de Teresa – no tempo em que ela vivia na Vila.

Toda a mocidade e boa parte da velhice passara-as ali, onde era muito conhecida e considerada por ser a mais perita "pintadeira" de cuias do lugar – nessa indústria o melhoramento afamado da Amazônia. Ninguém como ela sabia dar um tão brilhante verniz às finas cuias de luxo, delgadas que nem folhas de papel e certas tintas com que lhes desenhava sobre o fundo, de antemão tinto de lustroso preto, flores e pássaros e quejandos ornamentos, eram segredo seu, ciosamente guardado, a desesperar de inveja às outras mulheres dadas à mesma arte, cuja gloriosa tradição está hoje quase, senão de todo, perdida ali, tal a decadência em que jaz.

Vivia feliz e respeitada dos proventos da sua indústria e do trabalho de uma filha que fazia rendas e redes e auxiliava-a também nos seus labores. Era o seu melhor freguês por esse tempo o português Manuel Serafico, dono de uma boa loja, homem bem-apessoado, de feições grossas mas agradáveis e realçadas por dois formosos olhos peninsulares. Todos os meses comprava-lhe ele algumas dúzias de cuias pintadas, que mandava para a capital, onde eram muito apreciadas, comparando-as alguns ao charão da Índia.

Esta freguesia servia-lhe de pretexto para frequentar assiduamente a casa da boa mulher, sentar-se numa rede ou num banquinho de pau tosco e conversar familiarmente com ela e a filha, para quem requebrava uns olhares significativos, ternamente cobiçosos e palavras meigas, que ela correspondia com risinhos estridentes, de uma vibração cristalina, mostrando entre os lábios arroxados, quando não os apertava com eles, e então os mostrava mais, os pequeninos dentes perfeitos, muito alvos. Se pilhava-se só com ela, passava então das olhadelas ternas e amorosas palavras a ações menos equívocas e, apesar de mais fingida que real resistência da rapariga, cascava-lhe por todo o rosto, colorido e aceso nesta pequena luta, grandes beijos sonoros, famintos. Tais visitas se amiudaram, entrou a vir todas as tardes, à noitinha e por fim se dizia na Vila que "o Serafico estava metido com a Maria do Jutaí". O nome de Jutaí derivava de uma frondosa himeneia, que ensombrava a casinha, ou antes a palhoça, das duas mulheres. Com estes boatos coincidira tal ou qual desmoralização da velha, que desleixou-se e quase abandonou a pintura das cuias. "O moço" da filha supria-lhe a casa, e quando ele ou outros lh'as encomendavam, desculpava-se que não as havia, que não pudera obter tintas, as cueiras não davam frutos capazes, o inverno... o verão... prometendo sempre que ia tratar de arranjar.

Ao cabo de dois meses o tabemeiro levou-as para o Porto e instalou-as em sua própria casa que ali era. A mãe dirigia a cozinha, a filha lavava, engomava e por fim vendia também na taberna algumas miudezas, dois vinténs de cachaça, um carrinho de linha, sebo de Holanda, tabaco. Eram felizes. Depois de dez anos desta vida tão vulgar por ali, o português morreu de uma picada de arraia, e como não tinha herdeiros forçados, na terra, legou a uma filha que houve de Maria todos os seus haveres, montantes a quatro ou cinco contos de réis, o que no lugar. e para elas constituía uma fortuna.

"Nhá Maria", conforme tratavam a ex-caseira do taberneiro, achou logo sujeitos que, arvorando-se em seus protetores, mostravam-se dispostos a se deixarem apaixonar pelas suas formas abundantes de mulher de trinta anos. Entre os seus mais assíduos conversadores, destacava-se pelos seus esforços o Joaquim Espeto. Era um rábula astuto, seco como o objeto de que lhe tiraram a alcunha, ajanotado, os cabelos sempre reluzentes de pomada barata e sempre pachorrentamente penteados, alisados sobre o crânio estítico, emoldurando-lhe a cara fina, a que pele esticada e luzente dava um ar de múmia. Ágil, vivo, alegre, remexia por toda a Vila o seu corpinho franzino, espigado, teso, sempre apertado em roupas muito justas, mostrando a todos os seus grandes dentes alvos e sãos. Foi ele quem teve a habilidade de fazer-se o preferido, contra a geral expectativa do público, que esperava fosse o Antônio, chamado do Porto, por lá morar, patrício e amigo do defunto, seu testamenteiro e tutor da filha, como em testamento reconhecera Vicentina, que assim se chamava ela.

O Antônio do Porto, em verdade, bem se esforçara para substituir o amigo morto na afeição de Maria, pelo que grandíssimo foi o despeito pela predileção dada ao Espeto. O despeito transformou-se em raiva, quando este carregou com a rapariga para sua casa na Vila. Lembrou-se então dos seus direitos de tutor, e obteve do juiz dos órfãos que a menina lhe fosse entregue. A entrega de Vicentina ao Antônio do Porto foi o sinal da luta entre ele e o Espeto, luta que escapou de atear todo o Monte Alegre e na qual o advogado pôs à mostra todos os recursos de chicanista, reforçados desta vez por sua boa vontade de amante feliz.

Pela Maria do Serafico requereu logo ao juiz, dizendo que visto não ser o Antônio casado e viver pública e escandalosamente com concubina teúda e manteúda era inepto – em face de não sei que capítulo das ordenações do livro 5º que, apesar de derrogado, citou – para servir de tutor e ter em sua casa uma menina – e depois de alegar a reconhecida moralidade da mãe da dita menor – requeria lhe fosse ela entregue, como era de justiça e direito, do que esperava receber mercê.

Este pleito ocupou e interessou imediatamente toda a pequena população, famulenta sempre de novidades onde repastar a sua ociosidade. A parte de cima da vila, a Vila propriamente dita, manifestou-se pelo rábula contra o negociante por cujo sucesso faziam por seu lado votos os seus convizinhos do Porto. Entretanto, até a apresentação daquele requerimento, este interesse não passava de simples desejos, que a rivalidade entre os dois povoados suficientemente explicava. Grande escândalo, pois, para os montalegrenses da Vila o despacho do juiz indeferindo a petição de Maria. Julgaram-se todos traídos pelo indigno magistrado, vendido talvez por magros cobres, insinuavam, com que lhe comprara a nefanda decisão o Antônio do Porto. O rábula, porém, não descoroçoou; por própria resolução, atiçada ainda pelos seus parciais, saiu com outro requerimento pedindo, em nome da sua cliente, que Vicentina fosse depositada em casa do capitão Honório Rodrigues, chefe de família respeitável, fazendeiro abastado e morador na Vila. No mesmo papel referindo-se à herança deixada por Serafico, não desprezou o ensejo de notar o pouco-caso que ao juiz tinha merecido a arrecadação desses bens, que paravam nas mãos do Antônio do Porto – de cuja honestidade muito ao de leve suspeitou – sem haverem sido preenchidas as formalidades legais. Conhecendo a gente do Porto o dissabor que aos de cima causara a primeira resolução do juiz, resolveram de comum acordo prestar apoio ao Antônio, de modo a desforrarem-se da questão do correio, que tão mal lhes surtiu. E, com efeito, tomaram a peito esta e publicamente o declararam.

Enquanto isto se passava, Vicentina, alheia ao litígio de que porventura dependia sua sorte, vivia em casa do tutor, afligida e avexada já por ele, que fazia pagar à pobre rapariguinha em maus-tratos que lhe dava a repulsa de Maria e os ataques do advogado, já pela sua amásia, que desforçava-se nela em vexames, dos ciúmes que lhe fizera curtir o Antônio, quando requestava a mãe. Estas sevícias, que da boca dos vizinhos e principalmente das vizinhas divulgaram-se por toda a Vila, não escaparam ao Joaquim Espeto para representar contra o português requerendo um exame de corpo de delito na pequena que, no seu dizer ao menos, se morria literalmente de pancadas. Entre as duas parcialidades ia cada vez mais acesa a luta palavrosa pró ou contra o Espeto, sustentado ainda pelo partido político da oposição, à qual ele pertencia e que aproveitava-se de mais esta ocasião para guerrear o governo, na pessoa do juiz, que lhe era afeto.

O Antônio do Porto, que tinha com a Câmara Municipal uns contratos de limpezas de ruas e praças da Vila, era, apesar de estrangeiro, governista acérrimo. Semelhantes circunstâncias mais azedaram os ânimos, e a contenda, que a princípio fora entre vilãos e portenses, mudou de jeito, tomando um caráter político, e passou da humilde Vila sertaneja para a capital da província, merecendo as honras de pretensiosos e indigestos artigos de fundo aos jornais da oposição, graças tudo às correspondências assustadoras para a paz de Monte Alegre que lhes mandava o Anselmo Pereira.

Anselmo Pereira era um desses incansáveis correspondentes da roça, talentos jornalísticos menosprezados pela sem-razão universal na inglória e bestificante vida de um lugarejo, onde exercitam qualquer mofino emprego e donde mandam às folhas da capital, que não lhas pagam, nem agradecem, as suas longuíssimas e fastidiosas correspondências, condimentadas de moralíssimas reflexões, sobre os sucessos, ainda os mais ínfimos, da localidade em que vegetam. São, às vezes, almas ingênuas, que acreditam na eficácia dos seus artigos, cuja leitura, ainda mesmo depois de truncados e reformados pelas redações, os enlevam e deliciam quando lhes voltam nos jornais, precedidos do conhecido chavão: "Escrevem-nos de tal parte..." E que arrebatamento, quer mostrar de porta em porta, quando, em vez daquelas palavras secas desagradáveis, um redator bonacheirão escreveu: "O nosso prestimoso amigo F. (o nome do correspondente por extenso) escreve-nos de..." ou "O nosso estimável" ou "O nosso inteligente correspondente, F... escreve-nos de..."!

Ó jornalistas das capitais, não sede jamais avaros do nome, bem adjetivado, do vosso humilde correspondente do interior! Que vos custa a vós, pródigos dispensadores de epítetos, fazer com mais um, mentiroso embora como a maioria dos outros, a felicidade do vosso modesto confrade sertanejo?!

Sob a pressão dos portenses de um lado, de muitos dos seus correligionários de outro e até de grande parte da gente da Vila, que, apesar da feição política que o negócio de órfã tomava, não podiam esquecer a rivalidade entre eles e os do Porto e, portanto, procuravam atuar em favor do Espeto, o juiz não sabia como haver-se. Enfim, como não lhe era possível deixar sem despacho os dois requerimentos, procurou iludir a dificuldade em que estava, mandando que Vicentina fosse entregue, não ao capitão Honório, como requerera o advogado, mas ao Venâncio Souza, também chefe de família. Este desfecho, porém, não satisfez o Espeto, nem aos seus faciosos, porque o Venâncio Souza, além de ser muito íntimo do Antônio do Porto, era, o que mais os irava, um dos únicos, se não o único fazendeiro que tinha casa de vivenda naquela parte da vila. Decididamente, diziam todos, o juiz vendera-se. O Espeto, aparentemente furioso, mas interiormente satisfeito pelo relevo em que o punha esta questão, e pelo amor de Maria que ela acrisolava, garantia muito ancho de si que o procedimento do juiz era uma vingança das repulsas da mulher, que ele também pretendera.

Da casa do tutor passou Vicentina para a de Venâncio Souza. Esta mudança em nada melhorou a sua sorte. Ali continuou a viver desestimada, empregada em misteres servis, como qualquer dos escravos da sua idade, que por esse tempo frisava os quatorze anos. Não a mandaram jamais à escola, evitando que aparecesse, talvez com medo de que não a arrebatassem violentamente. Andava descalça, maltratada e desprezível. Tinha uma índole meiga e do seu gesto triste ressumbrava uma grande ternura, pronta para expandir-se, se não lh'a houvessem recalcado n'alma à força de vexames. Os maus-tratos de que se achou vítima, quando seu espírito abria-se para a vida, quer na casa do tutor, quer nesta para onde, uma noite escura, a trouxeram, lhe haviam aumentado a sensibilidade em vez de lh'a embotarem. Humilde até a chateza do verme, e medrosa como quem sente a pancada sempre pronta a bater-lhe, as lágrimas lhe borbulhavam sem custo dos grandes olhos negros, que talvez por serem, como lhes chamou alguém, os espelhos d'alma, tinham uma expressão dolorosa e triste. Malgrado a magreza extrema e valetudinária palidez em que a tinha posto o ruim tratamento, era uma linda criança. No seu rosto comprido, de nariz pequeno entre chato e afilado, boca miúda tristemente risonha, a testa curta, sombreada pela descuidada madeixa, lisa e negra, brilhavam com o intenso fulgor das pupilas dos tísicos dois grandes olhos muito redondos, pretos como carbúnculos, muito úmidos, que ela, se por acaso lhe sorria alguém, movia lentamente com uma expressão inefável de tristeza e bondade. Em casa de Souza ocuparam-na mais especialmente como aia de um filhinho dele de pouco menos de um ano. Era de ver como ela, que mal conhecera as ternuras da mãe de quem tão cedo a arrancaram, sabia ser meiga para o pequerrucho, porventura o único ente que naquela casa não a aborrecia. A mulher do fazendeiro, apesar de lhe votar inexplicável desafeto, afirmava que "não era respondona, nem malcriada".

Como seu triste e mesquinho aspeto, vivia Vicentina sempre afastada, medrosa, sentindo vagamente a animadversão que a cercava. Como depois que a separaram da mãe entre as lágrimas de ambas, nunca mais a viu, foi pouco a pouco esquecendo-a como viva, para guardar-lhe a lembrança saudosa e querida dos mortos.

Uma noite – quando estava quase morto o pleito travado na Vila por sua causa – ela dormia no seu quartinho lôbrego. Acordou sobressaltada, sentindo alguém na rede consigo, a pressão nervosa de dois braços que a conchegavam a si, a babugem de uns beijos lúbricos nos seus lábios descorados. Soltou um gritozinho de medo, já com os olhos inundados de lágrimas. Taparam-lhe incontinente a boca, dizendo-lhe ao ouvido:

– Sou eu.

Reconheceu a voz do filho da casa, não resistiu e, apavorada, tiritando entre soluços abafados pelos beijos dele, entregou-se inconscientemente, passivamente, como um cadáver. Essa noite toda, depois que ficou só levou a chorar sem perceber por que, afogando as lágrimas com o pano sujo da rede.

Vindo os donos da casa ao conhecimento do acontecido, bateram-lhe, castigando-a, como se culpa tivesse ela. Entre si, porém, discutiram por um momento se não era possível encobrir a falta e casar o filho com a rapariga. – Ela tinha alguma coisinha, observava o pai, e se o Espeto viesse a saber...

Mas a mãe protestou energicamente:

Que não, que seu filho não era para casar com uma tapuia à-toa. Axi, piroca!... Não era ela que fazia caso de dinheiro, nem tinha medo do Espeto. Resolveram então mandar o filho para a fazenda e ocultar o sucedido.

Os mexericos e bisbilhotices dos fâmulos, porém, zombaram da segunda parte desta resolução. Deles passou a notícia aos vizinhos, e em poucos dias não havia vivalma na Vila que não soubesse tudo, e não dissesse mais ainda do que sabia. Tornou-se até assunto obrigado de todas as palestras onde o caso era referido, comentado, aumentado com diversas variantes. O Antônio do Porto e o Espeto foram dos primeiros a saberem. O honrado tutor não desestimou o sucesso: se a rapariga se conservasse pura – refletia ele –, poderia acaso surdir-lhe algum casamento e era bem possível que o noivo lhe exigisse contas da tutela. O rábula pulou de contente e, com a brutalidade da vingança, que julgava prestes, não procurou sequer esconder à mãe da rapariga o seu barulhento júbilo: – Agora – disse-lhe – é que eles me pagam o novo e o velho. Faço aqui um estardalhaço dos diabos. Eles verão de que pau é a canoa.

E embarafustou pela porta afora sem reparar no pesar que se desenhou no rosto da pobre mulher, para ir levar a nova, talvez já sabida, aos seus partidários e conchavar com eles no que se deveria fazer a fim de produzir o maior escândalo possível contra o Souza, o Porto, o juiz e sua gente.

Em casa do capitão Florêncio Cinza, um dos chefes da oposição, ali presente quase toda, depois de calorosa disputa, acordaram em que o rábula denunciasse o fato e requeresse exame de corpo de delito na paciente, cujo defloramento, por maldosa lembrança de Espeto, por todos apoiada e festejada, devia ser atribuído ao próprio fazendeiro. O Anselmo Pereira, o jornalista, foi incumbido de enviar ao órgão do partido na capital a narração do fato, tarefa de que ele se desempenhou cabalmente, como se vê do seguinte trecho, que trasladamos do *Constitucional Paraense* daquele tempo:

ATENTADO HORROROSO!

De Monte Alegre escreve-nos o nosso ilustre amigo Anselmo Pereira:

"Não sou eu que lhe escrevo, meu caro redator, é a população montalegrense que fala indignada pela minha boca, pelo fato inaudito, pelo crime horroroso que acaba de horrorizar todas as famílias honestas desta vila, que foi teatro, há poucos dias, de uma cena de selvageria, como ninguém se lembra de igual desde os infaustos tempos da negra Cabanagem.

"O meu caro redator e o público há de estar lembrado (sic) de que há alguns meses lhes comuniquei os abusos praticados nesta desgraçada terra pelo nosso celebérrimo juiz municipal (que pelo nome não perca), o qual, na questão da órfã Vicentina, deixou-se levar pelos poderosos da situação para entregá-la em mãos pouco cuidadosas, quando um honrado protetor, que a Providência lhe deparou, o nosso prestimoso amigo, o tenente Joaquim do Espírito Santo e Souza, requereu, fosse ela entregue aos cuidados do respeitável chefe de família, o nosso distinto amigo, capitão Honório.

"Pois bem – continuava triunfante o correspondente –, o que eu previa então realizou-se. A pobre Vicentina, que entrara para a casa do capitão Venâncio Souza, o chefe aqui da malta dos nossos adversários, pura como um anjo, acaba de cair no lodaçal imundo da prostituição, e, segundo a voz geral de todos aqui, atirada ao abismo por aquele mesmo a quem o tal juiz a confiara. Um é digno do outro."

Continuava ainda extensa e maçadora a correspondência do Anselmo, a que o redator do *Constitucional* punha este comentário:

"Eis aí a que chegamos nesta desgraçada situação que só se prolonga pela fraude nas urnas, e pela intriga na administração. Chamamos a atenção do Sr. presidente da província para o procedimento dos seus correligionários, os Lovelaces de Monte Alegre. É tempo de pôr um paradeiro à imoralidade que reina desenfreada por toda a parte, desde que nossos adversários, por um capricho de Quem tudo pode neste infeliz país, tomaram conta do poder!"

Nunca na vila se vira escândalo tamanho, nem na questão do correio, nem no princípio desta, que deixou de ser um simples pretexto para alimentar as rivalidades do Porto e da Vila, para tomar um caráter todo político. O juiz e seus correligionários quedaram-se no primeiro momento perplexos, covardes diante da atitude que as coisas poderiam tomar. Por toda a parte citava-se a denúncia do Espeto, cujas cópias andavam de mão em mão, açulando os ânimos de uns contra outros. Decididamente o rábula triunfava. O Anselmo Pereira mostrava e lia a quem queria ouvir a correspondência que mandara ao *Constitucional*, logo após o fato, "para não deixar esfriar a coisa", explicava, e, quando vieram os jornais com ela impressa, então correu de casa em casa a relê-la, não lhe esquecendo jamais o cabeçalho encomiástico com que o brindava a redação.

– Havemos de derrubá-los – gritava a oposição ufana –, fazendo o governo responsável do crime.

Venâncio Souza, acabrunhado pela ameaça de um processo escandaloso, tremia não só diante do juiz, a quem não podia convencer de pôr uma pedra em cima de tudo, como de sua mulher, porque a iracunda senhora, entrada em anos e muito ciumenta, se não lhe dera crédito ficara ao menos apreensiva, com a insinuação do advogado, e não passava ensejo sem atirar ao marido palavras cruas, azedas, acompanhadas de gestos ameaçadores, de quem vibra a *muxinga*. De acordo com o Antônio do Porto, consultou um outro rábula da terra, que o aconselhou a fazer casar a rapariga quanto antes.

– Com meu filho?!... Isso nunca! – bradou a fazendeira presente à entrevista do marido com o advogado.

– Com seu filho ou com outro qualquer D. Eufêmia – tornou o rábula; a questão é casá-la, e quanto mais depressa melhor.

E voltando-se para o fazendeiro, cabisbaixo sob o olhar irado da mulher:

– O senhor não tem à mão algum vaqueiro? Pois aproveite, e enquanto isso se arranja, a gente atrapalha as coisas, para ganhar tempo. O juiz é dos nossos; havemos de mangar com o Espeto e sua troça até não querermos mais; o senhor verá; fie-se em mim.

E o rábula retirou-se, depois de ter dado ao fazendeiro mais minuciosas instruções.

Precisamente tinha ele em casa um vaqueiro; um mulato, escuro, comido de bexigas, muito bruto, que viera da fazenda trazendo um novilho para mantimento da casa.

Para o fim que se queria, opinou o advogado, não se podia achar mais adequado sujeito, alma mais bota, inteligência mais escura.

Venâncio chamou-o, pois, à parte e propôs-lhe o casamento com a rapariga. Fez-lhe ver que ela possuía alguma coisinha, e ele comprometia-se a dar-lhes, depois de casados, umas dez vacas e um touro. Era tentadora a oferta, e o vaqueiro ligeiramente embriagado como de costume andava, e sob a pressão de um desejo impudico, despertado pela figura da rapariga, que se lhe desenhou na mente entre os vapores do álcool, aceitou sem custo.

— Está feito, patrão — exclamou, concluindo o mercado.

E estalou a língua no céu da boca, como quando escorropichava de um trago os seus quatro vinténs "da branca".

Logo no outro dia fizeram-lhe assinar de cruz o requerimento redigido pelo advogado, pedindo ao juiz dos órfãos a moça em casamento.

O juiz mandou ouvir o tutor. O Antônio do Porto, aproveitando-se do aperto do fazendeiro, resolveu tirar disso partido e exigiu, pois, para dar o seu consentimento, que não lhe pedissem contas muito apuradas da tutela e que de antemão lhe passassem de tudo recibo antedatado. Nenhuma dúvida havendo nisso, foram concedidas as licenças necessárias e no menos tempo possível efetuou-se, com grande escândalo do Joaquim Espeto, do correspondente do *Constitucional Paraense* e da maior parte da gente da Vila, o casamento do vaqueiro com a desditosa Vicentina, em uma formosa tarde de verão, de luz serena, quando o sol, descambando para o ocaso, coloria de grandes faixas rubras o horizonte azul.

Vicentina, descorada e magra, com um pobre e desajeitado vestido de cassa branca, os cabelos metidos em uma coifa de retrós encarnado, sem véu nem grinalda, calçada pela primeira vez numas botinas de duraque azul vistoso, caminhava ao lado do noivo, acanhada, com os grandes olhos redondos afogados em lágrimas, que lhe rebentavam copiosas, mau grado seu, inundando-lhe o rosto e caindo-lhe no vestido. O vaqueiro ia à sua esquerda, na frente do pequeno grupo que os acompanhava, calçado com umas botas novas a magoarem-lhe cruelmente as patas grandes e chatas, fazendo-lhe custoso o andar. Estava de paletó preto apertado a embaraçar os movimentos, enforcado em um colarinho em pé, sobre o qual amarrara alambazadamente uma gravata verde, cujas grandes pontas pendiam por cima das abas do casaco, as pernas esticadas em calças brancas carregadas de anil, como a camisa, em cujo peitilho reluzia um grande alfinete de ouro falso, comprado a um joalheiro ambulante que por ali andava. Com o chapéu de palha novo na mão, alta a trunfa da carapinha rebelde ao pente e às pomadas, marchava com os braços estirados ao longo do corpo.

Logo atrás vinha o acompanhamento. Era o Venâncio de Souza, de preto, a sua sobrecasaca de gola de veludo e seu chapéu de pelo, dos domingos e festas; a mulher ataviada num vestido de seda verde de ramagens largas, enfeitado de franjas roxas, fazendo grande roda sobre o balão, a cabeça ornada de um crespo de fitas verdes e encarnadas. "Para quebrar a castanha na boca do Espeto e sua gente" tinham resolvido servirem de padrinhos aos nubentes. Vinham mais o Antônio do Porto, de calça branca, sobrecasaca de lustrim e chapéu alto; uma senhora viúva, moradora também do Porto, de roxo, com enfeites azuis; e mais alguns portenses adereçados nas roupas domingueiras, reunidos no propósito de afrontarem os vilãos lá em cima onde ficava a igreja e era o casamento. Quando desembocaram no alto do caminho que leva o Porto à Vila e vice-versa, as janelas das casas da vasta praça em que está a igreja encheram-se de gente curiosa do espetáculo e uma dúzia de curumins desocupados juntaram-se aos outros, que desde baixo acompanhavam a boda, que atravessou lentamente o largo e entrou na igreja, cercada pela animosidade muda da população e pelas risadas marotas dos rapazinhos. Concluída a cerimônia, que o padre tratou de abreviar, estrugiram os ares, como de costume, uma porção de foguetes, juntando o estouro de suas bombas aos gritos do molecório a correr-lhes atrás dos rabos que desciam perpendicularmente, como flechas lançadas do céu, e se vinham cravar na terra fofa da praça.

Por detrás da janela, meio cerrada, da casa que habitava com o Joaquim Espeto "nhá Maria", a mãe de Vicentina, viu-a pela primeira vez, depois que lh'a tiraram, passar, para casar à força com um homem que todos conheciam por bêbedo e brutal. E como era mãe, apesar da indiferença de sua raça, os olhos marejaram-se-lhe a cada momento de lágrimas, que ela, para poder ver, enxugava com a aba do paletó de chita.

III

Vicentina foi com o marido para a fazenda do Venâncio Souza. Ao cabo de oito dias, ele apanhou uma carraspana e bateu-a rudemente. Fora destas ocasiões, que se repetiam todas as vezes que se embriagava, ele era ou indiferente, o que ela preferia, ou de uma ternura bestial horripilante, de espavorir a mulher quando apertava-a, a sumi-la, tão mirrada estava, nos seus braços cabeludos, como os de um enorme macaco, para beijá-la nos lábios finos, com a sua boca torpe, tresandando a cachaça requentada no estômago.

Assim iam vivendo quando o Chico Mulato, nome por que dava o vaqueiro, foi uma noite às malhadas do capitão Florêncio, cuja fazenda convizinhava com a do Souza, e furtou-lhe uma vaca. O furto de gado naqueles, como nos demais distritos de criações da província, é coisa conhecida, sabida, tolerada, vulgar e geralmente exercida por todos. Poucos fazendeiros há que não tenham sido furtados e não hajam por sua vez furtado, ou pelo menos consentido que gente sua furtasse. Furta-se, por gosto, por vadiação, por hábito inveterado, por furtar. É uma indústria, quase uma profissão, e, em alguns casos, uma arte. Era nela exímio o marido de Vicentina, que tinha fama de excelente laçador no escuro, porque, através da mata rala dos campos, ainda em noite negra, ele ia, sem hesitar, no meio de uma malhada buscar a rês desejada. Contava-se até que tinha um cavalo adestrado especialmente para estas façanhas, um "cavalo ladrão", muito invejado pelos outros vaqueiros, que dele referiam maravilhas.

Justamente na ocasião do furto aludido achava-se o capitão Florêncio na fazenda, e, ao sabê-lo no outro dia pelo seu capataz, fez um grande escarcéu, gritou, esbravejou jurando achar o ladrão e metê-lo na cadeia. Esta grita, porém, não era perfeitamente sincera, porque o fazendeiro não só já estava afeito àquilo como fazia-o também ele próprio. Pela boca pequena, diziam os desafetos, que na sua fazenda, fora do tempo da carniça, só se comia "gado orelhudo", conforme chamam ao que ainda não foi assinalado e que, portanto, não tem as orelhas cortadas, querendo assim significar ou dizer que o gado que ali se talhava não era marcado ao menos com o sinal da casa. São quejandas as ironias com que se retalia aquela gente, córneas como as pontas dos seus gados.

Florêncio, entretanto, montou a cavalo, e, acompanhado do capataz e de dois vaqueiros, foi ao campo investigar o furto, a fim de lhe descobrir o autor. Acharam com efeito as pegadas do tal cavalo do Chico, segundo um dos vaqueiros pretendeu conhecer, e o chão escarvado pela primeira resistência da rês furtada. Seguiram aqueles rastros e foram dar a um capão de mato, à beira de um igarapé. No recesso do capão fora morta a rês. O ladrão, quem quer que fosse, nem se dera o cuidado de disfarçar as provas do crime: o sangue coalhava o chão e descia até à beira do riacho.

— Foi aqui que mataram — observou o capataz —; esquartejaram a vaca e levaram na canoa os quartos. Isto não pode ser senão gente do Venâncio Souza.

— Na canoa é que não foi — acudiu um dos vaqueiros —, cá estão os rastos do cavalo que levou nas costas a rês esquartejada, olhe...

E mostrava de fato as pegadas do animal aqui e ali pingadas de sangue.

— Ah! — gritou o capataz — já sei o que é; olhem pr'ali — e mostrava, a três ou quatro braças de si, um galho de árvore seco, cujas ramas finas mergulhavam no igarapé, junto à margem em que eles estavam — olhem, lá está o couro; o ladrão meteu uma pedra dentro, entrouxou e jogou para o igarapé, mas porém era escuro, ele paresque não viu bem, um ponta prendeu naquele pau; vigiem — e apontava o indicador da mão direita em determinada direção.

Efetivamente, parecia razoável a explicação do capataz, matreiro em conhecer os ardis usados para o furto de gado, pelos pesquisar e pelos haver ele mesmo praticado, pois via-se presa a uma das pontas do galho seco alguma coisa que se parecia com uma tripa.

Um dos vaqueiros desceu à beira do igarapé, e, agarrando-se com a mão esquerda aos galhos da árvore, entrou n'água sem sequer arregaçar as calças vermelhas de muruchi. Lançando a mão direita à tripa, puxou por ela devagarinho. Com pouco apareceu uma como grande trouxa de couro donde saíam dois cornos curtos de vaca. Pegou no couro sem se importar do resto que caía pelos lados e veio pô-lo, ainda com a cabeça dentro, aos pés do patrão e dos companheiros.

– Você tinha razão, Joaquim – disse o fazendeiro; mas não foi pedra que o ladrão meteu; não há por aqui. Foi o bucho e a cabeça.

– É certo, patrão – redarguiu o capataz –, mas porém quando ele ajogou paresque tripa escapuliu e pegou no ramo.

Viraram o couro; tinha o ferro do capitão Florêncio.

– Desta feita, patrão – disse o capataz que tinha rixa velha com o marido de Vicentina –, é preciso não deixar fugir a ocasião de meter na cadeia o Chico Mulato. Eu ia jurar p'la alma de meu pai que é ele.

Os outros abundaram nas mesmas ideias, e, tendo um preso o couro à garupa do cavalo em que montava, puseram-se a caminho comentando o caso.

Estavam em terras da fazenda do Venâncio Souza, cuja casa de vivenda não distava muito dali. O capitão Florêncio mandou levar o couro para a sua fazenda e, com os dois companheiros que ficavam, dirigiu-se à do vizinho. Lá testemunhou, apesar de todas as denegações do capataz e do Chico Mulato, que ali tinham morto uma rês, da qual se via um quarto suspenso no copiar, e cujo couro não mostravam, apesar de instados, o que provava que havia sido furtada. Nesse mesmo dia partiu o capitão Florêncio para a Vila, onde mal chegou mandou pelo Espeto para denunciar o crime. Da melhor vontade o fez o Espeto, não esquecido ainda da derrota que levara na questão de Vicentina. Começou o processo, inquirição de testemunhas, formação da culpa, até que, quando todo o mundo, um pouco admirado, é certo, principiava a crer que iria avante, tudo se calou, com grande desapontamento do Espeto. Dizia-se que para acomodar-se o Florêncio recebera do Souza vinte novilhas, sendo dez lisas e dez cobertas. Como semelhantes cambalachos são vulgares entre fazendeiros e até por alguns explorados, fazendo-se roubar por um vaqueiro infiel, a cujo patrão "armam" um processo, a fim de amedrontá-lo e conseguirem larga compensação pelo abandono da questão, ninguém mais falou no processo, e cedo caiu tudo em esquecimento. O Venâncio Souza, entretanto, achando que lhe saía caro o desajeitado vaqueiro, por quem não era esta a primeira vez que pagava, despediu-o.

Com duas dúzias de cabeças de gado, uns três cavalos e a mulher foi-se o Chico Mulato estabelecer na margem esquerda do igarapé Ererê, em uns campos que o mesmo Venâncio Souza lhe vendera, por um resto do dote de Vicentina. Ali levantou uma miserável palhoça para si mais a mulher, e uma ligeira caiçara para o gado.

Vicentina teve de seguir o marido, e acompanhou-o sem murmurar, apreensiva apenas, sobre a sorte que a esperava, agora que ia viver só com ele. Ela já não tinha que emagrecer; era pele e ossos. No seu ainda lindo semblante acentuava-se a expressão dolorosa e resignada das mártires, e no rosto descarnado brilhavam-lhe cada vez maiores, mais fundos, mais voluptuosos, os olhos redondos, cercados pelas olheiras roxas, que os destacavam sobre a palidez das faces.

O marido, embrutecido pelo alcoolismo, caíra numa espécie de entorpecimento, uma mandriice completa. Passava dias sem sequer sair da barraca, para cuidar da vida, deitado na rede, quase nu, com a garrafa de aguardente à mão. Obrigava a mulher, a pobre rapariga medrosa, a ir buscar o gado ao campo, a prender os bezerros, a fazer o serviço de vaqueiro.

Receando-lhe a brutalidade, ela sujeitava-se, tremendo de medo. Pegava numa vara e assustada e medrosa lá ia, a vara erguida na mão trêmula, buscar o minguado rebanho, que as onças vorazes e as doenças malignas dizimavam todos os dias, acompanhando-o de longe, gritando-lhe xô! xô! ecô! ecô!, com a sua voz débil, escondendo-se com alguma árvore se uma rês voltando-se para trás fitava nela os seus olhos parados, calmos.

Uma tarde, voltando deste serviço, achou o marido completamente ébrio, os grossos beiços pendidos, babando-se, os olhos injetados, estriados de laivos sanguíneos, e uma expressão feroz na cara horrenda. Receosa a tal aspecto, foi buscar de sobre três pedras em trempe, que lhes serviam de fogão, uma panela de barro, enegrecida pela tisna, com o mingau de banana, a refeição ordinária deles, e humildemente apresentou-lho numa cuia preta. Com mão trêmula de bêbedo, recebeu ele a cuia e maquinalmente pôs-se, segundo o hábito dos bebedores de mingau, a fazê-la rodar na palma da mão, imprimindo ao conteúdo, a fim de esfriá-lo, um movimento rotatório. Durou isto um minuto; depois, levando a cuia à boca sorveu um longo trago. Mal o engoliu, pegou de berrar que estava frio, que não prestava, era uma porcaria, e lançou violentamente a vasilha e o que continha à cara de Vicentina, gritando-lhe fulo de raiva:

– Quero já outro mingau, sua vaca!

E aceso em ira, pôs-se como um desvairado a gritar que a matava, que dava cabo dela, chamando-lhe tapuia indigna, muitos nomes torpes como ele. Neste comenos passou-lhe por acaso ao alcance das mãos uma filhinha que tinham, criancinha de dezoito meses, magra como o esqueleto de um cão. Ergueu o vaqueiro a manopla e atirou-lhe um enorme cachação. Impelida como um corpo bruto, a pequenita foi esbarrar de encontro a um banco, sobre o qual estava uma garrafa cheia de cachaça, atirando-a por terra, onde quebrou-se, enchendo o ar de um forte cheiro de álcool. O vaqueiro deu um grito rouco, um rugido de raiva, como o da onça que fugindo com a embiara às costas vê-se de repente cercada de homens e acuada por cães, e correndo trôpego a uma das paredes da cabana, puxou dentre os talos das ramas de palmeira que as formavam, uma comprida faca de mato e com ela erguida atirou-se para a criança transida, queda, com as lágrimas paralisadas pelo terror que lhe infundia a catadura do pai, os beicinhos a tremerem, brancos num soluço comprimido. Vicentina, como a gata humilde em quem o ataque da prole desperta o instinto felino, miou de angústia ante o perigo que ameaçava a filha, e rápida como o pensamento que a guiara lançou-se a ela, suspendeu-a nos braços e, heroica e assustada, encarou o marido, pronta para fugir ao bote cuja premeditação lia-lhe nos olhos esbugalhados. Era na sua vida o primeiro movimento de resistência. Ele endireitou para ela terrível, a rábia desenhada nos olhos arregalados, os pelos da cara híspidos, a face levantada, seminu, como um desses ferozes e gigantescos chimpanzés de que nos falam viajantes d'África. Vicentina escapou-lhe ligeira, e agachando-se por sob o punho da rede, atada em frente à porta precipitou-se fora da barraca. Ele foi-lhe no encalço, como um regougo surdo na gorja saturada de aguardente, mas, cego pela raiva e pela embriaguez, esbarrou na rede e caiu redondo, com o som cavo de um corpo sobre um terreno fofo.

A mísera rapariga, espavorida e estonteada, pôs-se a correr pelo campo fora, seguindo instintivamente a direção do caminho da Vila. Corria como louca, sem parar, sem olhar para trás, desesperada, com a filha, que chorava em altos gritos, escarranchada nos quadris. Era já noite, porque nesta região a noite vem cedo, sem interposição do crepúsculo, quando extenuada por aquela carreira furiosa, em que rasgara as carnes e os vestidos nas tiriricas, e ferira-se nos galhos, que na precipitação da fuga não tratava de livrar, parou ofegante, apertando o peito com a mão livre, como para conter a respiração que parecia querer sair-lhe toda pela boca aberta fora, de um jato. Então, tomando consciência da sua funda desgraça, as lágrimas arrebentaram-lhe abundantes dos olhos e entrou a soluçar num alto choro, sentido e aflito, inextinguível, que ali, àquela hora de uma tristeza tamanha, no meio do enorme silêncio tétrico dos campos melancólicos e lúgubres, tinha não sei que horrível nota dolorosa, a fazer tiritar de medo qualquer espírito menos firme, que cuidaria ouvir a mãe dos campos chorando o seu pranto sobrenatural de fantasma.

Um instante sequer não pensou em voltar à casa, e receosa de que a seguisse o marido pôs-

-se de novo, após brevíssimo descanso, a caminhar para a frente, maquinalmente, sem saber para onde ia. Apenas por aliviar-se mudou a criança para o outro lado. Atravessou primeiro por uma estreita picada, sua conhecida, a pequena capoeira que limitava os campos do marido. De medo nem olhava para os lados, caminhando sempre, os olhos fitos no horizonte por cima das árvores baixas, em risco de tropeçar em qualquer pau e cair. Ao cabo de alguns minutos de marcha, num passo estugado, chegou ao grande "lavrado" atravessado pela estrada que leva a Monte Alegre. Para orientar-se parou. Era já noite fechada, noite cinzenta, fracamente alumiada pela luz baça de algumas estrelas a tremeluzirem no céu cor de chumbo, com o ar sonolento de lampiões que se apagam.

As matas que cercavam o lavrado apareciam-lhe como horríveis muros negros a apertarem-n'a e prenderem num círculo, que via pouco a pouco estreitar-se, para entregá-la inerme à sanha brutal do vaqueiro. Os galhos descarnados das poucas árvores disseminadas pelo campo tinham aspectos pavorosos de espectros erguendo os dedos ósseos para empolgá-la e tê-la ali segura, à mercê dele, que às vezes, por uma ilusão de ótica natural naquela luz indecisa e no estado de espírito que se achava, cuidava ver como um enorme coatá nu, hirsuto, elevando o corpo esgalgado, seco, até o céu, e erguendo na mão esquelética o facão do vaqueiro, onde a luz vermelha de uma estrela, que se destacava das outras, punha uma chispa como uma nódoa viva de sangue. Viu-o, assim, a ele, em carne e osso, numa destas alucinações, desembocar furioso, de faca erguida do estreito carreiro por onde ela mesmo acabava de passar através da capoeira. Sufocando na garganta um grito que iria revelá-la, atirou-se a correr louca, no desvairamento de um pavor sobre-humano. Por não poder mais, parou ofegante, tremendo como uma frança de canarana agitada pela brisa.

Pôs o ouvido a escutar-lhe os passos, mas, além do bater ruidoso e precipitado do seu próprio coração, apenas ouviu o coaxar de sapos em algum lameiro perto e o chiar dos insetos pelo capim e arbustos. Por fim animou-se a voltar lentamente o rosto para trás, deu com o vulto enorme do Ererê, elevando-se negro, carrancudo, no fundo pardo do céu.

Um vento úmido que soprava do sul, assobiando nas palmas dos coqueiros e farfalhando na ramagem das árvores uma ária lúgubre, punha-lhe no corpo uma frialdade gelada, fazendo-a bater os queixos tiritantes, e n'alma um enorme terror vago, errando de objeto em objeto, ora da árvore a parecer-lhe um duende, ora da pedra que se lhe afigurava um monstro. Mas seguia sempre em frente, voltando as costas às montanhas, sem pensar, sem refletir, sem fazer um plano, sem tomar uma deliberação, ocupada toda por uma única ideia cega, sem discernimento nem lógica – fugir. E fugia através da noite e pelo silêncio pavoroso do campo que o coaxar dos sapos, o zumbir dos insetos e o assobiar do vento não conseguiam destruir, parecendo, ao contrário, aumentá-lo pelo relevo em que o punham. E era completo e tétrico esse silêncio, porque aqueles mesmos rumores confundiam-se no imenso e contínuo e quase imperceptível resfolegar da natureza-morta. Somente alguns cavalos e bois, estramalhados por ali, punham ao redor, nessa mudez enorme, a nota soturna do seu ruminar.

Dantes, nas fazendas, esses animais, os bois principalmente, metiam-lhe medo; agora, sentindo-se desamparada e só naquele medonho isolamento, procurou-os cheia de confiança, como a suplicar uma proteção qualquer, ainda a de um boi, sentindo que ante os perigos extremos, e em face da natureza inconsciente e implacável, somos todos iguais. Percebendo-a vir, os misantropos bichos afastavam-se devagar a passo tardo, como se não quisessem ofendê-la.

Renitente ela seguia-os até que eles, por força mais velozes, davam a andar cada um para o seu lado, e deixavam-na só, sem saber qual seguisse, parada, a olhá-los por entre as trevas noturnas, com um magoado olhar de censura e despeito. E continuava a andar.

Adiante topou um cavalo deitado; na sua imaginação superexcitada pareceu-lhe uma onça. Era tarde para recuar, estacou. O corcel espantado ergueu-se num pulo elástico e lançou-se pelo campo fora, a galope, fazendo um estrépito surdo no silêncio da noite. Deu um grito agudo como se sentisse as presas do jaguar cravarem-se-lhe nas carnes, e recuou com todo o sangue afluído ao coração, um suor álgido a rolar-lhe em grossas bagas da fronte fria apertando contra o peito a filhinha, que ao seu grito despertara de novo em choro. O pranto da criança chamou-a a si no fim de alguns segundos. Foi como um despertar; até então o medo embotando-lhe a consciência, a ideia fixa de fugir exclusivamente trazendo-a fora de si, lhe haviam dado um alento fictício. Esta última comoção restituira-a à realidade, sentiu-se estafada, tinha os pés dilacerados, os braços entorpecidos, de haverem sustentado por tão longo trato a criança, as pernas cansadas, doridas, trêmulas, a vergarem-se.

Um instante pareceu-lhe que as forças a abandonavam de todo e que ia baquear ali. Confrangeu-se-lhe o coração de uma infinita tristeza ao sentir fraquearem-lhe as pernas. Lutou; a ideia, porém, de ficar sozinha no meio daquela solidão, e por semelhante noite, indefesa, à toa, abandonada às cobras, que pareciam serpear-lhe aos pés, e às onças, cujos roucos berros acreditava ouvir ao longe, aterrava-a e, intimamente, que se não atrevia a falar, pensava, e este pensamento era uma prece, que lhe fora melhor morrer logo, de repente, ali mesmo. Fez ainda um supremo esforço, reuniu um resto de alento que lhe restava, e pôs-se a andar, parando de instante a instante, invadida por um terror vagabundo, das sombras indecisas das árvores, das luzes errantes dos pirilampos, dos zumbidos dos insetos. Estremecia da cabeça aos pés, se alguma coruja ou bacurau atravessava o ar, cortando o medonho silêncio da noite, que se fizera de todo escura, com o seu grito lúgubre, agourento, de vibrações de metal falhado. Contudo, continuava automaticamente a andar, ou antes a arrastar-se, com a filha que acabara por adormecer nos braços, sentindo a cada passo que a ganhava a canseira.

Assim chegou à entrada do "coberto".

Parece era seu fito ganhar a Vila, que, por ignorar as distâncias, julgava perto, mas quando se antolhou adiante negra, e como carrancuda, a muralha de árvores que por aquele lado limitava o campo, estacou súbito, sentindo-se incapaz de ir para a frente, tal o pavor que lhe metia a mata, em cujo lôbrego recesso se abrigava decerto toda a casta de animais ferozes, que não conhecia, mas que deviam existir ali, escondidos, medonhos. Quedou-se irresoluta, anelante, a boca aberta, a respiração precipitada, os olhos arregalados, fitos no negrume das árvores. De repente o ar e o próprio solo estremeceram a um grito rouco, uma espécie de miado formidável, berro e urro ao mesmo tempo, que o eco repetiu complacente destruindo brutalmente o enorme silêncio de há pouco. Um bafo sangrento de morte bateu-lhe na cara; assombrada como é impossível à língua humana exprimi-lo, reconhecera o urro tremendo da onça, que se repetia fazendo vibrar o ar e solo.

Quis voltar e fugir, mas os pés se lhe grudaram no chão, pesados, e em vão lutava para arredá-los dali; ao mesmo tempo uma angústia inexprimível, que a sufocava, tirava-lhe o último alento à alma, como se uma sucuriju truculenta se lhe enroscasse pelo corpo e lhe triturasse ossos e carnes nos seus anéis de ferro.

Os cabelos se lhe arrepiaram, híspidos, como o pelo do caititu à aproximação do perigo, o sangue invadiu-lhe o comprimido coração, que deixou de pulsar, a voz, pronta para o grito, se lhe estrangulou na garganta seca, opressa em um afogadilho mortal, os olhos desvairados giraram-lhe nas órbitas, desmesuradamente abertas, enquanto um suor frio como a neve nascia-lhe na raiz dos cabelos, inundava-lhe o corpo e escorria-lhe em fios pelas pernas abaixo. Um outro e prolongado berro pareceu-lhe mais perto; numa lufada de vento julgou sentir o hálito nauseabundo que sempre ouvira dizer terem as onças. Os braços insensivelmente se lhe distenderam e a filhinha rolou pelo chão, chorando num berreiro agudo de criança magoada. Estes gritos iam revelá-la à fera, parecia já vê-la ali com os grandes olhos a reluzirem nas trevas, quais dois carvões acesos, o pulo formado para cair sobre ela, as mandíbulas arregaçadas num antegosto de sangueira lambida, as fauces escancaradas para devorá-la.

Forcejou quanto pôde, e despregando os pés do chão, onde os prendia o terror, fugiu. Mal partira, voltou; acharam ainda eco no seu coração de mãe os gritos da filhinha, que continuava a chorar rolando pelo chão; mas quando ao brilho deste derradeiro lampejo da sua razão abaixava-se para procurar a criança, cujo pranto ouvia como um ganido por aquela escuridão, um novo miado reboou pelo campo, um rugido horrendo de fera esfaimada, a que respondeu o mugido, em coro soturno e triste, dos bois reunidos lá no meio da escuridão pela defesa comum.

Então o medo desvairou-a inteiramente, abandonou a criança que chorava sempre e, fora de si, espavorida, louca, deitou a correr pelo campo dentro numa carreira desenfreada, sem destino e sem termo, com os cabelos, que se tinham soltado, a revoarem-lhe ao redor da cabeça, dando-lhe a ainda indecisa luz da lua que surgia o aspecto de uma fúria desgrenhada.

E assim correu, até que as forças abandonando-a de todo, caiu exausta, estafada, semimorta, exalando ao tocar o chão um débil queixume, um suspiro dorido, como o derradeiro gemido de um moribundo.

Ia já alto o seguinte sol e ela dormia ainda estendida no chão, de bruços, o rosto voltado, a face direita sobre o solo duro, roxa da umidade da noite, salpicada de gotas claras de orvalho. A grosseira saia erguida mostrava até o meio da coxa uma das pernas, magra, lívida, como um desses "milagres" de cera que a ingênua devoção popular pendura nas paredes da capela de um santo eficaz. Nos lábios roxos de frio errava o sorriso vago e indefinível de alguns mortos. Duas lágrimas, que se lhe congelaram nas pálpebras, diziam que tinha chorado, dormindo. Somente o ofegar lento e curto do seu mirrado peito revelava que não estava morta a desventurada e mesquinha criatura.

Repontava esplendidíssimo aquele dia. A aurora raiava vívida desde as cinco horas, no meio de um encastelamento de nuvens rubras e cor-de-rosa, uma encenação deslumbrante de mágica, donde mais tarde surdiria o sol resplandecente a espargir uma enorme luz igual por toda aquela riquíssima natureza. Uma ventania fresca farfalhava pelas folhas das árvores, onde os passarinhos alegres acordavam gárrulos o seu brilhante concerto matinal. As malhadas pastavam calmas o capim ainda fresco e úmido da rega do sereno. Aqui e acolá refloria a grama, matizando de largos debuxos amarelos o extenso tapete verde formado pela relva, que se alastrava compacta por ali fora. Na mata algumas flores silvestres desabrochavam as pétalas ao beijo do sol, que pouco a pouco subia, majestoso solene, pelo céu acima. Um grande ar de vida, da forte vida da natureza amazônica, animava este despertar dos campos, que a essa hora tinham o aspecto risonho e calmo de um simples se bem que imponente parque.

Contrastando com esta doce alegria do despertar dos campos, jazia sobre a sua relva úmida o corpo, ao parecer morto, de Vicentina, por cima do qual, a algumas dezenas de braças, revoava, farejando nele apetitosa carniça, um bando de urubus, eternamente famélicos, manchando de pontos negros a azulada transparência do céu. Um homem a cavalo que acertou de passar não longe dali na direção da Vila, fitando distraidamente o ar, que, embotado pela perene contemplação de semelhantes belezas, lhe pareceu, como sempre, banal, notou a revoada dos urubus, indicando a existência ali de um despojo qualquer sobre o qual se preparavam para cair. Por um hábito inveterado de vaqueiro, dirigiu-se no rumo do ponto sob os abutres, a ver não seria alguma rês que morrera ou mataram e de quem seria o "ferro". Ainda ele julgava não ter atingido o sítio sobre o qual tinham os corvos apontados os imundos bicos negros, quando o cavalo em que montava, dando com Vicentina caída ao lado esquerdo do caminho em que iam, fitou as orelhas e, eriçando ligeiramente os pelos, deu ao mesmo tempo um salto brusco para o lado. O cavaleiro, porém, era seguro, não se moveu sequer da sela de couro cru de vaqueiro, e obrigou o animal, feio de formas, mas forte e árdego, a aproximar-se do objeto que o fizera espantar-se.

Naquele corpo reconheceu a moça, gritou-lhe com voz apreensiva de quem a supunha morta:

– Vicentina!...

E debruçando-se sobre o pescoço do cavalo, ainda espantado, como indicava as orelhas fitas, um leve arrepio dos pelos e um ligeiro e intermitente tremor de músculos, esticou o braço direito para ela e cutucou-a com a muxinga de couro.

Vicentina despertou sobressaltada, dando um grito, trêmula. Sem ânimo de indagar quem a acordava, aconchegou-se contra a terra, como se ela lhe pudesse dar proteção, e, de olhos cerrados, mergulhou a cabeça entre os braços erguidos na atitude medrosa de quem sente levantada sobre si uma arma de morte ou de pancada. Todas as horríveis torturas por que acabava de passar acudiram-lhe prontas à mente tresloucada, ao ouvir aquela voz que a chamava, e sentir que a tocava alguém, que não pensou ser outro senão o marido.

— Não se assuste, Vicentina — disse-lhe com brandura o cavaleiro —, olhe, sou eu.

A esta voz, que lhe pareceu de uma meiguice extraordinária, emergiu lentamente a cabeça dentre os braços magros e fitou-o espantada e receosa, com seus grandes olhos negros, langorosos, tristes e uma expressão idiota no rosto pálido sulcado pelas lágrimas. Reconheceu o capitão Honório, aquele fazendeiro a quem, como vimos, sua mãe a quisera outrora confiar.

Era um excelente sujeito este capitão Honório; apesar da sua figura grossa e rude, como de homem que lida com brutos, possuía um coração leal e bondoso. Compungiu-o profundamente o miserável estado da rapariga, magra, macilenta, esfrangalhada e ferida. Apeou-se de um salto e, tomando-lhe as mãos, perguntou-lhe, visivelmente interessado:

— Que fazes tu aqui, Vicentina? Então, minha filha, o que foi isso? Conta-me tudo, não tenhas medo, que eu não consinto que te façam mal.

A infeliz contou-lhe tudo. Primeiramente as palavras saíram-lhe entrecortadas pelos soluços, mas estanques as primeiras lágrimas e aliviada a maior agudeza da dor, despertada agora pela consciência perfeita da passada noite, começaram a sair-lhe dos lábios em borbotões, atropelando-se. Sentia-se que recontando todos os seus sofrimentos desde que se casara até aquela data, desabafava, como quem vomita uma beberagem enjoativa que lhe repugna e agonia. E terminou pedindo ao capitão que a levasse dali, que a amparasse, porque o marido era capaz de matá-la.

– Sossega, Vicentina, tu vens comigo e ninguém te há de fazer mal, que eu não deixo.

Isso disse o capitão Honório, ajudando-a ao mesmo tempo a erguer-se. De pé, ela sentiu que lhe faltava alguma coisa; o quê? não sabia. Procurou em si; correu com os olhos o próprio corpo do peito aos pés, levantou a cabeça e atentou o capitão que a fitava também pasmo, julgando que tinha enlouquecido; por fim passeou o olhar desvairado em torno de si, procurando pelo chão qualquer coisa de que parece lembrou-se de repente, porque, ao mesmo tempo que um soluço espontâneo sufocou-lhe na garganta o primeiro grito, ela atirou-se para o capitão, que recuou um pouco assustado, clamando:

– Seu capitão, minha filha; minha filha seu capitão, a onça comeu; a onça comeu minha filha!!!...

O capitão Honório não compreendia o que ela queria dizer; julgou-a doida, porém, ainda mais compadecido, chegou-se a ela e procurou sossegá-la enquanto ela continuava em pranto a repetir numa voz lastimosa, que os soluços entrecortavam:

— A onça comeu minha filha, a onça comeu minha filha!!...

O capitão conseguiu por fim acalmá-la um pouco, ao menos para responder-lhe.

Recontando-lhe a sua mesquinha sorte, ela, é certo, lhe falara em uma filhinha, com a qual fugira ao colo, mas depois não se referira mais a ela – que fim levaria a criança? perguntava a si mesmo o capitão, questionando-a. Às suas perguntas respondeu mal e incoerentemente como se a pungisse o remorso de haver abandonado à onça, a cuja lembrança sentia ainda se lhe arrepiarem as carnes, a sua desgraçada filhinha. Não obstante, o capitão acabou por perceber que com medo da fera, cujo berro ouvira quando ia a pegar a menina, abandonara-a cuidando que a onça se ia lançar sobre si. Horrorizou-o o ato daquela mãe, sacrificando uma inocente filhinha para fugir à morte, mas conteve-se piedoso, compreendendo o medo irresistível que se devera ter apoderado dela, fraca mulher, perdida numa noite medonha nos campos ao ouvir o rugido aterrador do jaguar, que mesmo em pleno dia assusta ainda aos mais valentes. Consolou-a, pois, do melhor modo que pôde; que se não desesperasse, a criança havia de aparecer, estaria por ali algures, com certeza viva, talvez dormindo; iriam procurá-la juntos e estava seguro de a encontrarem.

Vicentina criou algum alento a estas palavras mais animadoras que sinceras palavras, e nos olhos reluziu-lhe um raio de esperança.

O fazendeiro foi buscar o cavalo, que pastava sossegadamente, alheio àquela dor, com as rédeas caídas sob as orelhas, e, chegando-se a Vicentina, disse-lhe:

— Vamos, minha filha, vamos procurar a pequenita.

Puseram-se a andar perscrutando o terreno por todos os lados, rebuscando nas pequenas moitas de mato, até naquelas que por diminutas não foram capazes de ocultar a menor criança. O fazendeiro levava o cavalo pelas rédeas e Vicentina caminhava impaciente na frente.

Como homem prático, pedia-lhe explicações que o orientassem na busca, querendo que ela, reunindo as suas confusas reminiscências, lhe dissesse, pouco mais ou menos, o lugar em que estava ou, quando nada, para que banda ficava, quando deixou cair a criança. Ela, porém, de nada se lembrava, senão que fora junto do mato, num lugar, recordava-se, que tinha areia. Mas tal indicação era demasiado vaga, por isso que o "lavrado" era, em sua maior parte, cercado de mato, e havia por ali muitos sítios arenosos. Todavia continuavam a procurar e já o fazendeiro começava a fatigar-se com aquela pesquisa, que acreditava inútil, quando o cavalo parou de sopetão, com um relinchar medroso, as narinas dilatadas por um resfolegar violento, como a enxotar um odor importuno.

Ao fazendeiro não enganaram aqueles sinais; sabia o medo que o cavalo tem da onça, cujo "pixé", ainda mesmo farejado de longe ou nas pegadas que deixou em sua passagem a fera, basta para pô-lo fora de si. Não receou que a da noite passada estivesse por ali; àquela hora elas ainda descansam das incursões noturnas no recesso dos bosques; o cavalo devia ter sentido apenas o "pixé" deixado por ela ao passar e, talvez, demorar-se no lugar em que estavam. E esse cheiro devia de ser forte, porque o animal dava todos os indícios de medo e forcejava por escapar-se-lhe das mãos. Receando o fazendeiro que o conseguisse e o deixasse a pé, chegou-se para ele e, animando-o com pequenas palmadas pelo pescoço e cócegas na cabeça, conseguiu aquietá-lo. Ao mesmo tempo, para melhor o reter, desprendeu a corda da cabeçada que, como de costume, ia enrolada, presa à cinta. Sossegado um pouco o animal, o capitão Honório correu a vista em derredor, certo de encontrar qualquer indício da onça, ou uma dejeção ou um rastro. Primeiro nada viu, mas por fim, atentando melhor, descobriu na areia em que estavam logo uma, depois duas e alfim muitas pegadas enormes e bem conhecidas do temível felino. Para estudar de mais perto a direção que levavam, puxou o cavalo, que relutou, nitrindo de medo, os olhos arregalados, as orelhas fitas, trêmulo. Vicentina parara, a tremer também, sem saber de que, a este manejo. O fazendeiro não lhe quis dizer o que era, para não assustá-la, e, como não podia deixá-la só, convidou-a a acompanhá-lo, dizendo-lhe secamente.

— Venha... — forçando o cavalo a segui-lo.

Pressentindo um perigo, ela abeirou-se do fazendeiro, por medo. Com os olhos fitos no chão, o capitão arrastava o cavalo, sempre relutante, pela rédea e pela corda juntas ambas em uma só mão. Instintivamente Vicentina acompanhava-lhe o olhar, examinando como ele o chão areento daquele trecho de campo. De súbito, estacou e deu um grito tão forte que espantou o animal e o fazendeiro, que esteve a ponto de o largar. Dera com uma nódoa de sangue, que a areia bebera, e junto um pedaço de trapo ensanguentado. Levantou-o rápida, com uma expressão inenarrável no rosto banhado em pranto, e, mostrando-o com ambas as mãos erguidas ao fazendeiro comovido, disse-lhe, com voz onde havia todos os desfalecimentos da angústia:

— É um pedaço da camisinha de minha filha!...

IV

Vicentina foi morar para casa do capitão Honório, onde veio a saber que sua mãe era morta, havia algumas semanas apenas. Conquanto há muito fosse morta para ela, chorou-a pela facilidade que tinha em chorar.

Sua avó vivia ainda e rija. Habitava de novo a barraca donde a levara o Manoel Serafico, e continuava, se bem que em pequeníssima escala, com o seu antigo ofício de pintora de cuias. O rábula comera até o último vintém a pequena herança deixada pelo Serafico à filha.

O Chico Mulato, perseguido pelo próprio Venâncio Souza, a quem furtara duas reses, não procurou reaver a mulher, que foi para a companhia da avó, a pedido e instâncias dela. Ajudava-a nos seus trabalhos, e viviam as duas uma vida miserável e esquecida.

Vicentina meteu-se primeiro com um primo, assídua visita delas, e amou-o seriamente, com muita ternura. Ao cabo de pouco tempo, ele deixou-a por outra. Ela chorou muito, como de costume, doendo-lhe fundamente a ingratidão, conforme qualificava, do primeiro homem, senão do primeiro ente, a quem houvesse amado; mas como precisava de viver, e o trabalho de ambas não bastava, entrou de relações com um taberneiro, a quem cedo deixou por ele lhe ter batido.

Esta vida sevandija tirou-lhe os últimos restos de brio. Nada mais houve capaz de colorir-lhe o rosto pálido, no qual brilhavam, iluminando-o, cada vez maiores, mais profundos, mais tristes, os seus belos olhos redondos, negros, que ela volvia lentamente, com um langor inefável. E cheia de preguiça de trabalhar, presa de uns grandes desfalecimentos de ânimo, relaxada, principiou a entregar-se a todos por amor da existência. Todavia, ainda encontrou um rapaz que gostou dela e levou-a para o Ererê, onde possuía uma barraca. A avó acompanhou-os. Viveram bem os primeiros tempos; ele pescava, elas cultivavam uma pequena roça de maniva, jerimuns e bananas. Em não havendo peixe, alimentavam-se com mingaus de jerimum, de banana, e se não tinham nem uma nem outra coisa, contentavam-se com chibé de caldo de laranja e farinha, ou simplesmente d'água, as mais das vezes sem açúcar.

No "tempo da salga" o rapaz foi para o Maecuru, deixando-a só, sem mantimentos, sem dinheiro, e nunca mais voltou. Constou-lhe ao depois que ele morrera de um tétano, sobrevindo a uma dentada de piranha, que decepara um dedo.

Ela e a avó lá ficaram no Ererê, herdando naturalmente a miserável barraca; a avó era afamada no lugar e dali até ao Curachi e Cuçaru e a própria vila como benzedeira: não havia caruara, mau-olhado, quebranto ou espasmos que lhe resistissem; Vicentina essa...

– Era a sua sorte – dizia a iracunda mulher do Venâncio Souza, quando lhe contavam a extrema desgraça da sua afilhada de casamento.

ESBOCETOS

I
O serão

É costume muito vulgarizado na minha terra. O serão.

O trabalho íntimo da família, à noite, ao redor da candeia, sentados todos na esteira de tábua ou no tupé, a dona da casa na rede, donde dirige o trabalho, tendo uma ordem para uma, um conselho para outra, uma admoestação para esta, uma animação para aquela. Chega uma visita. A visita não interrompe o serão.

As senhoras sentam-se ou em cadeiras ou em redes que comumente há em derredor da sala; os homens em cadeiras; as criadas, que costumam acompanhar as amas, acham um lugar na esteira, junto à candeia e, quase sempre, algum que fazer. Ou uma costura a alinhavar, ou uma renda a começar para alguma rendeira menos experiente.

A senhora conversa com as outras senhoras, o homem com os outros.

Em geral são velhos: – a conversa corre tranquila com a idade.

Ao redor da candeia, além do barulho dos bilros das rendeiras, ouve-se de vez em quando um risinho sufocado ao sair dos lábios graciosos dalguma mulatinha faceira ou caboclinha maliciosa e, às vezes, da menina que a mãe, ou avó, não gosta de ver vadiando.

Um riso que é um hino, um cochichar que é um chilro, percorre sempre a roda moça sentada no tupé.

* * *

É uma sala quadrada.

Em um dos cantos uma rede branca, clara, bonita, de largas varandas encarnadas.

Na rede uma mulher. Cinquenta anos, morena, cabelos abundantes, mais grisalhos do que pretos, mais brancos do que grisalhos, seguros por um altíssimo pente de tartaruga com forma de telha.

Veste saia de chita escura e um paletó branco todo enfeitado de rendas.

Está sentada, com uma perna metida dentro da rede; a outra, do lado de fora, dá-lhe o impulso e sobre ela cai o vestido, que no vai-e-vem do embalar varre a esteira debaixo.

Fuma tranquilamente o seu cachimbo por um longo taquari de Cametá.

Na sala poucos móveis.

Cadeiras, baús, uma cômoda antiga, um grande relógio mais antigo do que a cômoda, quadros de santos nas paredes.

Nem um luxo, muito asseio.

Sobre uma mesa, coberta com uma colcha feita de retalhos de chitas de cores variadas, um oratório de pau.

No meio da sala uma grande esteira.

No centro da esteira um caixão que, muitas vezes, tem ainda a marca da mercadoria que conteve, o nome do fabricante ou da loja donde veio.

Sobre o caixão um candeeiro.

Este candeeiro merece uma atenção especial.

* * *

É de metal amarelo. Tem a forma... não sei de quê.

É um pé um tanto côncavo como um pires, uma haste da grossura de um dedo mínimo de moça bonita e quase um palmo de altura. Aqui começa o receptáculo do azeite – do azeite, porque o querosene no serão seria um anacronismo. Este receptáculo tem uma forma bizarra ou muito comum como todas as lâmpadas. Tem tampa, mais alta e mais elegante do que o depósito do azeite.

Possui mais três aparelhos – um espevitador, um balde para aparar o azeite e um corta-torcidas.

Tudo isto cai muito elegantemente, preso por correntinhas do mesmo metal, de cima da tampa sobre o receptáculo, resvalando-lhe pela superfície. É bom dizer que as três correntinhas prendem-se nos ângulos de uma fina chapa triangular de metal amarelo também, colocado e apoiando-se sobre a tampa.

Tem ainda uma folha de metal, de que o pente da senhora daria uma ideia perfeita, chamado tapa-luz, nome que indica o seu uso.

Esquecia-me de dizer: a candeia ou receptáculo é móvel, desce e sobe, sobre a haste, pois para fixá-lo há no pé uma chave – invenção engenhosa – que o aperta contra a haste.

Está limpo e brilhante como ouro e não exala nenhum cheiro de azeite.

* * *

Este candeeiro é um foco.
É como o sol.
Ao redor deste ajuntam-se os astros, ao redor dele as mulheres.
Digo as mulheres, porque o homem, a menos que não seja menor de seis anos, é banido daqui.
Medida de prevenção
São muitas. Uma, duas, três, cinco e mais. Vestem-se de chita. Encarnados, verdes, azuis, amarelos, uns velhos, outros novos, uns remendados outros não – tais são os vestidos.

Trazem os cabelos penteados por esse modo essencialmente paraense – a madeixa negra negligentemente enrolada e presa no alto da cabeça por um pente de casco.

Tudo isto trabalha.

Uma faz renda larga, outra estreita; uma cose, outra simplesmente alinhava; uma marca os lenços que vieram da casa da sinhá Mariquinha, outra toma os pontos às meias; enquanto esta faz uma franja ou varanda para rede, aquela conserta roupa velha.

O silêncio reina.

Somente, raras vezes, ouve-se um cochicho, um riso, prontamente sufocados por um *psiu* prolongado da senhora.

Uma é uma caboclinha, baixa, corpo cheio, olhos travessos, cabelos pretos, lábios roxos, sorriso malicioso.

Outra é uma mulatinha, escura, magra, mãos de rainha, de dedos compridos e duas covinhas no rosto, riso faceiro.

É uma colmeia – impossível dar notícia de todas as abelhas.

* * *

De repente a senhora grita:
– Raimunda, vai ver fogo.

A frase é textual, o modo de dizê-la é uma fala cantada e longa.

A Raimunda – a mulatinha de covinhas no rosto – levanta-se e vai *ver fogo*, ou, em português, buscar fogo.

Chega, pega na cabeça do cachimbo, encosta o tição ou brasa ao tabaco, faz com as bochechas um fole que não deixa de ter sainete, e sopra, enquanto a velha sorve a largos tragos a fumaça, pela outra extremidade do taquari.

– Teresa – torna a velha a gritar –, olha a tua tarefa. Que tens tu que dizer à Bingota?!

Bingota é a filha ou neta, que também faz serão.

Seria pouco delicado da nossa parte passarmos por ela sem ao menos olhá-la.

E ela merece ser olhada.

É uma carinha antes redonda do que oval, antes quadrada do que redonda, de um moreno claro que, quando ri-se, torna-se corado pelo desabrochar das rosas das faces – como diziam nossos avós. E ela está sempre a rir-se, mostrando uns dentes pequenos e lindos. Tem um desses narizes curtos e meio chatos, petulantes, como se aprazem os pintores de dar às suas figuras de garotos. Nada digo do corpo porque ela está sentada; mas, a julgar pelo rosto, deve ser belo, faceiro e móbil como a carinha que sustenta. Os cabelos são pretos e ondeados e os olhos mais pretos do que os cabelos e mais travessos do que o mais trêfego rapaz de doze a treze anos.

Esquecia-me de dizer que ela tem... não digo, porque as mulheres não gostam que se lhe saiba a idade, por mais pequena que seja.

Teresa, a caboclinha do sorriso malicioso, bate os bilros para provar à sua madrinha – porque a senhora é madrinha dela – que não perde o tempo.

Bingota cora e precipita os pontos da costura.

– Ai! – grita.

– O que foi? – pergunta a mãe com essa voz cheia de cuidados e apreensões das mães.

– Me espetei na agulha – responde Bingota, apertando com os lindos dedos um dos outros, onde se vê uma gota de sangue carmesim à força de ser vermelho.

– Se tu estás distraída em vez de prestar atenção à costura – torna-lhe a mãe, vendo que a coisa não era nada.

* * *

São oito horas.

Disse-o o velho e grave relógio encostado à parede.

O trabalho cessa.

Guardam-se as costuras nos balaios, os bilros cessam de bater, cobrem-se as almofadas de renda, arruma-se tudo.

Uma retira o candeeiro e vai colocá-lo na mesa, outra tira o caixão e vai pô-lo a um canto.

Todos ficam sentados ainda.

Agora conversam livremente. Os risos são francos, sem perderem contudo o respeito devido à senhora.

As crianças, que brincavam afastadas, vêm para o grupo.

São beijadas, afagadas, passam de mão em mão, de colo em colo.

* * *

Depois ceiam, se é costume.

* * *

Perto das nove horas recolhem-se todos.

Levantam-se, dobram a esteira, levam-na ao lugar próprio, tomam a bênção à senhora e vão-se.

Terminou o serão.

II
A lavadeira

Era a flor das lavadeiras de ***
Chamava-se Raimunda da Outra-banda.
Outra-banda do rio – pois lá nascera.
Conheci-a assim:
Um dia levantei-me cedo.
Abri a janela do meu quarto e olhei para a terra e para o céu.

O dia estava belíssimo. O céu azul e rosa, a terra alegre. Os passarinhos trinavam nas árvores e o vento agitava de leve as franças das palmeiras.

Respirei ávido os perfumes da floresta que traziam as brisas da manhã.

Por debaixo da minha janela passaram duas mulheres: pareciam mãe e filha.

A mãe não me atraiu a atenção: era uma velha vulgar.

A filha era mais bonita que a manhã.

* * *

Era de estatura meã, tinha a fronte breve como a de Vênus pagã, cabelos pretos, olhos também negros, gordinha, cara alegre, o nariz pequeno e um tanto achatado na ponta.

Trazia na cabeça um balaio cheio de roupa, o que fazia-a corada.

Tinha atrás da orelha um pequeno ramalhete de jasmins, isso tornava-a sedutora.

Vestia uma saia amarela com florezinhas azuis sobre a camisa branca como a pena da graça, debruada por uma renda larga que deixava ver--lhe o soberbo colo.

Tirei os olhos dela e olhei para o dia, a manhã era belíssima.

Olhei para a lavadeira, ela era mais bela que a manhã.

Depois ela voltou uma esquina e desapareceu.

As auras trouxeram-me ainda em seu regaço um aroma dos jasmins dos seus cabelos.

Quanto tempo levei a respirar esse aroma, não sei.

Entrando de novo no meu quarto, vi a minha espingarda a um canto.

Maquinalmente vesti-me, tomei os preparos de caça, pus a espingarda ao ombro e saí.

Nunca havia acertado um tiro, essa espingarda era um luxo campestre; um pretexto para gozar dos encantos das florestas.

Parti.

Segui o caminho que levara a lavadeira. Havia nele ainda o perfume dos jasmins dos seus cabelos negros.

Segui-o distraído.

A suçuarana – a rainha da mata virgem – podia atravessar-se-me no caminho, sem que eu me lembrasse que trazia uma espingarda.

* * *

Leitor se algum dia fores a *** e te disserem que existe aí um lago, não crê. É uma mistificação.

Houve, é verdade, em outras eras, um lago aberto, grande, franco, belo, a acariciar com suas pequenas ondas a fina e branca areia das suas margens.

Hoje a aninga, as ninfeias, e outras plantas aquáticas, como o mururé e o capim, cobrem totalmente a sua superfície.

Somente aqui e ali se forma uma bacia de que se aproveitam os banhistas e lavadeiras de *** para lavarem a roupa e o corpo.

Mas, apesar disso, convido-te, leitor, caso fores a ***, não deixes de ir visitar o lago, ou antes, as diversas bacias que ele forma: há aí paisagens de uma perfeição acabada.

Esse caminho levava ao lago.

Segui-o.

Foram primeiro infrutíferas as minhas pesquisas.

Com a cabeça pendida, voltava – sonhando mil sonhos da mocidade – quando um delicioso cheiro de jasmim e uma risada argentina me fizeram, como a um cão de caça, levantar a cabeça e dilatar as narinas.

Procurei por todos os lados. Por entre a folhagem vi como um lençol prateado e nele alguma coisa que se movia.

Aproximei-me e olhei.

* * *

Ela estava ali.

As águas do lago formavam nesse lugar uma bacia.

O fundo era de areia alva como a pétala do bogarim.

As bordas eram formadas pelas magníficas esmeraldas das folhas do mururé, corada por suas garbosas flores.

Junto à margem, com as águas a lamber-lhe o tronco, espalhando sua sombra nas águas de cristal da bacia, elevava-se airosa uma palmeira miriti.

Em uma das palmas do miriti um caraxué cantava.

Mais longe erguia-se uma grande árvore de cujos ramos pendiam os ninhos arboriformes dos japiins, que saltavam de galho em galho, soltando aos ares os seus alegres cantares.

O japiim é o garoto dos pássaros; o seu canto é irônico, galhofeiro e, às vezes, insolente.

O sabiá cantava no miriti e um canto semelhante partia do meio dos japiins.

O sabiá exasperava-se, sacudia frenético as asas e arrancava da garganta as suas mais belas notas.

Dir-se-ia que no bando de japiins havia um sabiá, porque um canto idêntico, de notas tão belas, respondia ao cantor pousado na rama do miriti.

E assim continuavam esse mimoso duelo à face da natureza.

* * *

A roupa havia sido lavada e estendia-se agora sobre a macia relva que bordava a praia.

A lavadeira estava no banho.

Viam-se no chão seus vestidos.

A saia amarela com raminhos azuis devera ter sido solta de uma só vez da cintura e caíra, formando um círculo, aos pés de sua dona. Com ele e por baixo dela caiu também a anágua. A camisa, essa estava atirada à beirada da praia, bem perto d'água, onde com medo de molhar-se – a ingrata – teria abandonado aquela cujo corpo cobria.

Sobre a saia repousava – e sentia-se que ali fora posto com todo amor – o ramo de jasmins.

Do regaço líquido das águas surgiu um corpo trigueiro e esbelto.

O que se via primeiro era uma cabeça emoldurada por uns cabelos negros e lustrosos como as asas da araúna, a espalharem-se úmidos sobre o colo e ombros.

Em seguida o pescoço roliço e belo como da garça, entroncando-se no colo soberbo, moreno e aveludado.

Depois os seios esféricos, túmidos, de uma admirável pureza de linhas, terminando em ponta aguda, desafiando desejosos e pedindo beijos.

Dois braços torneados e bem-feitos, acabando por umas mãozinhas microscópicas, que cobriam os seios com pudico recato da mulher bonita.

Tudo isso, todas estas belezas, envoltas no manto líquido formado pelas águas, cobertas de pingos d'água onde o sol irradiava fingindo diamantes, fazia-me pensar na *Iara* da lenda indígena e a mim mesmo perguntava se não era eu o mancebo da lenda, a quem a mãe-d'água aparecia com todos os seus encantos para o seduzir.

* * *

"Foi na taba dos Manaus.

Um dia um moço tapuia, filho do *tuxaua*, seguia em uma *igara* o igarapé que banha a ponta do Tarumã.

Era o mais valente, o mais forte e o mais belo da tribo.

Na ponta de sua flecha pairava certeira a morte.

O seu tacape era o terror da onça e do mundurucu.

E um dia, em uma *igara*, o moço seguia o igarapé que banha a ponte de Tarumã.

A tarde ia linda, e o sol, mergulhando por detrás da colina, onde se erguia a floresta, dourava as águas do rio Negro.

E a *igara*, impelida pelo braço roubado do moço manaus, cortava ligeira, como a seta do seu arco, as águas do riacho.

De noite, alta noite, o moço voltou.

Estava triste e não dormiu.

A mãe dele chorou por ver a tristeza do filho e quis conhecer o motivo de suas mágoas.

O moço falou assim:

– Ouve, mãe, ouve, porque só a ti posso contar a dor que me vai n'alma.

– Era uma moça linda... como nunca vi entre as filhas dos Manaus, nem dos Mundurucus. Quando a *igara* vogava, ouvi um canto longínquo, mais doce do que o do caraxué, mais terno que o arrulho da juriti. Era dela. Estava sentada à margem do rio. Tinha os cabelos cor da pedra amarela e nele enlaçadas flores do mururé e cantava como jamais ouvi cantar. Depois seus olhos, verdes como a pedra das *icamiabas*, fitaram-se em mim.

Um momento olhou-me e em seguida estendeu-me os braços, e... o seu corpo, esbelto como o açaizeiro, mergulhou nas águas do igarapé, que resvalaram-lhe pelo dorso branco como as penas da garça.

E o moço calou-se.

A velha ouviu, chorou e disse:

– Não voltes, filho, não voltes ao igarapé de Tarumã. Essa virgem é a *Iara*, a mãe-d'água. Seu sorriso mata como a flecha do guerreiro e a sua voz é traidora como a pepéua que se oculta nas folhas. Filho, por Tupã, não voltes ao igarapé do Tarumã.

A cabeça do moço inclinou-se sobre o peito e ele ficou mudo.

E no dia seguinte, quando o sol se punha, a *igara* cortava ligeira as águas do Tarumã.

O moço manaus nela ia e não voltou mais à taba de seus pais.

Não souberam mais dele.

Ousados pescadores contavam à noite, junto ao fogo da *oca*, que, ao passarem de volta de suas pescarias pelo igarapé do Tarumã, quando a noite vai alta, viam ao longe o vulto de uma mulher que cantava, e junto dela o de um guerreiro moço.

E se alguém mais atrevido se aproximava, as águas do rio abriam-se e os vultos desapareciam nelas."

* * *

Esta poética lenda dos filhos dos Manaus estava-me na memória.

E ao ver banhando-se a linda lavadeira de *** lembrei-me da *Iara*.

* * *

Apesar de sozinha, a gentil lavadeira não estava sossegada.

Ora seu corpo cortava airoso como o da irerê as águas claras da bacia sobre as quais boiavam seus negros cabelos, quando não repousavam úmidos no dorso lustroso. Ora fazia de uma folha, que a sua mãozinha travessa ia buscar aqui ou ali, uma canoinha, que punha-se a impelir com o sopro de sua boca mimosa até ela ir ao fundo. E quando se dava o naufrágio, como se ele a divertisse muito, seus lábios arroxados abriam-se em um riso alegre e ruidoso, deixando ver duas ordens de dentes pequenos, apontados e alvos como os jasmins que usava em seus cabelos.

E o brinquedo continuava.

Brincava e ria sozinha como as aves suas companheiras que cantam na solidão.

* * *

Como era bela assim!

E o sabiá cantava e ela escutava-o.

O pássaro notou essa atenção e estimulado soltou uma escala nítida, estridente, argentina, clara.

Depois começou uma ária, melodiosa, sublime, em que a sua voz alcançava todos os tons com uma clareza e perfeição dignas de reparo, sobre os motivos talvez de alguma *Lúcia* dos bosques.

Às vezes o canto tomava uns acentos clássicos, que recordavam Haendel ou Mozart; outras havia nele uma melodia terna que lembrava Verdi.

Os japiins escolheram o seu melhor cantor para zombar da ave rei das matas. Ele fez fiasco. Não conseguiu arremedá-lo. O chilro do pássaro passava do lírico ao épico, do épico ao bucólico. Ora era pastoril, terno, apaixonado. Ora era altivo, arrogante, heroico. Havia algumas notas que pareciam uma risada. Tinham seu quê de chacota. Offenbach misturava-se com Rossini.

Os japiins estavam mudos, corridos de vergonha.

E a gentil lavadeira parara de folgar e escutava, com a bela cabeça erguida, o canto do caraxué.

* * *

Eu também escutava-o e olhava-a.
De repente estremeci.
Por detrás da linda lavadeira apareceu, primeiro uma cabeça, e depois um corpo, redondo, negro, luzidio, asqueroso.
Era a sucuriju.
Tinha a boca aberta e deslizava branda e cautelosa sobre as folhas verdes do mururé.
E aproximou-se.
Alongou o pescoço, esmagou com a repugnante cabeça uma flor, escancarou as fauces e...
E a horrível cobra ia morder no colo airoso da Raimunda da Outra-banda.
Levantei a espingarda e, rápido, trêmulo, precipitado, atirei.
O réptil estorceu-se, girou sobre si mesmo e caiu com a cabeça esmigalhada sobre o mururé.
A lavadeira deu um grito, correu para a margem, envolveu-se instintivamente nas roupas e fitou os olhos pasmos na serpente, com as mãos amparando o seio ofegante, como se o coração lhe quisesse saltar fora.
Foi esse o primeiro tiro que acertei.
O povo da minha terra crê que ninguém erra tiro em cobra.

* * *

Voltei à cidade.

Perguntei pela lavadeira.

Disseram-me seu nome e contaram-me quem era.

Era casta e pura como a Mani da lenda indígena.

* * *

Passaram-se dois anos.

Eu voltei a ***

Uma tarde estava sentado no parapeito do alpendre da linda capelinha do Bom-Jesus, edificada em uma risonha colina.

Do sol apenas uns raios tênues vinham bater nas paredes brancas da capela.

Era Ave-Maria.

As lavadeiras, com seus balaios na cabeça, voltavam do lago e passavam em minha frente no lado oposto da praça.

Lembrei-me então da gentil lavadeira que vira outrora banhando-se nas águas do lago.

Meu amigo A... estava comigo.

Perguntei-lhe pela Raimunda da Outra-banda.

Respondeu-me: – Morreu.

Eu estremeci e, com esse acento de quem não quer crer uma verdade dolorosa, tornei-lhe:

– Morreu!?... Como?...

– Vive hoje com um regatão, comerciando nos lagos de Faro.

Disse e calou-se.

* * *

Alguma coisa oprimiu-me o coração.

Era o toque plangente de Ave-Maria no sino da capela.

III
O lundum

A Ignacio Lages

A moldura é uma casa de sítio.

Paredes de barro, esteios amarrados com cipó, teto de palha.

Na frente da casa um mastro, coberto de folhas, ornado com frutos: ananases, bananas e outros.

No tope do mastro uma bandeira.

Na bandeira, pintada por um Pedro Américo campestre, uma pomba.

É o Espírito Santo.

* * *

É dia de festa.

A festa do Divino, ou do Senhor Divino Espírito Santo, como chamam.

É uma festa muito popular na Amazônia.

Durante muitos dias andam as canoas, cheias de devotos, a tirar esmolas pelos sítios.

Estes pedintes aceitam tudo. Frutas, doces, vinhos, cachaça, carneiros, vitelas, tudo lhes serve.

Preferem dinheiro.

O dia da festa chega.

Então, ao menos em aparência, o Senhor Divino Espírito Santo é substituído por Baco.

* * *

Na sala da casa estão reunidos todos.

Há redes atadas aos cantos.

O resto da mobília compõe-se de baús de marupá pintados de verde, um ou dois bancos e peitos de jacaré.

Em uma das redes o dono da casa fuma tranquilamente o seu cachimbo.

É um velho tapuio de cara alegre e cabelos grisalhos. Veste a sua melhor calça de pano americano riscado e camisa branca.

Em uma rede a dona da casa, sentada de um lado, conversa com uma comadre que senta-se no outro. Na cabeça de ambas dois formidáveis pentes erguem-se como os montes do Almeirim.

Em outra, três moças – que eu chamaria as três Graças, se não fosse tão sediça a comparação –, duas de um lado e outra do outro, reclinam-se a meio, deixando ostensivamente ver os pés nus meio calçados em chinelas encarnadas, e um trecho das pernas benfeitas, aos namorados, que olham-nas cobiçosos, sentados nos baús ou nos bancos.

Nos outros assentos amontoam-se homens e mulheres, moços, velhos e crianças.

Vestidos encarnados, camisas de rendas, grandes brincos de ouro velho, cabeças cheias de flores, lábios cheios de risos, seios cheios de desejos, olhos cheios de amor – tudo há aí.

Os moços fumam o perfumado tabaco do Rio Preto em seus longos cigarros de tauari, e os velhos nos cachimbos de barro, por longos e enfeitados taquaris.

Em uma mesa, coberta com uma colcha de chita, está a coroa do Divino Espírito Santo, cheia de fitas e flores.

Dos lados da mesa ficam encostadas à parede as bandeiras.

Em dois castiçais de prata de forma antiga – pedidos para esse fim ao vizinho rico – ardem duas velas de cera.

Aos pés da coroa amontoam-se maços de velas, dadas de esmolas ou em cumprimento de promessas.

Há poucos momentos distribuiu-se o caxiri.

A alegria reina.

* * *

Há uma orquestra.
Uma flauta e uma viola.
A flauta toca, a viola acompanha.
De vez em quando a viola briga com a flauta. Há um desconcerto.

Mas os *dilettanti* são nimiamente condescendentes. Não havia pateada. De ora em quando davam palmas.

Era quando a viola e a flauta tocavam os limites do sublime.

Isso não era raro.

Os músicos são cantores, acompanham-se.

Têm o defeito de não serem originais. Cantam o – *Não te esqueças, meu anjo, de mim* –, música e letra velhas, que tornavam novas com uns requebros langorosos de olhos para as eleitas do seu coração, que faziam, às vezes, um mau modo e diziam:

– Axi!...

Este – axi! era um chumbo. Cortava as asas ao sabiá que errava a última nota e caía estatelado no chão da sua desdita.

Os ouvidos dos circunstantes lucravam.

* * *

Lembraram-se de aproveitar a música para dançar.

Dançaram.

Eram polcas, quadrilhas, valsas, lanceiros – todo o cortejo das insípidas danças civilizadas.

Depois pararam. Um então gritou:
– O lundum, venha o lundum!...
A viola e a flauta puseram-se de acordo e tocaram o lundum.

Nápoles tem a tarantela; o Aragão tem a jota; a França tem o cancã; a Espanha tem o bolero; Portugal tem o fado; Montevidéu tem o fandango; o Brasil tem o lundum.

O lundum, creio, nos veio pela Bahia. Tem o seu tanto de africano. Depois espalhou-se no Brasil. O *cateretê*, a *chula*, e outras danças, são suas filhas.

O lundum é uma dança que admite todas as outras.

As castanholas da jota, a morbideza da tarantela, os passos sedutores do bolero, os passos insípidos da quadrilha, as voltas rápidas da valsa, o sapateado do cateretê, o requebro lascivo do fandango, a arrogância do fado.

E a flauta e a viola tocaram um lundum. E dançaram o lundum.

A flauta e a viola gritaram.
– Ninguém mais vem!...
Passaram-se alguns minutos.
Alguém apareceu na arena.

* * *

Fez-se profundo silêncio.
Todos os olhos se fitaram *nela*.

Ela deu os primeiros passos e as primeiras voltas.

Um cheiro ativo de piripirioca espalhou-se na sala, de mistura com o perfume do jasmim e do molongó.

Ela começou por passinhos curtos: um pé para diante, outro para trás. Os dedos afilados batiam com preguiça as castanholas. Nos lábios de um vermelho arroxado brincava um sorriso provocador.

Deu assim três voltas: ninguém lhe saiu ao encontro.

Temiam todos.

Então dos lábios purpurinos, no meio de um frouxo de riso zombeteiro, saiu-lhe esta admiração e esta pergunta.

– Iá!!... Ninguém?!...

Os homens, principalmente os rapazes, entreolharam-se e abaixaram os olhos envergonhados.

Passaram-se alguns momentos.

Ela esperava no meio da sala com um sorriso de mofa nos lábios.

Alguém saltou.

* * *

Era um rapaz desse belo tipo mameluco, alto, esbelto, vaqueiro, de calça branca, camisa branca bordada, botões de moedas de ouro nos punhos e no peito, lenço de beira de chita atado no pescoço cobrindo o colarinho.

Apesar de todo o seu garbo, via-se-lhe receio no semblante.

* * *

A música começou.
Ele deu princípio à dança.
O corpo esbelto requebrou-se e torceu-se, os pés giraram no chão.
Ela compreendeu que ele era digno de si.
Começou.
Os pezinhos, a meio metidos nas chinelas encarnadas, correram ligeiros no chão, os dedos bateram as castanholas com força.
A luta principiou.
Ela deixava-o aproximar-se e fugia rápida quando ia tocá-la, ou então procurava-o e quando ele pensava que ela ia render-se-lhe, enganava-o fugindo.
Depois, nas mil voltas que davam, ele procurando-a, ela esquivando-se, quando ele estendia-lhe os braços, ela passava-lhes por baixo soltando uma grande gargalhada.
O rapaz suava, *ela* estava calma.
Corriam, gritavam, fugiam, iam, vinham, tornavam, chegavam quase a abraçar-se, e estavam apartados, dir-se-ia que iam beijar-se e afastavam-se.

Ela mostrava-lhe os lábios rubros, apertando-os para não rir, ele lançava-lhe olhares amorosos no meio de sorrisos.

Ele procurava-a, ela fugia; ele suplicava, ela ria-se.

A dança era um duelo.

* * *

As outras mulheres estavam arrufadas, ninguém mais as olhava, seus namorados mesmo tinham os olhos fixos *nela*.

Se pudessem teriam gritado: – fora!...

Os homens, esses estavam contentes. O mais corajoso de entre eles ia ser vencido. Não gritavam – bravo! porque a comoção embargava-lhes a voz.

Contradição lógica.

O velho, pai *dela*, sentou-se melhor na rede, deitou de manso o cachimbo no chão, fincou os cotovelos nos joelhos, encostou as faces nas mãos e olhou-a muito atento.

Por seus lábios passou um sorriso de ufania.

A mãe deixou a conversa da comadre, que não gostou nada, pois via uma sua filha ficar no canto, e pôs-se a mirá-las.

A comadre disse suspirando:

– Ah! meu tempo...

O marido da comadre olhou-a com ironia.

Esse olhar era um desmentido formal àquela lembrança do seu tempo.

O lundum continuava.

A viola e a flauta compreenderam agora a sua elevada missão e, de mãos dadas, redobraram de esforços e de notas desafinadas.

* * *

De súbito *ela* parou.

A alegria reapareceu no campo feminino.

Foi um momento.

Quando um sorriso de triunfo assomou aos lábios do vaqueiro – *ela* recomeçou.

O que se passou então eu não posso pintar.

Os pés correram mais velozes, os dedos bateram as castanholas com mais força, os requebros foram mais gentis, nos olhos mortos pelo cansaço houve mais langor, no sorriso mais zombaria, os seios tremeram mais forte, o coração bateu mais precípite.

Ora dançava com uma rapidez vertiginosa, ora os pés corriam lentos.

Depois dava ao corpo, flexível como o junco, mil jeitos cheios dessa coisa que os italianos chamam *morbidezza* e dessa outra coisa que nós chamamos *denguice*.

Em uma das voltas os seus cabelos desprenderam-se e caíram longos, espreguiçando-se sobre as espáduas e impregnando o ar com o aroma rescendente da baunilha.

As flores que estavam entrelaçadas neles caíram; *ela* pisou-as.

Só uma rosa ficou. O vaqueiro foi apanhá-la; como a veada das campinas ela abaixou-se e levantou-a.

Ele ficou de joelhos, palpitante, suplicando, com as lágrimas quase nos olhos, um pedido quase na boca.

Ela girava.

Parou, estendendo-lhe os braços, o vaqueiro apoiou-se-lhe nas suas lindas mãos e ergueu-se.

Ela retirou as mãos e a dança continuou.

* * *

Os negros cabelos voavam-lhe nos ares, tremiam-lhe as narinas, o colo arfava, os seios úmidos pulavam sob a fina cambraia do vestido, o peito ofegava, o coração parecia querer saltar-lhe.

Nos olhos negros havia um mar de volúpia, nos lábios roxos ondas de desejos.

Os cabelos soltos volitavam-lhe ao redor da cabeça e ombros, enroscavam-se-lhe no colo airoso, introduziam-se-lhe no seio.

A boca, semiaberta, úmida, mostrava uns dentes brancos e afiados, que pareciam querer morder.

As faces estavam vermelhas como a tinta do urucu.

E *ela* girava.

O furor da dança se apossara *dela*.
Não podia parar.
Na sala, além da música, só se ouvia o sapateado das suas chinelas encarnadas.

* * *

A viola e a flauta cansaram.
Cansar é uma fatalidade.
A cara dos tocadores metia dó.
Rubros, suados, com os cabelos espetados úmidos, olhos e bocas abertas, estavam grotescos.
Pararam.
Último som e nota, como diz o poeta.
O lundum cessou.
Houve uma chuva de bravos.
Os homens à mulher, as mulheres ao homem.

* * *

Ela foi cair exausta em uma das redes.

* * *

Dizem que foi aquele o seu último lundum.
Depois de mulher do vaqueiro, teve de cuidar nos filhos e ninguém mais a viu nas festas do Divino.

IV
Indo para a seringa

Ir para a seringa...
Frase fatal, que em certas épocas de todos os anos corre de boca em boca no sertão.
O homem abandona a roça, a mulher abandona o lar e a moça abandona a flor.
É uma febre.
É pior que as sezões.

* * *

É uma casa de sítio.
No fundo um pequeno cacoal bonito e frondoso.
Aos lados laranjeiras em flor, espargindo na atmosfera a fragrância agradável de suas flores privilegiadas para coroarem as noivas, e árvores frutíferas ostentando seus saborosos frutos.
Em frente, ou no chão, ou sobre um jirau de madeira, vasos, paneiros, pedaços de panelas, restos de potes, cheios de flores.
A rosa e o bogarim, o cravo e o malmequer, saudades roxas e brancas – a beleza, o perfume, o sentimento e a cor.
Uma latada de jasmineiros junto à flor do casamento.
Passarinhos a trinar nas árvores, aves domésticas a cacarejar no terreiro.
A alegria e a vida, a saúde e a abundância.

* * *

A ligeira montaria de itaúba está presa à pequena ponte de troncos de palmeira, à margem do rio.

A tolda de iapá é nova, a vela foi há pouco tinta de muruchi e a montaria é ligeira como a sararaca do pescador.

Na ponte tosca amontoa-se a bagagem da família.

Baús de marupá pintados de verde, balaios com roupa, paneiros com redes, cestinhas, o uru do chefe, o bauzinho de folha de flandres, que é a caixa de costura das moças.

Terçados, facas, machados, anzóis, espingardas, são os utensílios que levam.

Paneiros da loura farinha-d'água, carne-seca de Monte Alegre, o bom peixe do Lago Grande, o cheiroso fumo do Rio Preto – são os mantimentos.

Vão para a seringa.

Vão para a fortuna.

O chefe da família terá com que fazer de novo a casa, a mulher terá mais cômodos, as filhas terão novos vestidos e enfeites, os meninos mais brinquedos.

De volta irão passar a festa na cidade.

O pai fará despesas e as filhas hão de cativar os rapazes de lá pelas suas graças e seus ricos adornos.

Vão para a seringa.
Vão para a fortuna.

* * *

São dois homens e três mulheres.
Dos homens um é o pai, outro o filho.
O pai, velho de cinquenta anos, pertence a essa espécie anfíbia própria à Amazônia: é lavrador e pescador.
Planta tão bem a mandioca como pesca o tucunaré.
O filho, moço de vinte anos, robusto e bonito, é o ajudante do pai e há de ser seu sucessor e como ele anfíbio.
Das três mulheres uma é a mãe das duas e do rapaz e mulher do velho.
É mulher de quarenta anos, que mostra ainda ter sido bonita, tapuia, gorda.
As moças são duas meninas.
Quatorze e quinze anos.
Botões de flores que prometem ser lindas.
Meigas e ingênuas.
Puras como o ar que respiram quando pela manhã deitam fora da janela as lindas caras morenas.
E vão tão contentes!
Se não fossem as suas flores, não olhariam para trás.
O pai prometeu-lhes vestidos e joias quando voltassem da seringa, o pai não há de faltar.

Vão para a seringa.
Vão para a fortuna e para a riqueza.

* * *

Um dia o velho, deitado na rede, de volta da pesca, fumava o seu comprido cachimbo.

A mulher, com o filho, preparava no copiar e maniva para a farinha.

As filhas, sentadas no tupé, faziam rendas.

Um sol ardente de julho dardejava seus raios sobre a terra.

Tudo era silêncio e sossego.

De repente os cães, que dormiam preguiçosamente no chão, levantaram as cabeças e rosnaram.

Uma canoa, uma igarité, passava no rio em frente da casa e aportou.

Os cães continuavam a rosnar.

Alguém gritou lá fora:

– Ó de casa!...

– Entre com Deus – respondeu o velho.

E as meninas, curiosas, largaram as rendas e ergueram as cabecinhas gentis para verem quem chegava.

* * *

Era um homem ainda moço.
Branco, olhos azuis, bigodes.

Tinha uma dessas caras sem expressão, rostos que nada exprimem e com as quais a gente nem simpatiza, nem antipatiza.

Homens perigosos.

Trazia calças de brim pardo, paletó de pano azul, camisa branca, sem gravata, chapéu de Braga, relógio no bolso das calças, com cadeia de ouro.

Fumava um cigarro e brincava com uma varinha que tinha na mão.

- Entrou.

Quem estivesse habituado ao vale amazônico diria logo, como o velho disse consigo:

– É um regatão.

Um regatão.

Eis aí uma coisa, ou antes uma pessoa, difícil de definir. É negociante e não é. Tem alguma coisa de pirata. Anda embarcado. Às vezes tem a voz meiga, então o coração é mau. Outras vezes, sob o exterior de pomba, oculta as garras do gavião. É nômade. Sem ter a coragem do beduíno, parece-se com ele.

O regatão cumprimentou o velho e as filhas.

Correspondido o cumprimento, sentou-se em uma rede e pôs-se a conversar com o velho.

Falaram em muita coisa.

O regatão perguntou se não iam à seringa.

O velho respondeu que não.

Por que não iam? – tornou a perguntar.

O velho deu suas razões.

Não tinha o que levar, era tempo da safra do cacau e de fazer farinha, faltavam-lhe mantimentos, e outras razões que lhe pareceram boas.

O regatão facilitou-lhe tudo.

Deu-lhe mantimentos e dinheiro, terçados, fazendas, machadinhas, tudo.

E provou que ele era um tolo em deixar a seringa por uma miserável safra de cacau. Enfim, seduziu o pobre homem.

– Mas eu não tenho com que pagar os seus gêneros – disse o velho já seduzido, mas querendo ainda lutar.

– Porém tem crédito – respondeu pronto o regatão. – Este ano a seringa vai dar como nunca. O senhor verá. Inda me há de dever favor. E... sempre me há de ter com que pagar.

Esta frase última foi dita com uma voz dura e baixa, olhando para as duas meninas, que, coitadinhas, coraram.

* * *

E o regatão partiu.

O homem começou a aprontar-se para ir à seringa.

O regatão vendera-lhe o que ele havia mister para receber o pagamento em borracha.

Apressa-se o fabrico da farinha, cuida-se na roupa, aprontam-se os baús, lavam-se as redes.

Só se fala na seringa, isto é, na fortuna.

As moças sonham com vestidos, o rapaz com outra e melhor espingarda, todos de antemão já pensam no que precisam, no que hão de comprar de volta à casa.

Nos lábios só se veem risos, o arranjo da partida é feito com alegria.

Chegou o dia tão desejado, está tudo pronto. Vão partir.

* * *

Já na canoa se arruma a bagagem. Já se assa o pirarucu para a primeira jornada. Já se fecham em paneiros as galinhas que hão de levar.

Tudo está pronto.

Embarcam.

Que risos loucos das meninas!

Que alegria nos olhos do rapaz!

Quanta esperança no coração dos pais!

A canoa está cheia.

A mãe debaixo da tolda de japá; as meninas sentadas no primeiro banco após a tolda, com seus lenços brancos de beira encarnada cobrindo as cabeças, presas as pontas no canto da boca pelos alvos dentes, empunham dois pequenos remos, que são dois brincos.

O velho sentou-se ao jacumã e com mãos seguras ainda pega o remo de itaúba.

O filho, encostado ao mastro, espera a ordem do pai para soltar a vela tinta de muruchi.

Um cachorro ergue, no extremo da proa, sua cabeça benfeita, olhando saudoso para a casa que vão deixar.

Dir-se-ia que, ali, só ele está triste.

* * *

– Larga! – gritou o pai.

A esta voz a vela estendeu-se e abriu-se ao vento.

O braço possante do velho meteu o remo n'água e impeliu a montaria, que voou como a flecha que esse mesmo braço *mandava* buscar o jaraqui no fundo do lago.

O vento *de baixo* era galerno.

A vela enfunou-se, os remos bateram a água com força e a montaria deslizou ligeira como a marreca que o jacaré persegue, por sobre as águas do rio.

O velho, fumando o seu longo cigarro de tauari, sorria contente.

E ninguém olhou para casa, que ficou fechada e muda, onde no outro dia as pétalas das flores do jirau caíam exânimes, por lhes faltar a gota d'água que recebiam das mãos queridas de suas donas.

No virar de uma ponta a casa sumiu-se.

E o vento deu com mais força na vela e a montaria correu mais veloz.

Nos olhos de todos brilhava a alegria.

E a canoa corria.

* * *

Bom vento os leva.
Vão para a seringa.

V
Voltando da seringa

Chegou o fim do mês de...
A árvore cujo suco alimenta o vale amazônico está cansada.
É como a mãe que já não tem leite para o filho crescido.
A seringueira eleva altiva seus galhos aos ares e não escuta mais os rogos desses que vivem à sua custa.
É debalde que o arrocho a aperta, que a machadinha a golpeia e que o vaso de barro espera paciente pelas gotas, que não vêm, desse leite que é a vida para muitos.
E o seringueiro desesperado repete machadada sobre machadada, aperta mais o arrocho e... espera.
Mas é em vão. Da árvore insensível não se escapa nem mais uma gota do precioso leite.
E o seringueiro desconsolado, triste e acabrunhado resolve abandonar o seringal.
Então começa a faina da partida.

* * *

Depois desses dias em que o suco saía em borbotões da seringueira, em que a fartura e a alegria reinavam na barraca, em que os sons da viola acompanhavam as vozes dos cantores e os passos airosos da dança ligeira, vêm os dias do trabalho da volta.

Arrumam-se os baús, prepara-se o peixe, vê-se a farinha, apronta-se tudo, apresta-se a canoa e parte-se.

E como é triste essa partida!

A canoa não tem mais aquele aspecto alegre que lhe vimos ao partir para a seringa.

O velho sentado ao jacumã já não tem a esperança no rosto nem aquele sorriso confiante nos lábios que apertavam o longo cigarro de tauari. Na fronte curta a palidez fazia adivinhar que as febres reinantes no seringal tinham passado por ela.

E seus olhos fixaram-se no mastro, donde pende a vela rota, tinta de muruchi, junto ao qual não vê aquele vivo mancebo seu filho, que lá ficava no seringal pagando com os seus trabalhos dívidas fictícias.

Aquelas duas crianças, tão novas e meigas, tão belas e puras, que vimos empunhando os pequeninos remos, as cabecinhas gentis cobertas com os lenços brancos de beira encarnada, com as pontas presas nos cantos das bocas graciosas onde brincava o riso franco da idade em que não se conhecem penas, aquelas duas crianças não estão aí.

Apenas uma, embaixo da tolda de japá com um filhinho recém-nascido nos braços e a cabeça pendida sobre o peito a olhá-lo com o olhar cheio de lágrimas e dores de mãe desgraçada, restava em companhia de seus pais.

A outra, essa, seduzida e perdida como sua irmã, vaga – vivandeira de amor – de barraca em barraca, entre as chufas brutais desses homens ignóbeis.

A velha mãe, magra e pálida, ainda tiritando com o frio das sezões, embrulhada em um roto e safado cobertor, com a cabeça repousada numa rede dobrada à guisa de travesseiro, contempla com os olhos cheios de tristeza a filha infeliz e o magro filhinho, que em seus braços dorme esse sono tranquilo da descuidosa inocência.

E de vez em quando duas lágrimas rolam-lhe pelas faces encovadas e ardentes de febre e vêm umedecer um canto do velho cobertor, puxado até o queixo.

* * *

Que é desses dias tão alegres dos primeiros tempos de seringal?

Onde essas noites passadas no delírio da dança, ao som mágico da viola rica de melodia?

* * *

Que é dessas noites em que o champanhe e o curaçau – nos cálices de cristal – passavam das mãos libidinosas dos regatões aos lábios arroxados das galantes caboclinhas?

Onde essas noites em que, após a embriaguez do vinho, vinha a embriaguez do amor?

Em que entre risos e lágrimas, abraços e beijos, carinhos e imprecações, promessas de casamento e juras de amor, fazia-se uma donzela de menos e uma colareja de mais?

Onde esses dias de risos? Onde essas noites de amor?

Oh! maldição sobre eles e elas!

* * *

Um dia o regatão chegou.

Vinha alegre, festivo, contente.

Bem-vestido, cadeia de relógio de ouro, cheia de penduricalhos, calça de casimira, paletó de pano, gravata azul, chapéu desabado, riso ruidoso nos lábios, bigode retorcido, cigarro no canto da boca, flor na casa do paletó, limpo, asseado, radiante...

Entrou na barraca.

Cumprimentou prazenteiro o pai, disse uma pilhéria à mãe, apertou a mão do rapaz, bateu de leve uma pancadinha na face das filhas e sentou-se.

– Então como vamos de negócio? – perguntou ao velho.

— Mal. Eu já vim tarde. A seringa está vasqueira.

Assim começou a conversação.

Daí a pouco o regatão viu que o seu "aviado" não lhe podia pagar nem metade do que lhe devia. Mas nem por isso o riso desapareceu de seus lábios.

E disse:

— Então não tem feito mesmo nada? Nem sernambi?

A velha acudiu:

— É caruara paresque — que traduzido quer dizer: creio que é feitiço.

O regatão fez má cara, porém mudou logo em um riso às meninas.

Depois colocou o cigarro na boca e, segurando nele, esteve a puxar repetidas fumaças, sem todavia as deitar fora — pensando. Por fim retirou a mão e o cigarro, deitou um rolo de fumo pela boca e ventas, e disse rindo-se:

— Ora, não é nada. Perdi com você, ganhei com outros. Compensa. Olhe, para provar-lhe que não estou zangado, convido-o para uma ladainha esta noite. Sabe onde é minha barraca? Não sabe? Pois bem, eu lhe ensino. Olhe, fica perto da do Chico Purus. Sabe, não? Sabe. Pois é lá. Adeus, até logo. Leve as meninas, não se esqueça.

E disse às meninas:

— Vão, que não se hão de arrepender. Há folia grossa.

Disse e saiu.

Ao sair lançou às duas raparigas um olhar carinhoso, quase cândido.

Olhar da cobra para o passarinho.

* * *

A ladainha é um pretexto para o baile e para a orgia.

Depois da reza – suprema e escandalosa profanação – começa a dança, que termina sempre pela orgia.

Essa noite, depois de embriagados o pai e o irmão enquanto a mãe conversava com as outras velhas, as duas meninas eram arrebatadas pelo regatão e um seu sócio.

E a canoa que os levava correu rápida por sobre as águas do rio.

* * *

Passaram-se dias.

Uma noite as duas coitadinhas – perdidas de quinze anos – foram bater ao japá que servia de porta à barraca de seus pais.

Os malvados, após lhes terem desonrado as filhas, atiraram-nas ao lodo, expulsando-as de si.

Era como o escarro sobre o ferro em brasa.

E o que haviam de fazer os pais?

Chorar com as filhas a desonra deles e delas.

E choraram.

O regatão não voltou, temendo talvez que a faca de ponta do irmão não vingasse a afronta feita às irmãs.

O pai continuou no seu trabalho sempre infrutífero.

As mãos do tirador de seringa são como o tonel das Danaides: o dinheiro passa por elas, mas não fica, vai cair nas do regatão ou do seringueiro para quem trabalha.

E assim se passaram os meses.

* * *

Nove meses depois uma das moças tinha um filho e a outra deixava-se levar por quantos passavam.

E quando a árvore exausta não produzia mais, partiram para aquele sítio que haviam abandonado um ano antes, com tanta imprevidência como esperança.

E a canoa vogava lenta, impelida agora só pelo remo do velho e por um vento fraco, que mal enfunava a vela.

Então eles lembraram-se desse sítio onde a safra do cacau se perdeu, cujo terreiro as ervas terão invadido, dessa casa que, deixada deserta, os cupins terão estragado, e ela... ela lembrou-se de suas flores belas e puras como ela quando as deixou e de sua irmã, de sua amiga querida da infância, da sua companheira dos brincos inocentes, que a esta hora dança ao som da viola em alguma barraca a ver se desperta a vontade, que não o amor, a alguém.

E duas lágrimas bailaram-lhe nas pálpebras, rolaram-lhe pelas faces e foram cair no peito claro do filhinho adormecido.

Chegaram.

* * *

Oh! dor amarga!

A casa fechada estava quase a cair, esboroada, pelas chuvas abundantes que houvera.

O cacoal era como uma capoeira serrada e das laranjeiras apenas havia os galhos, pois as saúvas tinham comido as folhas.

Tudo era desolação e silêncio.

As ervas cresciam no terreiro e as trepadeiras agrestes apegavam-se pelas paredes da casa, abrindo-lhe fendas.

No jirau estavam mortas as flores e ele meio caído. Nos vasos cresciam ervas bravias.

Uma rosa branca somente estendia sua haste – como que esperando ainda aquelas amigas queridas – e agitada pela brisa espalhava em derredor o seu perfume suave.

A moça correu para ela, chegou-a aos lábios, beijou-a.

A flor murchou.

Não, não eram aqueles os lábios virgens que a beijavam outrora.

* * *

No outro dia, quando ainda não havia sossego naquela casa abandonada, naquela família desolada, o regatão chegou.

Os velhos espantaram-se, pois não podiam atinar a que vinha esse homem, que era a sua asa-negra.

Ele chegou com aquele ar satisfeito de si que o acompanha sempre e riso cínico nos lábios.

A pobre mocinha, essa, teve nos olhos cansados de chorar um raio de esperança.

Quem sabe se não vinha ele por sua causa?

Quem sabe se o amor não acordara naquele peito?

E demais esse filho que ela tinha nos braços era dele e ele não abandonaria seu filho.

Oh! não!

A coitada enganava-se.

O regatão vinha saldar a sua dívida. A honra de duas filhas não pagava a miserável quantia que lhe devia o pai.

O velho não lhe soube resistir.

A moça chegou-se a ele com o filhinho nos braços, e, com essa coragem que é só das mães, disse-lhe entre lágrimas:

– É teu filho...

– Não é você a primeira que me diz isso.

Quando ele deu à infeliz essa resposta cruel, a criancinha estendeu-lhe os bracinhos com um sorriso divino nos lábios e o monstro não teve um afago para ela.

Voltou-se para o pai e disse:

— Está bem, levo-lhe a montaria. Não paga tudo, é verdade, mas, ao menos, não perco tanto. Adeus.

E foi-se.

O velho olhou-o indiferente e viu-o partir com a resignação estúpida do tapuio.

Daí a pouco a montaria era levada a reboque pelo igarité do regatão.

E desapareceram ambas.

* * *

No sítio só ficou a dor, a miséria e a desonra.

VI
A mameluca
(*retrato*)

Eis um tipo do povo paraense, que vai – infelizmente, na opinião de muitos – desaparecendo ou, pelo menos, perdendo a sua originalidade.

A mameluca nasceu do sangue tupi e português.

Baena, naquele seu dizer empolado, fala das mamelucas nestes termos:

"Só as mamelucas não mudam o seu modo de trajar: elas usam de uma saia de delgada cassa ou de seda nos dias de maior luxo e de uma camisa, cujo toral é de pano que mais sombreia do que cobre os dois semiglobos que no seio balançando se divisam entre as finas rendas que contornam a gola. Estas roupas são quase uma clara nuvem que ondeando inculca os moldes do corpo. Botões de ouro ajustam os punhos das mangas da camisa: pendem-lhe do colo sobre o peito cordões, colares, rosários e bentinhos do mesmo metal; a madeixa é embebida em baunilha e outras plantas odoras entretecidas nos dentes de um grande pente de tartaruga em forma de telha com a parte convexa toda coberta de uma lâmina de ouro lavrada, sob cuja circunferência oscilam meias-luas, figas e outros dixes de igual preciosidade à da lâmina: e na testa pela raiz do cabelo circula um festão de jasmins, malmequeres encarnados e rosas mogorins. Neste guapo alinho, e descalças, realçam estas mulheres seus atrativos naturais, conquistam vontades entranhando na alma meiga ilusão, que o repouso lhe quebra."

Baena escrevia isto em 1833.

As velhas mamelucas de hoje ainda vestem por essa moda.

* * *

Como é formosa!

Mais baixa que alta, morena e pálida; uns olhos pretos, profundos, a nadar em um fluido amoroso, coroados por sobrancelhas negras, levemente arqueadas; os cabelos, negros também, às vezes ondeados, às vezes não; o rosto redondo; a testa curta; o nariz bem-feito mas ligeiramente chato na extremidade, com duas asas que titilam quando o prazer a comove; dentes apontados, alvos, fortes; covinhas no canto da boca pequena e engraçada; pescoço curto, mas bem torneado, colo cheio, de rija carnadura.

A cintura grossa, sem ter a elegância e flexibilidade da parisiense ou da andaluza, pela completa liberdade em que cresceu, dá ao corpo, esbelto como a palmeira, a cuja sombra nasceu, a forma lasciva das mulheres do Oriente.

O pé pequeno e benfeito, como o do índio seu progenitor, calcando petulante a lama de que abundam as ruas desta boa cidade de Belém, deixa adivinhar a beleza das colunas de que são base, como diria um elegante do século dos seiscentos.

* * *

Como fica linda quando se apronta para uma festa!

Como é formosa com os cabelos negros e lustrosos, negligentemente enrolados e presos no alto da cabeça por um pequeno pente de casco, fingindo tartaruga, recendendo a trevo e cumaru e onde ela, com uma garridice toda sua, ajeitou um raminho de jasmins, a sua flor predileta; com seus longos brincos de ouro falso e a cruz também de ouro falso caída sobre o peito, entre os dois seios, presa ao pescoço pelo colar de pérolas falsas, como o ouro dos seus brincos e da sua cruz!

Traja um vestido de cetim.

A mameluca tem uma predileção toda particular pelo cetim. Não sei a razão. Em geral o vestido é encarnado ou amarelo. Não podendo ser, cor-de-rosa, verde, azul ou de outra qualquer cor vistosa. O vestido é de manga curta e de longa cauda. A manga curta e a cauda são para a mameluca uma moda eterna. Traz o vestido muito decotado. Faz bem. O colo opulento e as belas espáduas o reclamam. Disse não sei quem, que Deus fez a beleza para ser vista.

Usa bem curta a frente do vestido.

Para deixar ver os pés faceiros metidos a meio nas chinelas encarnadas.

Particularidade interessante.

A chinela da mameluca não é um objeto de utilidade, é um objeto de luxo.

Não é um calçado, é um enfeite.

Não é um sapato, é uma peanha.

Usa-a na ponta do pé.

É o *chic*.

* * *

E assim vão:
Lindas, como sultanas, altivas como rainhas.

Levantam muito o vestido.

Não como as outras mulheres; não, têm um modo de erguer o vestido também seu. Erguem-no pela frente, deixando um palmo de cauda atrás, e os panos da saia que ajuntam caem sobre o braço que se apoia no ventre.

Não é por economia, é por luxo que o fazem.

Assim mostram também as saias brancas de largas rendas.

Têm o cuidado de metê-las em goma bem dura para fazerem esse frufru porque a deusa, ou a mulher, se revela.

A gente passa por elas e fica meio embriagado: é o perfume dos jasmins dos seus cabelos e a piripirioca e a aratassioia de seus vestidos, tão ativo que inebria.

* * *

Onde nasceu?

Ela não sabe.

Tem vagas reminiscências de uma casa, humilde ou opulenta, conforme sua mãe foi criada de alguém ou não; lembra-se de uma rua onde folgava em companhia de raparigas e rapazes de sua idade, ou de uma varanda onde brincava com bonecas junto com uma menina feliz e rica que hoje é moça e bonita como ela.

Outras vezes não conhece mãe. Nem pai também. Tem a felicidade de ser desgraçada.

Há em sua vida um romance.

Romance humilde, singelo, simples ao princípio, mau no fim.

O romance começa por um riso ou uma palavra dessas que o lábio humano solta sem lhe prever o alcance, no meio há um idílio, e acaba por uma comédia triste.

Coitadinha, cai sem sentir.

Às vezes em seu último dia de virgem ri como uma louca, raras vezes algumas lágrimas misturam-se a esse riso.

Parece que é o destino dela – cair.

E cai entre risos e lágrimas, como as pétalas da rosa desfolhada entre os raios da aurora, que são os risos da manhã, e as gotas de orvalho, que são as lágrimas da aurora.

* * *

E no primeiro dia de festa apresenta-se com aquele vestido de cetim cor-de-rosa, com aquelas chinelas encarnadas, aquela anágua bordada, aquele colar, aqueles brincos e aquele riso brejeiro nos lábios arroxados.

* * *

Gosta de flores.

Contam os viajantes que na grande cidade da Europa há uma classe de pobres raparigas chamadas *grisettes*. A *grisette*, dizem eles, a única coisa que não dispensa é um vaso de flores na janela da água-furtada onde mora.

A mameluca é assim.

Tem alguma coisa do beija-flor.

Prefere uma rosa a um palácio.

Pode morrer de fome, mas hão de encontrar-lhe entrelaçada nos cabelos negros uma flor ainda viva.

Gosta particularmente do jasmim.

Não sei se é pelo perfume ou pela cor.

O que é verdade é que ambos são modestos e cândidos.

* * *

De que vive?

Ora trabalha, ora vive de amor, como o colibri vive de flores.

Se trabalha, *faz cheiro*, coze, lava – e como lava bem! – e vende doces na festa de Nazaré.

Fazer cheiro é uma indústria paraense e das mamelucas.

Consiste em raspar em uma língua de pirarucu a piripirioca, a aratassioia, a casca preciosa, o louro amarelo e outras cascas e raízes odorosas, misturar estes pós todos e a esta mistura ajuntar pétalas de jasmins, de rosas, ramos de manjerona e outras flores: este é o cheiro.

Metido em pedaços de papel dobrados em meios círculos ou triângulos é, em pequenos balaios, levado a vender pelas ruas.

Custa um vintém cada papel de cheiro.

E assim vive a mameluca entre as quatro melhores coisas do mundo: perfume e amores, doces e flores.

Feliz existência que acaba como começou, por uma queda.

Caem na vala.

Como o passarinho descuidoso cai ao tiro do caçador.

Deixa, não raro, uma filhinha linda e mimosa como ela, que a sucede e continua a geração delas.

FIM

NOTA*

A primeira edição dos contos desta coleção é de 1886, a dos *Esbocetos*, publicados primeiro com o título de *Quadros paraenses*, de 1877.

Andaria porventura bem avisado o A. suprimindo desta nova edição das *Cenas da vida amazônica* essas produções da juventude, mas faltou-lhe ânimo de fazê-lo não querendo podar da sua mesquinha obra de arte talvez os rebentos mais espontâneos dela.

Este livro saiu na sua primeira e péssima edição de Lisboa precedido de um estudo sobre as *Populações indígenas e mestiças da Amazônia*, que ora se suprime para dá-lo, também corrigido, num dos futuros volumes dos *Estudos brasileiros* do A. Deixando de pôr notas explicativas das expressões locais copiosamente usadas neste livro, pede o A. perdão ao leitor benévolo, crendo que este não lhes sentirá a falta.

---

* Nota à 2ª edição, de 1899.

Escaparam ainda nesta edição algumas incorreções da primeira: pág. 122*, *que debatia-se* por *que se debatia*; 184, *não atreveu-se* por *não se atreveu*; 191, *empenhasse* por *se empenhasse*; 193, *não satisfez-se* por *não se satisfez*; e *prometeu-lhe* por *que lhe prometeu*; 215, *de quando em vez* por *de vez em quando*; 237, *que seguia* por *que seguiam*; 288, *como indicava* por *como indicavam*; 343, *trinar, cacarejar* por *trinarem, cacarejarem*; 366, *a nadar* por *a nadarem*, e acaso outras que a benevolência do leitor revelará.

---

* Páginas desta edição: 92, 136, 142, 143, 144, 158, 174, 212, 253, 271, respectivamente. [N. do Org.]